Opération Cornouailles

DU MÊME AUTEUR

L'aigle s'est envolé
Avis de tempête
Le Jour du jugement
Solo
Luciano
Les Griffes du diable
Exocet
Confessionnal
L'Irlandais
La Nuit des loups
Saison en enfer

Jack Higgins

Opération Cornouailles

Roman traduit de l'anglais
par Françoise et Guy Casaril

Édition originale anglaise :
COLD HARBOUR

Cette édition de *Opération Cornouailles*
est publiée par les Éditions de la Seine
avec l'aimable autorisation des Éditions Albin Michel

Pour ma fille,
Sarah

1

DES corps autour de lui, partout, bien visibles sous le clair de lune. Certains en gilets de sauvetage, d'autres non. Plus loin, la mer était en feu. Quand la vague le souleva, Martin Hare vit ce qu'il restait du contre-torpilleur : la proue était déjà sous l'eau. Il se produisit une explosion sourde, l'arrière du bateau bascula vers le haut et la coque commença à sombrer. Il descendit de l'autre côté de la vague, maintenu à flot par son gilet, puis la vague suivante déferla sur sa tête et il suffoqua. Il faillit s'évanouir puis retrouva son souffle et prit conscience de la douleur intense dans sa poitrine : il avait reçu des éclats.

Le courant était violent dans la passe entre les îles, au moins six ou sept nœuds. Le flot le saisit et l'emporta à une vitesse incroyable. Les cris des mourants s'estompèrent dans la nuit derrière lui. De nouveau, une haute vague le souleva, l'immobilisa pendant un instant — à moitié aveuglé par le sel — puis le fit basculer très vite, et il percuta un canot de sauvetage.

Il saisit une des poignées de corde et leva les yeux. Un homme était accroupi dans le canot, un officier japonais en uniforme. Pieds nus, remarqua Hare. Ils se dévisagèrent pendant un bon moment, puis Hare essaya de se hisser à bord. Il ne lui restait plus assez de force.

Le Japonais se glissa vers lui sans un mot, se pencha, le saisit par son gilet de sauvetage et le souleva à l'intérieur du canot. Au même instant, pris dans un remous, le canot se mit à tourner comme une toupie et le Japonais bascula dans la mer, la tête la première.

Quelques secondes plus tard, il était à dix mètres, son visage formait une tache claire sous la lune. Il se mit à nager vers le canot ; puis juste derrière l'homme, dans l'écume blanche entre les vagues, Hare aperçut l'aileron d'un requin. Le Japonais ne cria même pas : il leva simplement les bras en l'air et disparut.

Et ce fut Hare qui hurla, comme chaque fois, en se redressant brusquement dans son lit, le corps trempé de sueur.

L'infirmière de service était McPherson, une maîtresse femme d'une cinquantaine d'années, pas commode du tout, une veuve dont les deux fils fusiliers-marins combattaient dans les îles. Elle s'avança vers lui et le toisa, les deux mains sur les hanches.

— Encore le rêve ?

Hare posa les pieds par terre et prit sa robe de chambre.

— Oui. Quel docteur est de service, ce soir ?

— Le commandant Lawrence, mais il ne peut rien pour vous. Sauf vous donner deux cachets de plus pour vous faire dormir, et vous avez déjà dormi tout l'après-midi.

— Quelle heure est-il ?

— Sept heures. Prenez donc une douche, je vais préparer votre bel uniforme neuf. Vous descendrez dîner, ça vous fera plus de bien.

— Je ne crois pas.

Il se regarda dans la glace et passa les doigts dans ses cheveux noirs en bataille, parsemés de fils gris — à quarante-six ans, il fallait s'y attendre. Son visage était assez beau, mais pâle après plusieurs mois d'hôpital. Et ses yeux trahissaient son absence totale d'espoir ; en fait, ils n'exprimaient absolument rien.

Il ouvrit un tiroir de la table de chevet, trouva son briquet et un paquet de cigarettes, en alluma une. Il toussait déjà au moment où il arriva à la fenêtre. Il l'ouvrit, le balcon donnait sur le jardin.

— Merveilleux ! lança l'infirmière. Il ne vous reste plus qu'un poumon, vous essayez d'achever ce que les Japonais ont commencé ou quoi ?

Il y avait une bouteille Thermos de café à côté du lit. Elle emplit une tasse et la lui apporta.

— Il est temps de vous remettre à vivre, commandant. Comme on dit dans les films d'Hollywood : « Pour vous, la guerre est finie. » D'ailleurs, jamais vous n'auriez dû y participer. La guerre, c'est l'affaire des jeunes.

Il prit une gorgée de café.

— Et que me suggérez-vous ?

— Mais, professeur, de retourner à Harvard ! lança-t-elle en souriant. Les étudiantes vont vous adorer. Toutes ces médailles ! N'oubliez pas de vous mettre en uniforme le premier jour.

Il ne put s'empêcher de sourire à son tour, mais pour un bref instant.

— Que Dieu me pardonne, Maddie, mais je ne m'en crois pas capable. J'ai eu ma guerre et...

— ... vous croyez maintenant que la guerre vous a eu.

— Oui. La boucherie de Tulugu m'a fini. Et je suis également fini pour tout le reste.

— D'accord. Après tout vous n'êtes plus un gamin, pas vrai ? Si vous avez envie de tourner en rond dans votre chambre et de moisir en silence, c'est votre affaire.

Elle se dirigea vers la porte, l'ouvrit et se retourna.

— Je vous suggère cependant de vous brosser les cheveux et de vous rendre présentable. Vous avez une visite.

Hare plissa le front.

— Une visite ?

— Oui. Il est avec le commandant Lawrence en ce moment. Je ne savais pas que vous aviez des relations chez les Anglais.

— Qu'est-ce que vous me racontez ? demanda-t-il, surpris.

— Votre visite. Une grosse légume. Un certain général Munro de l'infanterie britannique, bien qu'il n'en ait pas du tout l'air. Il ne porte même pas l'uniforme.

Elle sortit et referma la porte. Hare demeura figé un instant, perdu dans ses pensées, puis s'élança vers la salle de bains et fit couler la douche.

Le général de brigade Dougal Munro, soixante-cinq ans, les cheveux entièrement blancs, vêtu d'un complet de tweed du Donegal trop ample, ne manquait pas de charme malgré sa laideur. Il portait des lunettes à monture d'acier du modèle réglementaire pour les soldats de tout rang dans l'armée britannique.

— Mais est-il en forme ? C'est cela que je dois savoir, docteur.

Lawrence avait enfilé une blouse blanche de chirurgien par-dessus son uniforme.

— Vous voulez dire sur le plan physique ?

Il ouvrit le dossier devant lui.

— Il a quarante-six ans, général. Il a reçu trois éclats dans le poumon gauche et passé six jours dans un canot de sauvetage. C'est un miracle qu'il ait survécu.

— Je comprends, répondit Munro.

— Cet homme était professeur à Harvard. D'accord, il était officier de réserve dans la Marine, mais pour une seule raison : plusieurs victoires dans des régates de plaisanciers et des relations haut placées. Au début de la guerre, malgré ses quarante-trois ans, il s'est fait affecter à bord d'un torpilleur.

Il parcourut plusieurs pages.

— Il s'est battu dans tous les secteurs de combat du Pacifique. Une belle promotion et une flopée de médailles. Toutes les décorations imaginables, puis cette affaire à Tulugu. Un contre-torpilleur japonais a fait sauter la moitié de son bateau, alors il a éperonné le Jap et déclenché une charge explosive. Il aurait dû y rester.

— A ce que j'ai compris, presque tous les autres sont morts, fit observer Munro.

Lawrence referma le dossier.

— Savez-vous pourquoi il n'a pas obtenu la Medal of

Honor ? Parce qu'il était recommandé par le général MacArthur et que la Marine n'aime pas que l'armée de terre se mêle de ses affaires.

— Si je comprends bien, vous n'êtes pas dans la Marine par vocation..., lança Munro.

— Plutôt crever.

— Bien. Je ne suis pas non plus un fantassin de métier. Vous pouvez donc parler librement. Est-il en forme ?

— Physiquement, oui. Mais n'oubliez pas, il a sans doute raccourci sa vie de dix ans. Le conseil médical l'a réformé pour toute action en mer. Etant donné son âge, il a la possibilité de se faire rayer des cadres pour raison de santé.

— Je vois... Et à ce niveau-là ? demanda Munro en se tapant le front.

Lawrence haussa les épaules.

— La tête ?... Qui sait ? Il a souffert de dépression, c'est certain. La réaction... Mais ce genre de chose passe. Il dort mal. Il quitte rarement sa chambre. Et il donne vraiment l'impression de ne savoir que faire de lui-même.

— Donc, il est en état de quitter l'hôpital ?

— Absolument. Depuis des semaines. Bien entendu, avec une autorisation dans les règles.

— Je l'ai.

Munro sortit une lettre de sa poche intérieure, l'ouvrit et la tendit au docteur. Lawrence la parcourut puis siffla entre ses dents.

— Bon Dieu, c'est si important que ça ?

— Oui.

Munro remit la lettre dans sa poche et prit son imperméable Burberry et son parapluie.

— Vous voulez le renvoyer au casse-pipe ! s'exclama Lawrence.

Munro lui adressa un sourire aimable et ouvrit la porte.

— J'aimerais le voir tout de suite, s'il vous plaît.

La nuit tombait. Munro regarda les lumières de la ville, au-delà du jardin.

— Washington est très agréable à cette saison de l'année, dit-il. Puis il se retourna et se présenta, la main tendue : Munro... Dougal Munro.

— Général ? dit Hare.

— Exact.

Hare avait mis un pantalon de flanelle et une chemisette à col ouvert. Son visage était encore humide de la douche.

— Pardonnez-moi, général, mais vous êtes l'homme le moins militaire que j'aie jamais vu.

— Dieu en soit loué ! répondit Munro. Jusqu'en 1939 j'étais égyptologue de profession, professeur à Oxford. On m'a attribué le rang de général pour me conférer... disons : une certaine autorité dans certains milieux.

Hare fronça les sourcils.

— Une minute... Je crois sentir un relent de services secrets.

— Exact. Avez-vous entendu parler du SOE, commandant ?

— Special Operations Executive, répondit Hare. N'est-ce pas vous qui contrôlez des agents dans la France occupée ?

— Encore exact. Nous avons servi de modèle à votre OSS, qui travaille maintenant en collaboration étroite avec nous — ce dont je me félicite. Je suis responsable de la section D du SOE, aimablement surnommée « Service des coups fourrés ».

— Et que voulez-vous de moi ?

— Vous étiez professeur de littérature allemande à Harvard, non ?

— Et après ?

— Votre mère était allemande. Dans votre enfance, vous avez passé beaucoup de temps chez vos grands-parents maternels en Allemagne. Vous avez même fait des études supérieures à l'université de Dresde.

— Et ?

— Vous parlez allemand couramment, d'après ce que m'ont appris les services de renseignements de votre

Marine. Et il paraît que votre français est tout à fait acceptable.

Hare se rembrunit.

— Qu'essayez-vous de me faire comprendre ? Vous ne songez tout de même pas à me recruter comme espion ?

— Pas du tout, répliqua Munro. Voyez-vous, vous êtes vraiment unique, capitaine. Parler allemand couramment est une chose, mais l'intéressant, c'est que vous êtes un officier de marine possédant une vaste expérience des torpilleurs *et* parlant allemand couramment.

— Je crois que vous devriez vous expliquer davantage.

— D'accord.

Munro s'assit.

— Vous avez commandé des torpilleurs pour l'escadre II aux îles Salomon, n'est-ce pas ?

— Oui.

— Ce renseignement est classé secret, mais je peux vous dire qu'à la requête pressante de l'Office of Strategic Services, certains de vos hommes vont être mutés dans la Manche pour débarquer et rembarquer des agents sur les côtes de France.

— Et vous voudriez que je fasse ça ? lança Hare, stupéfait. Vous êtes fou. Je suis vidé, général. Bon Dieu, tout le monde me pousse à solliciter une réforme.

— Ecoutez-moi jusqu'au bout, insista Munro. Dans la Manche, la Marine allemande a mené la vie dure à nos patrouilleurs anglais.

— Avec leurs Schnellboote, je sais, dit Hare. Des vedettes vraiment rapides. Elles portent bien leur nom.

— Je ne sais pour quelle raison, nous les appelons des E-boats. Mais de toute manière, elles sont trop rapides pour nous. Depuis le début de la guerre nous avons essayé de nous emparer de l'une d'elles, et je suis enchanté de vous apprendre que nous avons enfin réussi le mois dernier.

— Vous plaisantez ! s'écria Hare, étonné.

— Vous découvrirez bientôt que je ne plaisante jamais, capitaine, répondit Munro. Un bâtiment de la série S-80.

Il a eu des problèmes de moteur au cours d'une patrouille de nuit au large des côtes du Devon. Un de nos contre-torpilleurs l'a découvert à l'aube, et l'équipage a abandonné le bateau. Bien entendu, le capitaine a déclenché une charge explosive avant de quitter le bord, pour faire sauter les fonds. Malheureusement pour lui, la charge n'a pas explosé. Le dernier message radio à leur base de Cherbourg signalait qu'ils coulaient le bateau, donc la Kriegsmarine ignore qu'il se trouve maintenant en notre possession... Vous voyez où je veux en venir ? demanda-t-il en souriant.

— Je n'en suis pas certain.

— Capitaine Hare, il y a en Cornouailles un minuscule port de pêche qui porte le nom de Cold Harbour. Il y fait effectivement froid. A peine deux ou trois douzaines de masures et un manoir. Il se trouve dans un secteur de défense et donc ses habitants ont été évacués depuis longtemps. Mes services l'utilisent pour... disons : des missions spéciales. C'est de là que partent deux de nos avions, des avions allemands. Un Stork et un chasseur de nuit Ju-88S. Nous leur avons laissé les écussons de la Luftwaffe, et l'homme qui les pilote, l'un des aviateurs les plus audacieux de la RAF, porte un uniforme allemand.

— Et vous voudriez que je fasse la même chose avec cet E-boat...

— Exactement. C'est là que vous intervenez. Après tout, un bateau de la Kriegsmarine a besoin d'un équipage de la Kriegsmarine.

— Ce qui est suffisamment contraire au code de la guerre pour placer cet équipage devant un peloton d'exécution si jamais il est fait prisonnier, répondit Hare.

— Je sais. La guerre, c'est l'enfer, comme l'a dit un jour votre général Sherman.

Munro se leva en se frottant les mains.

— Les possibilités sont sans limite. Je vais vous apprendre un autre fait classé secret : toutes les communications des services de renseignements de l'armée et de la marine allemandes sont transmises en code par des machines

Enigma, que les Allemands croient parfaitement sûres. Malheureusement pour eux, nous avons mis au point un système, appelé Ultra, qui a réussi à pénétrer leurs codes. Songez aux éléments d'information dont vous disposerez : les signaux de reconnaissance de la Kriegsmarine et les codes quotidiens d'accès aux ports.

— C'est dément ! s'écria Hare. Vous aurez besoin d'un équipage.

— En général, les S-80 ont seize hommes à leur bord. Mes amis de l'Amirauté pensent que vous pourrez vous débrouiller avec dix, y compris vous-même. Comme c'est une opération conjointe, nos services et les vôtres recherchent les hommes qu'il faut. Je vous ai déjà déniché un mécanicien idéal. Un juif allemand réfugié qui travaillait aux usines Daimler-Benz. Ce sont eux qui fabriquent les moteurs de tous les E-boats.

Il y eut un long silence. Hare se détourna et regarda la ville, au-delà des jardins. Il faisait déjà très sombre et il frissonna ; sans raison, il se rappela Tulugu. Quand il tendit la main vers son paquet de cigarettes, elle tremblait ; il se retourna et la montra à Munro.

— Regardez ça... Et vous savez pourquoi ? Parce que j'ai peur.

— Moi aussi j'avais peur dans le ventre du maudit bombardier qui m'a amené ici, dit Munro. Et j'aurai aussi peur ce soir quand nous partirons ensemble, même si c'est dans une Forteresse volante. On m'a dit qu'il y a un peu plus d'espace.

— Non, dit Hare. Je ne ferai pas ça.

— Mais si, voyons, commandant, lui répondit Munro. Voulez-vous savoir pourquoi ? Parce que vous ne pouvez rien faire d'autre. Vous ne pouvez certainement pas retourner à Harvard. Sur les bancs de l'école après ce que vous avez traversé ? Et je vais vous apprendre quelque chose sur vous-même, parce que nous sommes dans le même bateau. Nous avons passé tous les deux le plus clair de notre vie à vivre dans notre tête. Les histoires d'autres hommes. Toujours à travers les livres, et quand la guerre est venue... Vous savez quoi, mon ami? Nous y avons pris plaisir à chaque instant.

— Allez au diable, lança Martin Hare.

— C'est sans doute ce qui m'attend.

— Et si je refuse?

— Voyons, mon cher...

Munro sortit la lettre de sa poche intérieure.

— Je pense que vous reconnaîtrez la signature, en bas. C'est celle du commandant en chef des forces armées des Etats-Unis.

Hare regarda, stupéfait.

— Bon sang!

— Oui, il aimerait vous dire quelques mots avant notre départ. L'appel à la gloire, n'est-ce pas? Alors soyez gentil, passez votre uniforme. Nous n'avons pas beaucoup de temps.

A la Maison-Blanche, la limousine s'arrêta devant l'entrée du rez-de-chaussée, côté ouest, où Munro montra son laissez-passer aux agents des Services secrets. Il fallut attendre la venue d'un aide de camp — un jeune lieutenant de la Marine en uniforme impeccable.

— Général, dit-il à Munro, puis il se tourna vers Hare et le salua comme seul peut le faire un officier formé à Annapolis. C'est un grand honneur pour moi de faire votre connaissance, commandant.

Hare lui rendit son salut, visiblement gêné. Le jeune homme leur dit :

— Suivez-moi, messieurs, le Président vous attend.

Le bureau ovale se trouvait dans la pénombre; la seule lampe était celle du bureau, couvert de papiers. Le président Roosevelt était dans son fauteuil d'infirme, près de la fenêtre; une cigarette rougeoyait dans le noir, au bout de son long fume-cigarette habituel. Il fit pivoter son fauteuil.

— Vous voilà, général.

— Monsieur le Président...

— Et avec le commandant Hare ? poursuivit Roosevelt en tendant la main. Vous faites honneur à votre pays, monsieur. En tant que votre président, je vous remercie. Cette affaire de Tulugu était vraiment quelque chose.

— Des hommes meilleurs que moi sont morts quand nous avons coulé ce contre-torpilleur, monsieur le Président.

— Je le sais, mon ami, répondit Roosevelt en gardant la main de Hare entre les siennes. Des hommes meilleurs que vous et moi meurent chaque jour, mais nous devons continuer, et faire de notre mieux. Le général vous a mis au courant de cette affaire de Cold Harbour ? demanda-t-il en fixant une autre cigarette à son porte-cigarette. Cela vous plaît ?

Hare lança un coup d'œil à Munro, hésita, puis répondit :

— Une proposition intéressante, monsieur le Président.

Roosevelt bascula la tête en arrière et rit.

— Bien dit !

Il fit rouler son fauteuil vers le bureau et se tourna.

— Porter l'uniforme ennemi est une infraction flagrante aux termes de la Convention de Genève, vous en êtes conscient ?

— Oui, monsieur le Président.

Roosevelt leva les yeux vers le plafond.

— Corrigez-moi si je me trompe, général, mais n'est-il pas vrai que, pendant les guerres napoléoniennes, des bateaux de la Marine anglaise ont attaqué en battant pavillon français ?

— Absolument, monsieur le Président, et la plupart du temps avec des bâtiments français conservés comme prises de guerre et réaffectés dans la Marine britannique.

— Il y a donc un précédent pour ce type d'action. C'est une ruse de guerre légitime, n'est-ce pas ?

— Certainement, monsieur le Président.

Hare intervint.

— Détail qui mérite d'être noté, au cours des actions

de ce genre, les Anglais hissaient en règle générale leur propre drapeau juste avant le début de la bataille.

— Ça me plaît, observa Roosevelt. C'est une chose que je comprends. Si un homme doit mourir, il faut que ce soit sous son propre drapeau.

Il se tourna vers Hare.

— Ordre direct de votre commandant en chef : vous aurez à tout moment, sur cet E-boat que vous allez commander, le drapeau des Etats-Unis, et s'il vous arrive un jour d'engager la bataille, vous le hisserez à la place du pavillon de la Kriegsmarine. Compris ?

— Parfaitement, monsieur le Président.

Roosevelt lui tendit de nouveau la main.

— Bien. Je ne peux que vous souhaiter l'aide de Dieu.

Il serra la main à ses deux visiteurs et, comme par miracle, le jeune lieutenant sortit de l'ombre et les raccompagna à la porte.

Au moment où la limousine tourna dans Constitution Avenue, Hare desserra les dents.

— Un homme remarquable.

— Vous êtes réellement en dessous de la vérité ! s'écria Munro. Ce que Churchill et lui ont fait ensemble est époustouflant. Je me demande dans combien de temps on écrira des livres pour prouver qu'ils n'ont joué qu'un rôle sans importance.

— Des professeurs ratés désireux de se faire un nom ? demanda Hare. Juste comme nous ?

— Exactement.

Munro regarda longuement les rues éclairées.

— Cette ville va me manquer. Un choc culturel vous attend à votre arrivée à Londres. Pas seulement le black-out... La Luftwaffe a recommencé ses bombardements de nuit.

Hare s'adossa à la banquette et ferma les yeux, non par fatigue mais pour dissimuler une bouffée d'allégresse soudaine. Comme s'il venait de se réveiller enfin après un très long sommeil.

La Forteresse volante, flambant neuve, allait rejoindre la 8e escadrille américaine en Grande-Bretagne. L'équipage offrit à Munro et à Hare le plus de confort possible : des couvertures de l'armée, des oreillers et deux bouteilles Thermos. Hare en ouvrit une quand ils franchirent la côte de Nouvelle-Angleterre et survolèrent la mer.

— Café ?

— Non merci. Je suis un homme de thé.

Il plaça un oreiller derrière sa tête et remonta une des couvertures jusqu'à son visage.

— Tous les goûts sont dans la nature, dit Hare en aspirant une gorgée de café brûlant.

Munro grogna.

— Je savais que j'avais oublié quelque chose. Etant donné les circonstances particulières, votre Marine vous a fait monter en grade.

— Un galon de plus ? s'étonna Hare.

— Pas vraiment. Vous devenez Fregattenkapitän, répondit Munro en tirant la couverture par-dessus ses épaules.

Et il s'endormit.

2

Au moment où Craig Osbourne arriva à l'entrée de Saint-Maurice, il y eut une rafale de coups de fusil. Les corbeaux perchés dans les hêtres près de l'église du village s'élevèrent dans les airs en un nuage noir et lancèrent des cris de colère. Osbourne était au volant d'une Kubelwagen, l'équivalent allemand de la Jeep, véhicule tout-terrain capable de passer n'importe où. Il la gara près de la poterne du cimetière et descendit, impeccable dans l'uniforme gris de campagne d'un Standartenführer des Waffen-SS.

Il commençait à pleuvoir ; il prit sur le siège arrière une capote de cuir noir, la jeta sur ses épaules puis s'avança vers un gendarme qui observait la scène en train de se dérouler sur la place. Il y avait une poignée d'habitants du village, pas davantage, un peloton d'exécution SS et deux prisonniers qui attendaient sans espoir, les mains ligotées dans le dos. Un troisième gisait devant le mur, le visage contre les pavés. Osbourne vit apparaître un officier entre deux âges, qui portait une longue capote avec les insignes d'argent en faveur auprès des généraux SS. Il sortit un pistolet de son étui, se pencha, et tira une balle dans la nuque de l'homme à terre.

— Le général Dietrich, je suppose ? demanda Osbourne dans un français parfait.

Le gendarme, qui ne l'avait pas vu arriver, répondit machinalement :

— Oui, il aime les achever lui-même, celui-là.

Il se retourna à demi, reconnut l'uniforme et se mit aussitôt au garde-à-vous.

— Excusez-moi, colonel, c'était sans offense.

— Je l'avais pris ainsi. Après tout, nous sommes compatriotes.

Craig releva sa manche gauche et le gendarme put voir qu'il portait l'écusson de la brigade Charlemagne, l'unité SS composée de Français.

— Une cigarette ?

Il lui tendit un étui en argent. Le gendarme en prit une. Quelle que fût son opinion personnelle sur un compatriote portant l'uniforme de l'ennemi, il la garda pour lui, le visage vide.

— Ça se produit souvent ? demanda Osbourne en lui donnant du feu.

Le gendarme hésita et Osbourne l'encouragea d'un signe de tête.

— Allez, vieux, dites ce que vous avez dans l'esprit. Vous ne m'approuvez peut-être pas, mais nous sommes français tous les deux.

Tout fit surface d'un coup : la haine et la rage impuissante.

— Deux ou trois fois par semaine. Et pas seulement ici C'est un boucher, ce type-là.

On traîna contre le mur un des deux hommes qui attendaient. Une voix beugla un ordre, puis une autre rafale crépita.

— Et il leur refuse les derniers sacrements. Vous avez vu, colonel : pas de prêtre. Mais quand tout est terminé, il monte ici comme un bon catholique pour se confesser au père Paul, puis il se fait servir un bon gueuleton au café, de l'autre côté de la place.

— Oui, c'est ce qu'on m'a appris, répondit Osbourne.

Il se retourna et repartit vers l'église. Le gendarme le regarda s'éloigner, déconcerté, puis se remit à observer les événements de la place : Dietrich s'avançait de nouveau, le pistolet à la main.

Craig Osbourne remonta l'allée du cimetière, ouvrit la grande porte de chêne de l'église et entra. La nef était sombre, très peu de lumière filtrait par les vitraux anciens. Une odeur d'encens, des cierges près de l'autel. A l'instant où Osbourne s'avançait, la porte de la sacristie s'ouvrit et un vieux prêtre aux cheveux blancs apparut. Il portait un surplis et une étole violette sur l'épaule. Il s'arrêta, visiblement surpris.

— Puis-je faire quelque chose pour vous ?

— Peut-être. Retournez dans la sacristie, mon père.

Le vieux prêtre se rembrunit.

— Pas maintenant, colonel, je dois entendre quelqu'un en confession.

Osbourne jeta un coup d'œil aux confessionnaux, tout au fond de l'église vide.

— Pas beaucoup de clientèle, mon père, mais c'est bien normal : ce boucher de Dietrich est attendu, non ?

Il posa une main ferme à plat sur la poitrine du prêtre.

— Dans la sacristie, s'il vous plaît.

Le prêtre recula, décontenancé.

— Qui êtes-vous ?

Osbourne le fit asseoir de force sur la chaise de bois près du bureau et sortit un bout de corde de sa poche.

— Moins vous en saurez, mieux cela vaudra, mon père. Disons seulement que les choses ne sont pas toujours ce que l'on croit. Mettez les mains derrière le dos.

Il ligota solidement les poignets du vieil homme.

— Vous voyez, mon père, je vous accorde l'absolution. Aucune relation avec ce qui va se passer ici. Un certificat d'innocence pour nos amis allemands.

Il prit un mouchoir. Le vieux prêtre lui dit :

— Mon fils, j'ignore vos intentions, mais nous sommes dans la maison de Dieu.

— Oui, mais je me plais à croire que je suis les voies du Seigneur, répondit Craig en le bâillonnant avec le mouchoir.

Il laissa le vieil homme sur la chaise, referma la porte de la sacristie et se dirigea vers les confessionnaux. Il alluma la petite lampe au-dessus de la porte du premier et entra. Il prit son Walther, vissa un silencieux au bout du canon et fit le guet, la porte entrouverte pour pouvoir apercevoir l'entrée.

Quelques instants plus tard, Dietrich arriva sous le porche avec un jeune capitaine SS. Ils discutèrent pendant un instant, puis le capitaine ressortit et Dietrich s'avança dans l'allée entre les prie-Dieu tout en déboutonnant sa capote. Il marqua un temps, ôta sa casquette, entra par l'autre porte du confessionnal et s'assit. Osbourne actionna l'interrupteur, la petite ampoule éclaira le visage de l'Allemand de l'autre côté de la grille, mais le laissa lui-même dans l'ombre.

— Bonjour, mon père, bénissez-moi parce que j'ai péché, dit Dietrich en mauvais français.

— Ça, c'est sûr, mon salaud, lui répondit Osbourne.

Il força le silencieux du Walther à travers la grille fragile et tira entre les yeux.

A l'instant où Osbourne sortait du confessionnal, le jeune capitaine SS ouvrit la porte de l'église et passa la tête. Il regarda le général la face contre terre, avec sur l'arrière du crâne une masse gluante de sang et de cervelle, puis Osbourne debout au-dessus du cadavre. Le jeune officier saisit son pistolet et tira deux fois, trop vite ; l'écho des détonations parut assourdissant entre les vieux murs. Osbourne tira à son tour et le toucha à la poitrine ; l'Allemand tomba à la renverse sur un prie-Dieu et Osbourne fila vers la porte.

Il jeta un coup d'œil à l'extérieur : la voiture de Dietrich était garée près de la grille, sa Kubelwagen un peu plus loin. Trop tard pour l'atteindre, un peloton de SS, le fusil à la hanche, courait vers l'église, attiré par les coups de feu.

Osbourne se retourna, remonta l'allée au pas de course et sortit par l'arrière de la sacristie ; il bondit au milieu des tombes, à l'arrière de l'église, sauta par-dessus le mur de pierre et fonça vers les bois, en haut de la colline.

Quand ils commencèrent à tirer, il n'était qu'à mi-pente. Il se mit à zigzaguer, et il était presque arrivé quand la balle déchira sa manche gauche. Elle le projeta sur le côté et il tomba sur un genou. Une seconde plus tard, il s'était relevé et il franchissait la crête de la colline. Aussitôt, il fut sous les arbres.

Il continua de courir comme un fou, les deux bras levés pour protéger son visage des branches qui le fouettaient. Mais où diable pouvait-il aller ? Aucun moyen de transport, aucun moyen d'assurer son rendez-vous avec le Lysander. En tout cas, Dietrich était mort. Mais comme on disait au bon vieux temps du SOE, quel beau merdier !

Il y avait une route dans la vallée au-dessous de lui, et encore des bois de l'autre côté. Il se laissa glisser entre les arbres, atterrit dans un fossé et se releva pour traverser la chaussée. A sa stupéfaction totale, la limousine Rolls-Royce apparut au tournant et freina.

René Dissard, son bandeau noir sur l'œil, se trouvait au volant, dans un uniforme de chauffeur. Une portière arrière s'ouvrit et Anne-Marie passa la tête.

— Encore en train de jouer au héros, Craig ? Vous ne changerez donc jamais ? Allez, montez, pour l'amour de Dieu, et filons d'ici.

Au moment où la Rolls démarra, la jeune femme montra d'un geste la manche d'uniforme trempée de sang.

— Grave ?

— Je ne crois pas. Qu'est-ce que vous fichez ici ? demanda Osbourne en glissant un mouchoir entre le tissu et la peau.

— Grand Pierre est entré en contact. Comme d'habitude, juste une voix au téléphone. Je n'ai pas encore rencontré le bonhomme.

— Moi, si, lui répondit Craig. Quand vous le verrez, attendez-vous à un choc.

— Vraiment ? Il a annoncé des difficultés pour le rendez-vous avec le Lysander. Epais brouillard et pluie venant de l'Atlantique, d'après la météo. J'étais censée vous attendre à la ferme pour vous prévenir, mais ce coup-là m'a toujours fait mauvaise impression. J'ai décidé de passer voir l'action. Nous étions à l'autre bout du village, à côté de la gare. Nous avons entendu les coups de feu et nous vous avons vu monter la colline en vitesse.

— Une chance pour moi, lui dit Osbourne.

— Oui, car cela n'était pas du tout dans mes attributions. Bref, René m'a dit que vous ressortiriez par ici.

Elle alluma une cigarette et croisa les genoux l'un sur l'autre, élégante comme à son habitude dans son tailleur noir, une broche de diamants sur le col du chemisier de soie blanc. Ses cheveux noirs coiffés avec une frange tombaient de chaque côté de ses joues et faisaient ressortir ses pommettes et son menton pointu.

— Que regardez-vous ? demanda-t-elle, contrariée.

— Vous, répondit-il. Trop de rouge à lèvres, comme d'habitude, mais sinon... follement merveilleuse.

— Oh, glissez-vous sous le siège et taisez-vous, ordonna-t-elle.

Elle tourna ses jambes sur le côté pendant que Craig relevait la trappe ; il y avait un espace libre sous la banquette. Il rampa à l'intérieur et elle rabattit le panneau. Un instant plus tard, à la sortie d'un virage, ils tombèrent sur une Kubelwagen en travers de la route. Une demi-douzaine de SS attendaient.

— Tout doux et tout sourires, René, dit-elle.

— Des ennuis ? demanda la voix assourdie de Craig Osbourne.

— Aucun si nous avons un peu de chance, dit Anne-Marie doucement. Je connais l'officier. Il a logé au château pendant quelque temps.

René arrêta la Rolls et un jeune lieutenant SS s'avança, l'arme au poing. Son visage s'éclaira et il rangea le pistolet dans son étui.

— Mademoiselle Trevaunce... C'est un plaisir inattendu.

— Lieutenant Schultz...

Elle ouvrit la portière et lui tendit la main, qu'il baisa avec galanterie.

— Que se passe-t-il ?

— Une sale affaire. Un terroriste vient de tirer sur le général Dietrich à Saint-Maurice.

— J'avais bien cru entendre des coups de feu par là-bas. Et comment va le général ?

— Il est mort, mademoiselle, lui répondit Schultz. J'ai vu le corps de mes yeux. Une chose horrible. Assassiné en pleine église pendant la confession. Qu'il existe des gens capables de ce genre d'acte passe mon entendement, dit-il en secouant la tête.

— Je suis sincèrement navrée.

Elle lui serra la main pour bien lui témoigner sa sympathie.

— Il faut que vous veniez nous revoir bientôt. La comtesse s'est entichée de vous, vous savez. Nous étions désolées de vous voir partir.

Schultz rougit jusqu'aux yeux.

— Transmettez-lui mes compliments, je vous prie. Mais je n'ai pas le droit de vous retenir plus longtemps.

Il cria un ordre et un de ses hommes fit reculer la Kubelwagen. Schultz salua et René démarra.

— Comme toujours, Mademoiselle a une chance de démon, fit-il remarquer.

Anne-Marie Trevaunce alluma une autre cigarette et Craig Osbourne dit doucement :

— Erreur, René, mon ami. Elle *est* le démon.

A la ferme, ils garèrent la Rolls-Royce dans le garage et René partit aux nouvelles. Osbourne ôta sa tunique et arracha la manche de sa chemise, trempée de sang.

Anne-Marie examina la blessure.

— Pas trop laide. La balle n'a pas traversé, seulement creusé un sillon. Mais ça peut s'envenimer.

René revint, avec un baluchon de vêtements et un morceau de toile blanche, qu'il se mit à déchirer en bandes.

— Faites-lui un pansement avec ça.

Anne-Marie se mit à l'œuvre aussitôt.

— Quoi de neuf? demanda Osbourne.

— Le vieux Jules est tout seul ici, et il veut que nous filions au plus vite, répondit René. Changez-vous pour qu'il puisse faire brûler votre uniforme dans sa chaudière à bois. Nous avons reçu un message de Grand Pierre. Ils ont eu Londres avec la radio. Un bateau viendra vous prendre au large de Léon cette nuit. Grand Pierre ne pourra pas se libérer mais il enverra un de ses hommes, Blériot. Je le connais bien. C'est un brave type.

Osbourne passa de l'autre côté de la Rolls pour se changer. Quand il revint, il portait une casquette de tweed, une veste et un pantalon de velours côtelé qui avaient connu de meilleurs jours, et des bottes éculées. Il glissa le Walther dans sa poche et donna l'uniforme à René, qui sortit aussitôt.

— Ça peut passer? demanda-t-il à Anne-Marie.

Elle éclata de rire.

— Avec une barbe de trois jours au menton, peut-être. Mais en toute franchise, pour moi vous êtes toujours un diplômé de Yale.

— Ce n'est pas très réconfortant.

René revint et se mit au volant.

— Nous ferions bien de filer, mademoiselle. Il nous faut bien une heure pour aller là-bas.

Elle ouvrit la trappe de la banquette.

— Entrez donc, et soyez sage.

Craig obéit, puis repassa la tête.

— C'est quand même moi qui ai la meilleure place. Demain soir, dîner au Savoy. L'orchestre, la chanteuse Carroll Gibbons, la danse, les belles filles...

Elle claqua la trappe, monta, et René démarra.

Léon était un si petit village de pêcheurs qu'il n'avait même pas de jetée; on remontait la plupart des bateaux sur la plage. Des échos d'accordéon s'élevaient d'un bar, unique signe de vie. Ils continuèrent leur route sur un mauvais chemin, passèrent devant un phare désaffecté et descendirent vers une baie minuscule. Un épais brouillard montait par bouffées de la mer, et une corne de brume retentit au loin, plaintive et solitaire. René partit devant, une lampe torche à la main.

— Vous n'allez pas descendre là-bas, dit Craig à Anne-Marie. Vous ne feriez qu'abîmer vos chaussures. Restez près de la voiture.

Elle ôta ses chaussures, se retourna et les lança dans la Rolls.

— Vous avez raison, mon cher, mais grâce à mes amis nazis, j'ai une inépuisable provision de bas de soie. Je peux me permettre d'en immoler une paire sur l'autel de l'amitié.

Elle lui prit le bras et ils suivirent René.

— L'amitié ? dit Craig. Si je me souviens bien, à Paris, au bon vieux temps, il s'agissait d'un peu plus que ça.

— De l'histoire ancienne, mon cher. Mieux vaut l'oublier.

Elle lui serra le bras et Craig retint son souffle — la blessure commençait à lui faire vraiment mal. Anne-Marie se tourna vers lui.

— Ça ne va pas ?

— Ce maudit bras fait le malin, c'est tout.

Ils entendirent un murmure de voix quand ils se rapprochèrent. René parlait à un autre homme, à côté d'un canot. Le moteur hors-bord était relevé à l'arrière.

— Blériot, dit René.

— Mademoiselle..., bredouilla Blériot en touchant sa casquette.

— C'est le bateau, je suppose ? demanda Craig. Et que suis-je censé faire ?

— Quand vous aurez contourné la pointe, vous verrez le feu de Gros-Nez. Allez droit dessus.

— Avec ce brouillard ?

Blériot haussa les épaules.

— Il est très bas. J'ai mis une lampe à signaux dans la barque, et il y a ça.

Il sortit de sa poche une boule lumineuse de signalisation.

— C'est le SOE qui nous les fournit. Elles marchent très bien dans l'eau.

— Et c'est sûrement dans l'eau que je finirai, avec ce sale temps, dit Craig en regardant les vagues qui déferlaient à l'assaut de la grève.

Blériot prit un gilet de sauvetage dans le bateau et aida Craig à l'enfiler.

— Vous n'avez pas le choix, monsieur, vous devez partir. Grand Pierre assure qu'ils vont passer toute la Bretagne au peigne fin pour vous trouver.

Craig le laissa attacher les courroies du gilet.

— Ont-ils déjà pris des otages ?

— Bien entendu. Dix à Saint-Maurice, y compris le maire et le père Paul.

— Bon Dieu ! murmura Craig entre ses dents.

Anne-Marie alluma une Gitane et la lui tendit.

— C'est la règle du jeu, mon cher, vous le savez aussi bien que moi. Cela ne vous concerne plus.

— J'aimerais pouvoir vous croire, lui répondit-il tandis que René et Blériot poussaient le canot à la mer.

Blériot monta à bord, lança le hors-bord et redescendit. Anne-Marie donna à Craig un baiser rapide.

— Partez bien gentiment, et transmettez mes meilleurs sentiments à Carroll Gibbons.

Craig sauta dans le canot et prit la barre. Il se tourna vers Blériot qui retenait l'étrave.

— C'est un MTB qui doit me prendre ?

— Ou une canonnière. La Marine anglaise ou les Français-Libres. Mais ils seront là, monsieur. Ils ne nous ont jamais fait faux bond.

— Au revoir, René. Veillez bien sur elle, cria Craig pendant qu'ils le poussaient dans les vagues.

Puis le petit moteur hors-bord l'emporta.

Dès qu'il eut contourné la pointe et fut en pleine mer, les ennuis commencèrent. Les vagues se couronnèrent de moutons blancs, le vent fraîchit et le canot se mit à embarquer de l'eau. Il en avait déjà jusqu'aux chevilles.

Blériot avait raison. Il pouvait voir de temps en temps le feu de Gros-Nez par des échancrures dans la brume. Il mit le cap sur lui. Soudain, le moteur hors-bord cala. Saisi de rage, il tira sur la ficelle, tira... mais le canot continua à dériver, entraîné par le courant.

Une vague lourde, longue et lisse, beaucoup plus haute que les autres, souleva brusquement le canot ; il resta un instant en équilibre sur la crête, puis embarqua de l'eau de plus belle.

Il sombra comme une pierre, et Craig Osbourne se mit à dériver dans l'eau, impuissant, soutenu par son gilet de sauvetage.

Le froid, d'une intensité extrême, lui mordit les bras et les jambes comme de l'acide. La douleur de sa blessure s'estompa sur le moment. Une autre vague haute arriva, et il glissa de l'autre côté, dans l'eau plus calme.

— Mauvais, vieux, se dit-il. Pas bon du tout.

Puis le vent déchira un autre accroc dans le rideau de brume, il vit le feu de Gros-Nez, il entendit le grondement assourdi de moteurs et il aperçut une forme sombre.

De toute sa voix, il se mit à crier.

— Par ici !

Puis il se souvint de la boule lumineuse que Blériot lui avait donnée. Il la sortit de sa poche, non sans mal à cause du froid, et la brandit dans la paume de sa main droite.

Le rideau de brouillard retomba, le feu de Gros-Nez disparut et la nuit avala le grondement de moteurs.

— Par ici, nom de Dieu ! cria Osbourne, puis le lance-torpilles émergea du brouillard comme un vaisseau fantôme et se dirigea droit sur lui.

Jamais de sa vie il n'avait éprouvé un tel soulagement. Un projecteur s'alluma et le trouva presque aussitôt, dans l'eau. Il se mit à nager vers le bateau, oubliant son bras blessé, puis il s'arrêta soudain. Une impression étrange. Ce bateau n'était pas normal. La peinture, par exemple. Un blanc sale qui tirait sur le vert de la mer, de vagues bandes de camouflage... Puis le vent fit claquer le drapeau en haut de son mât, et Craig vit nettement la croix gammée dans l'angle de gauche, avec le rouge et le noir de la Kriegsmarine. Ce n'était pas un MTB mais un E-boat allemand. Quand il glissa à la hauteur de Craig, celui-ci put lire à la proue à côté du numéro matricule : *Lili Marlene*.

Le bateau parut s'arrêter sur son erre, les moteurs n'étaient plus qu'un murmure. Craig, le cœur gros, leva les yeux vers deux matelots de la Kriegsmarine qui le dévisageaient. Puis l'un d'eux lança une échelle de corde par-dessus le bastingage.

— All right, mon pote, dit l'homme avec le plus juteux des accents cockneys. On te ramène.

Ils durent l'aider à passer par-dessus le bastingage, puis il s'accroupit et vomit un peu sur le pont. Il leva des yeux inquiets vers le marin allemand à l'accent cockney, qui lui lança d'un air gouailleur :

— Major Osbourne, je suppose ?

— C'est moi.

L'Allemand se pencha.

— Vous perdez beaucoup de sang au bras gauche. Il vaut mieux jeter un coup d'œil tout de suite. Je suis l'infirmier du bord.

— Je ne comprends pas, dit Osbourne.

— Pas à moi de vous expliquer. Ça, c'est le rayon du capitaine, Fregattenkapitän Berger. Vous le trouverez sur la passerelle.

Craig Osbourne se releva péniblement, dénoua de ses doigts engourdis les courroies de son gilet de sauvetage et l'enleva. Il se dirigea d'un pas chancelant vers la petite échelle et monta. Il entra dans la timonerie. Il y avait un sous-officier à la barre, un Obersteuermann d'après ses écussons, un chef-timonier. L'homme dans le fauteuil tournant devant la petite table des cartes portait une casquette fripée de la Kriegsmarine, ainsi qu'un vieux chandail blanc à col roulé sous un suroît. Il se retourna pour dévisager Osbourne ; son visage parfaitement calme n'exprimait rien.

— Major Osbourne, dit-il en bon américain. Enchanté de vous avoir à bord. Excusez-moi un instant, il faut que nous filions d'ici.

Il se tourna vers le timonier et dit en allemand :

— Très bien, Langsdorff. Laissez les silencieux pendant les cinq premiers milles. Cap deux-un-zéro. Vitesse, vingt-cinq nœuds jusqu'à nouvel ordre.

— Cap deux-un-zéro, vitesse vingt-cinq nœuds, Herr Kapitän, répéta le timonier, et le bateau tourna en prenant de la vitesse.

— Hare, dit Craig Osbourne. Professeur Martin Hare.

Hare prit une cigarette dans une boîte métallique de Benson & Hedges et lui en offrit une.

— Vous me connaissez ? Nous nous sommes déjà rencontrés ?

Osbourne accepta la cigarette ; ses doigts tremblaient.

— Après Yale, je suis devenu journaliste. J'ai travaillé pour *Life,* entre autres magazines. Paris, Berlin. J'ai passé une bonne partie de ma jeunesse dans ces deux villes. Mon père était aux Affaires étrangères, un diplomate.

— Mais quand nous sommes-nous rencontrés ?

— Je suis rentré chez nous en vacances. A Boston, je veux dire. En avril 1939. Un ami m'a parlé de votre série de conférences à Harvard. Littérature allemande, en principe, mais très politique, très anti-nazi. J'ai assisté à quatre d'entre elles.

— Vous étiez là au moment des incidents ?

— Quand le Bund américain a essayé de vous interrompre ? Bien entendu. Je me suis brisé une phalange sur la mâchoire d'un de ces chimpanzés. Vous étiez vraiment épatant.

Osbourne frissonna ; la porte s'ouvrit et le cockney apparut.

— Qu'y a-t-il, Schmidt ? demanda Hare en allemand.

Schmidt avait apporté une couverture.

— Je me suis dit que le major en aurait peut-être

besoin. Je voudrais également signaler au Kapitän que le major est blessé au bras gauche et qu'il a besoin de soins médicaux.

— Faites votre travail, Schmidt, lui dit Martin Hare. Sans traîner.

Assis sur la chaise étroite devant la table de la minuscule infirmerie, Osbourne regardait Schmidt panser sa blessure d'une main experte.

— Un peu de morphine, patron, juste pour vous rendre la vie plus agréable.

Il prit une ampoule dans sa trousse et l'injecta dans le bras d'Osbourne.

— Qui êtes-vous? lui demanda Craig. Pas un Allemand, c'est certain.

— Oh, mais en un sens je le suis; ou en tout cas mes parents l'étaient. Des juifs qui ont jugé Londres plus accueillante que Berlin. Je suis né à Whitechapel.

— Schmidt, vous parlez trop! lança Martin Hare en allemand depuis le pas de la porte.

Schmidt se redressa et se mit automatiquement au garde-à-vous.

— Jawohl, Herr Kapitän.

— Vous pouvez disposer.

— Zu Befehl, Herr Kapitän.

Schmidt sourit en s'en alla en emportant sa trousse. Hare alluma une cigarette.

— Nous avons un équipage hétérogène. Des Américains et des Rosbifs, quelques juifs, mais tout le monde parle couramment l'allemand et ne possède qu'une identité à bord de ce bateau.

— Votre E-boat est très particulier, dit Osbourne. J'en suis soufflé. C'est vraiment le secret le mieux gardé sur lequel je sois tombé depuis longtemps.

— Il faut vous dire que nous jouons le jeu jusqu'à la gauche. Normalement, nous parlons seulement allemand et nous ne portons que des uniformes de la Kriegsmarine, même à la base. Pour rester vraiment dans le personnage.

Bien entendu, les hommes n'observent pas toujours la règle de la langue. Schmidt en est un bon exemple.

— Et où est la base?

— Un petit port appelé Cold Harbour, près de Lizard Point, en Cornouailles.

— C'est loin?

— D'ici? Une centaine de milles. Nous vous y débarquerons au petit matin. Sur le chemin du retour, nous prenons notre temps. Nos services nous préviennent à l'avance des patrouilles de la Royal Navy. Nous préférons les éviter.

— J'imagine. Une confrontation serait catastrophique. De qui dépend l'opération?

— Officiellement, de la section D du SOE, mais c'est une opération conjointe. Vous appartenez à l'OSS, m'a-t-on dit?

— C'est exact.

— Drôle de façon de gagner son pain.

— Vous pouvez le dire.

Hare sourit.

— Allons voir s'il reste des sandwichs dans la cambuse. Vous avez une mine d'affamé.

Il sortit le premier.

Osbourne monta sur le pont juste avant l'aurore. Il y avait beaucoup de houle et de l'embrun fouetta son visage. Il monta sur la passerelle et entra dans la timonerie. Hare était seul, le visage sombre et morose dans la lueur du compas. Osbourne s'assit devant la table des cartes et alluma une cigarette.

— Vous ne pouvez pas dormir? lui demanda Hare.

— Je ne fais pas bon ménage avec les bateaux. Ce n'est pas votre cas, je pense?

— Non. D'aussi loin que je me souvienne, les bateaux ont fait partie de ma vie. J'avais huit ans quand mon grand-père m'a envoyé en mer dans mon premier canot.

— Il paraît que la Manche est très spéciale.

— Très différente des Salomon, je peux vous dire.

— Vous venez de là-bas ?

Hare acquiesça d'un signe de tête.

— J'ai toujours entendu dire que les torpilleurs étaient un sport de jeune homme, dit Osbourne, visiblement curieux.

— Ma foi, quand on a besoin de certaines qualifications et d'un homme qui peut également passer pour un Allemand, on se contente de ce qu'on trouve, répondit Hare en riant.

Il y avait maintenant autour de lui une faible auréole de lumière grise. La mer semblait plus calme et la terre était apparue au-dessus de l'horizon devant eux.

— Lizard Point, dit Hare.

De nouveau, il sourit, et Osbourne répondit :

— Ça vous plaît, tout ça, hein ?

Hare haussa les épaules.

— Je suppose.

— Non, ça vous plaît vraiment. Vous n'avez nullement envie de revenir en arrière. A Harvard, je veux dire.

— Peut-être, avoua Hare d'un ton grave. Lequel d'entre nous saura quoi faire quand la guerre sera finie ? Vous, par exemple ?

— Je n'ai nulle part où aller. Vous comprenez, j'ai un problème spécial, lui dit Osbourne. Je possède sans doute un talent pour... tout ça. Hier, j'ai tué un général allemand. Dans une église, juste pour vous montrer à quel point les sentiments élevés me font défaut. C'était le chef des renseignements SS pour toute la Bretagne. Un boucher qui méritait de mourir.

— Quel est votre problème ?

— Je l'ai tué, et ils ont pris dix otages qu'ils ont abattus. La mort semble me talonner, si vous voyez ce que je veux dire.

Hare ne répondit pas, réduisit la puissance et ouvrit un hublot ; la pluie fine entra. Ils contournèrent un promontoire et Osbourne vit, dans la baie voisine, une anse surmontée d'un vallon boisé.

Un petit port gris était blotti au pied de la colline, avec

deux douzaines de petites maisons autour. On distinguait un vieux manoir entre les arbres. L'équipage venait de monter sur le pont.

— Cold Harbour, major Osbourne, dit Martin Hare, et il y fit entrer le *Lili Marlene*.

3

L'ÉQUIPAGE s'occupa de l'amarrage tandis que Hare et Osbourne débarquaient sur le quai revêtu de pavés.

— Toutes les maisons se ressemblent, fit observer Craig.

— Absolument, répondit Hare. L'ensemble a été construit en même temps par le seigneur du manoir, un certain sir William Chevely, au milieu du XVIIIe siècle. Les habitations, le port, le quai, tout. Selon la légende locale, le plus clair de son argent provenait de la contrebande. On l'appelait Black Bill.

— Je vois. Il a créé ce village de pêcheurs comme façade pour ses autres activités.

— Je suppose. Cette maison, par exemple, est l'auberge. Les hommes l'utilisent comme réfectoire.

C'était un bâtiment bas et ramassé, avec des pignons élevés, des colombages et des fenêtres à meneaux qui lui donnaient un air Renaissance.

— Pas du tout XVIIIe. C'est plutôt dans le style Tudor.

— Les caves datent du Moyen Age. Il y a toujours eu une auberge à cet endroit-là, répondit Hare en montant dans une Jeep stationnée dans la rue. Venez, je vais vous conduire au manoir.

Craig leva les yeux vers l'enseigne de l'auberge, au-dessus de la porte.

— Le Pendu.

— Le nom lui va bien, vous ne trouvez pas ? dit Hare en

lançant le moteur. En fait, c'est une enseigne neuve. L'ancienne était complètement déglinguée, et parfaitement révoltante, d'ailleurs. Un pauvre type qui se balançait au bout d'une corde, les mains ligotées, la langue pendante.

Quand ils démarrèrent, Craig se retourna pour regarder de nouveau l'enseigne. Elle représentait un jeune homme pendu la tête en bas, attaché par la cheville droite à un gibet de bois. Le visage était calme, la tête entourée par une sorte de halo.

— Vous savez que c'est une figure du tarot ? dit-il.

— Oh oui ! C'est la gouvernante du manoir qui s'est chargée de me l'apprendre, Mme Legrande. Elle se passionne pour ce genre de choses.

— Legrande ? Serait-ce Julie Legrande ? demanda Craig.

— Mais oui. Vous la connaissez ?

Hare lui lança un regard curieux.

— J'ai connu son mari avant la guerre, il enseignait la philosophie à la Sorbonne. Plus tard il a été impliqué dans la Résistance à Paris. Je les ai revus par hasard, là-bas, en 1942. Je les ai aidés à filer quand la Gestapo leur est tombée sur le dos.

— Elle est ici depuis le début du projet. Elle travaille pour le SOE.

— Et Henri, son mari ?

— Tout ce que je sais, c'est qu'il est mort à Londres l'an dernier d'une crise cardiaque.

Ils venaient de dépasser la dernière maison. Hare dit :

— Nous sommes dans une zone de défense. Tous les civils ont été évacués. Nous utilisons les maisons comme logements militaires. En plus de mon équipage, nous avons des mécaniciens de la RAF pour l'entretien des avions.

— Il y a des avions ici ? Mais pourquoi ?

— Le travail habituel. Déposer des agents en France ou aller les reprendre.

— Je croyais que c'était la mission de l'escadrille des Opérations spéciales, à Tempsford.

— Sans doute, en tout cas pour les affaires normales. Notre opération sort davantage de l'ordinaire. Je vais vous montrer. Nous arrivons justement au terrain.

La route traversa un bouquet d'arbres, puis déboucha sur une immense prairie avec une piste de gazon. A l'autre bout s'élevait un hangar préfabriqué. Hare dirigea la Jeep vers l'entrée, cahota sur l'herbe et s'arrêta.

— Qu'en pensez-vous ?

Un Fieseler Stork de reconnaissance sortait du hangar ; il portait, bien visibles sur ses ailes et son fuselage, les écussons de la Luftwaffe, et les deux mécaniciens qui le suivaient étaient en combinaison de l'aviation allemande. Au fond du hangar se trouvait un chasseur de nuit Ju-88.

— Bon Dieu ! s'écria Craig à mi-voix.

— Je vous ai bien dit qu'ici tout est assez inhabituel.

Le pilote du Stork descendit, échangea quelques mots avec les mécaniciens, puis se dirigea vers eux. Il portait les bottes et le pantalon ample, confortable des pilotes de chasse de la Luftwaffe, bleu-gris et très particulier avec ses grandes poches pour les cartes. La Fliegerbluse courte lui donnait belle allure. Il portait son insigne de pilote en argent du côté gauche, une Croix de fer de première classe au-dessus et l'emblème national de la Luftwaffe sur la droite.

— Tout sauf la maudite Knecht Kreuz, remarqua Osbourne.

— Oui, c'est un sacré fantaisiste, celui-là, répondit Hare. Et une sorte de psychopathe, si vous voulez mon avis. Mais il a descendu deux chasseurs pendant la bataille d'Angleterre.

Le pilote se rapprocha. Il devait avoir vingt-cinq ans ; sous sa casquette, ses cheveux étaient d'un blond paille, presque blancs. Il semblait sourire à tout bout de champ, mais il y avait de la cruauté dans sa bouche et son regard était froid.

— Lieutenant d'aviation Joe Edge... Major Craig Osbourne, de l'OSS.

Edge lui adressa un sourire assez charmant et tendit la main.

— Spécialité brigandage, hein ?

Craig le trouva parfaitement déplaisant, mais essaya de ne pas le montrer.

— Vous avez une sacrée installation, ici.

— Oui, le Stork peut atterrir et décoller n'importe où. Bien meilleur que le Lysander, à mon avis.

— Un camouflage assez inhabituel, ces insignes de la Luftwaffe.

Edge éclata de rire.

— Très utile, dans certaines circonstances. J'ai eu un problème de mauvais temps, le mois dernier, et j'ai failli tomber en panne sèche. J'ai atterri à la base de la Luftwaffe à Granville. Je leur ai ordonné de me refaire le plein. Aucun problème.

— Nous avons des ordres de mission merveilleusement contrefaits, signés par Himmler et contresignés par le Führer, précisant que nous sommes en mission spéciale pour la Sécurité SS. Personne n'ose contester ce genre de documents, expliqua Hare.

— Ils m'ont offert à dîner au mess, dit Edge à Craig. Bien entendu, ma chère mère étant boche, je parle la langue comme un Schleu. Ça aide.

Il se tourna vers Hare.

— Embarquez-moi jusqu'au manoir, voulez-vous ? J'ai appris que le patron allait peut-être venir de Londres.

— Je l'ignorais, lui dit Hare. Montez.

Edge s'installa à l'arrière et ils démarrèrent.

— Votre mère ? dit Craig. Elle est en Angleterre, je suppose.

— Bon Dieu, oui. Veuve. Elle habite Hampstead. La plus grande déception de sa vie, c'est que Hitler n'ait pas réussi à remonter le Mall jusqu'à Buckingham Palace en 1940.

Il rit à gorge déployée. Craig se détourna, le trouvant plus antipathique que jamais. Il dit à Hare :

— Je réfléchissais... Vous m'avez dit que l'opération dépendait de la section D du SOE. N'est-ce pas le bon vieux Service des coups fourrés ?

— Tout juste.

— Et Dougal Munro est toujours le patron ?

— Vous le connaissez aussi ?

— Oh oui, répondit Craig. J'ai travaillé pour le SOE depuis le début. Avant notre entrée en guerre. Nous avons collaboré, Dougal et moi. C'est un vieux salopard sans vergogne.

— C'est la seule façon de gagner les guerres, mon cher, commenta Edge de l'arrière.

— Je vois, lui lança Craig. Vous êtes de ceux pour qui la fin justifie les moyens.

— Je croyais que dans notre métier nous étions tous comme ça.

Pendant un instant, Craig vit le visage affolé du général Dietrich à travers la grille du confessionnal. Il se détourna, mal à l'aise.

— Il n'a pas changé... Munro, je veux dire, reprit Hare. Pour lui, la fin justifie vraiment les moyens, mais je pense que vous le découvrirez par vous-même assez tôt.

Il franchit un portail et s'arrêta dans une cour dallée. La demeure était de pierre grise, haute de trois étages. Très ancienne, très pacifique. Absolument rien de commun avec la guerre.

— Elle a un nom ? demanda Craig.

— Grancester Abbey. Grandiose, non ? lui répondit Edge.

— Haut les cœurs, dit Hare en descendant de la Jeep. Nous allons débusquer l'ogre dans son antre, s'il y est.

Mais, à cet instant précis, le général de brigade Dougal Munro était introduit dans la bibliothèque de Hayes Lodge, près de Londres, la maison que le général Dwight D. Eisenhower utilisait comme quartier général temporaire. Le général prenait un café avec des tartines, en lisant la dernière édition du *Times,* quand le jeune capitaine d'infanterie fit entrer Munro et referma la porte derrière lui.

— Bonjour, Munro. Du café ? Du thé ? Faites votre choix, tout est sur la desserte. Comment s'annonce l'opération Cornouailles ?

Munro se versa du thé.

— Jusqu'ici, tout va pour le mieux, général.

— Vous savez, la guerre, c'est un peu comme le magicien qui incite les gens à regarder sa main droite pendant que la gauche fait tout le travail sérieux.

Eisenhower se resservit du café.

— Illusion, Munro. Telle est la règle du jeu. J'ai reçu des Renseignements un rapport indiquant que Rommel a réalisé des choses incroyables depuis qu'il est responsable du mur de l'Atlantique.

— C'est un fait.

— Cet E-boat dont vous disposez a conduit si souvent des officiers du génie sur les côtes de France pour étudier les plages que vous devez avoir une idée assez précise de l'endroit où nous avons l'intention de débarquer, non ?

— C'est exact, général, répondit Munro, impassible. Toutes les indications semblent converger vers la Normandie.

— D'accord. Et nous en venons à l'illusion..., dit Eisenhower en se dirigeant vers une carte murale. J'ai envoyé Patton à la tête d'une armée fantôme, ici, dans l'East Anglia. De fausses bases, des avions en carton. Le grand jeu.

— Pour faire croire aux Allemands que nous comptons prendre le chemin le plus court et envahir la région du Pas-de-Calais ? suggéra Munro.

— C'est à cela qu'ils s'attendent, parce que c'est logique sur le plan militaire, acquiesça Eisenhower. Nous avons tout fait pour renforcer cette idée. La RAF et notre 8e escadrille vont lancer de nombreux raids sur la région, surtout à la veille du débarquement, bien entendu. Ils auront l'impression que nous cherchons à préparer le terrain. Des groupes de résistants attaqueront sans cesse les lignes à haute tension et les voies ferrées, ce genre de choses. Naturellement, les agents doubles que nous utilisons transmettront le bon faux renseignement au quartier général de l'Abwehr.

Il se figea, les yeux rivés à la carte, et Munro dit :

— Quelque chose vous inquiète ?

Eisenhower se dirigea vers la baie vitrée et alluma une cigarette.

— Beaucoup de gens auraient voulu que nous débarquions l'an dernier. Je vais vous dire très précisément, Munro, pourquoi nous ne l'avons pas fait. Le SHAEF a toujours été convaincu que nous pourrions réussir ce débarquement uniquement si nous mettions tous les atouts de notre côté. Davantage d'hommes que les Allemands, davantage de chars, davantage d'avions, davantage de tout. Vous voulez savoir pourquoi ? Parce que dans tous les engagements de cette guerre, que ce soit contre les troupes russes, anglaises ou américaines, les Allemands ont toujours gagné quand ils se sont battus à armes égales. Si les forces sont équivalentes, ils infligent en général des pertes supérieures de moitié.

— Je suis au courant de ce fait désolant.

— Les Renseignements m'ont communiqué des extraits d'un discours de Rommel à ses généraux, l'autre jour. Il estime que, s'il ne nous écrase pas sur les plages, l'Allemagne perdra la guerre.

— Je crois qu'il a raison.

Eisenhower se retourna.

— Général, j'ai toujours été sceptique sur l'efficacité des agents secrets dans cette guerre. Leurs renseignements sont fragmentaires dans le meilleur des cas. Je pense que le décodage des chiffres par Ultra est une meilleure source d'information.

— J'en conviens, répondit Munro, puis il hésita : Bien entendu, si un renseignement important n'est pas traité par Enigma au départ, il ne pourra pas être décodé. Et c'est peut-être le cas pour les éléments les plus importants.

— C'est exact, reconnut Eisenhower en se penchant en

avant. Vous m'avez envoyé la semaine dernière un rapport que je n'ose pas croire. Une conférence d'état-major se réunirait incessamment pour traiter uniquement de la question du mur de l'Atlantique ?

— C'est cela. Au château de Voincourt, en Bretagne.

— Et vous affirmez que vous possédez un agent capable d'infiltrer cette conférence ?

— Oui, général.

— Mon Dieu, j'aimerais être une mouche sur le mur de la salle de cette réunion ! Pour connaître les pensées de Rommel, ses intentions.

Il posa la main sur l'épaule de Munro.

— Vous comprenez à quel point cela peut se révéler important ? Trois millions d'hommes, des milliers de bateaux, mais le renseignement exact et fiable peut faire toute la différence. Vous le savez.

— Parfaitement, général.

— Ne me faites pas faux bond.

Il se retourna vers la carte. Munro quitta la pièce sans bruit, descendit l'escalier, récupéra son manteau et son chapeau, salua les sentinelles d'un signe de tête et monta dans sa voiture. Son aide de camp, le capitaine Jack Carter, était assis à l'arrière, les mains croisées sur sa canne. Carter avait une jambe artificielle — un cadeau de Dunkerque.

— Tout va bien, général ? demanda-t-il quand ils démarrèrent.

Munro remonta la plaque de verre qui les isolait du chauffeur.

— La conférence du château de Voincourt est jugée d'une importance cruciale. Entrez immédiatement en contact avec Anne-Marie Trevaunce. Elle peut prévoir un autre faux voyage à Paris. Organisez un rendez-vous avec un Lysander pour la prendre. Il faut que je lui parle. De vive voix. Disons dans trois jours.

— Très bien, général.

— Du nouveau ?

— Un message concernant Cold Harbour. L'OSS a eu

des problèmes, hier. Un de leurs agents a abattu le général Dietrich, le chef des SD en Bretagne. A cause du mauvais temps leur Lysander n'a pas pu décoller, et ils nous ont demandé de l'aide.

— Vous savez que ce genre de choses ne me plaît pas, Jack.

— Je sais, monsieur. Mais le commandant Hare a reçu le message directement, s'est rendu à Gros-Nez et a recueilli l'agent en question. Un certain major Osbourne.

Il y eut un temps de silence, puis Munro se retourna, surpris.

— Craig Osbourne ?

— J'en ai l'impression, général.

— Mon Dieu, toujours dans les parages ? Il doit avoir une sacrée veine. Le meilleur homme que nous ayons jamais eu au SOE.

— Vous oubliez Harry Martineau, monsieur.

— Soit. Je l'admets et c'est aussi un de ces foutus Yankees. Osbourne est à Cold Harbour en ce moment ?

— Oui, général.

— Bon. Arrêtons-nous au premier téléphone. Appelez l'officier de service de la RAF à Croydon. Dites-lui qu'il me faut un Lysander avant une heure. Priorité numéro un. Pendant ce temps, Jack, vous prendrez les rênes en main ici, et réglerez l'affaire Anne-Marie Trevaunce. Je descends en avion à Cold Harbour pour voir Craig Osbourne.

— Vous pensez qu'il pourrait être utile ?

— Oh oui, Jack, vous pouvez le dire.

Munro se détourna vers la portière en souriant.

Craig Osbourne, torse nu, était assis sur une chaise près du lavabo de la grande salle de bains à l'ancienne ; Schmidt, encore en uniforme de la Kriegsmarine, sa trousse d'infirmier ouverte par terre, s'occupait de son bras. Julie Legrande, appuyée au chambranle de la porte, ne les quittait pas des yeux. Elle approchait de la quarantaine. Elle portait un pantalon de flanelle et un chandail marron ; ses cheveux blonds tirés en arrière de façon austère faisaient ressortir la douceur de son visage paisible.

— Comment ça se présente ? demanda-t-elle.

— Comme ci, comme ça, lança Schmidt en haussant les épaules. On ne peut jamais dire avec les blessures par balle. Mais j'ai de ce nouveau médicament, la pénicilline. C'est miraculeux pour les infections.

Il prépara une seringue qu'il remplit avec le contenu d'une petite bouteille.

— Espérons-le, dit Julie. Je vais chercher du café.

Elle partit au moment où Schmidt faisait l'injection. Osbourne se contracta légèrement, puis Schmidt mit en place un morceau de gaze et termina rapidement le pansement.

— Je crois que vous aurez besoin d'un docteur, patron, lui dit-il d'un ton joyeux.

— On verra bien, répondit Craig.

Il se leva et Schmidt l'aida à enfiler la chemise kaki propre que Julie avait apportée. Il parvint à la boutonner tout seul, et il passa dans la chambre voisine pendant que Schmidt rangeait sa trousse.

La pièce était très agréable, quoique un peu négligée. Elle avait visiblement besoin d'un décorateur. Il y avait un lit, des meubles d'acajou, une table et deux fauteuils près de la baie vitrée. Craig regarda dehors. La chambre donnait sur une terrasse que bordait une balustrade. Au-delà, s'étendaient un jardin mal entretenu, un bosquet de hêtres et un petit étang dans un creux. Très paisible.

Schmidt sortit de la salle de bains, la trousse à la main.

— Je vous ferai un examen général plus tard, c'est l'heure de mes œufs au bacon, lança-t-il en souriant, la main sur la poignée de la porte. Et ne vous donnez pas la peine de me rappeler que je suis juif, j'ai été corrompu par le breakfast anglais il y a belle lurette.

Comme il ouvrait la porte, Julie Legrande entra avec un plateau : café, tartines, confiture, petits pains frais. Schmidt sortit, et elle posa le plateau sur la table devant la fenêtre. Ils s'assirent face à face. Elle servit le café.

— Je ne peux pas vous dire à quel point je suis heureuse de vous revoir, Craig.

— Paris semble si loin dans le temps, répondit-il en prenant la tasse qu'elle lui tendait.

— Mille ans en arrière.

— Je suis vraiment navré, pour Henri. Une crise cardiaque, m'a-t-on dit ?

Elle hocha la tête.

— Il ne s'est aperçu de rien. Il est mort dans son sommeil, et il a tout de même profité de ses dix-huit derniers mois à Londres. C'est à vous que nous le devons.

— Pas du tout, voyons...

Il se sentit étrangement gêné.

— C'est la pure vérité. Tartines ou petits pains ?

— Non merci. Je n'ai pas faim. Une autre tasse de café fera l'affaire.

— Sans vous, jamais nous n'aurions échappé à la Gestapo cette nuit-là, dit-elle en remplissant la tasse. Vous étiez dans un triste état, Craig. Avez-vous oublié ce que ces animaux vous avaient fait ? Et pourtant vous êtes revenu pour sauver Henri, alors que d'autres l'auraient laissé tomber.

Elle parut très émue soudain, des larmes lui montèrent aux yeux.

— Vous lui avez donné toute une vie, Craig : ses derniers mois en Angleterre. Je vous en serai toujours redevable.

Il alluma une cigarette, se leva, et regarda par la fenêtre.

— J'ai quitté le SOE après cette affaire. L'OSS venait d'être créé chez nous. On avait besoin de mon expérience et, pour être entièrement sincère, j'en avais ma claque de Dougal Munro.

— Je travaille pour lui ici depuis quatre mois, dit-elle. Nous utilisons l'endroit comme centre de transit et comme planque, rien d'extraordinaire.

— Donc, vous vous entendez bien avec Munro ?

— Il est dur, répondit-elle avec un haussement d'épaules. Mais c'est une guerre dure.

Il acquiesça.

— Tout de même étrange, cet endroit, et les gens ne le sont pas moins. Le pilote, par exemple, Edge, qui plastronne dans son uniforme de la Luftwaffe en jouant les héros.

— Oui, Joe est assez dément, même dans ses bons jours, dit-elle. J'ai parfois l'impression qu'il se croit vraiment dans la Luftwaffe. Il nous flanque réellement la trouille, à tous, mais vous connaissez Munro — toujours prêt à fermer les yeux si l'agent fait bien son travail. Et Edge a un dossier extraordinaire.

— Et Hare ?

— Martin ?

Elle sourit et rangea les tasses sur le plateau.

— Ah, Martin... C'est une autre histoire. Je crois que je suis un peu amoureuse de Martin.

La porte s'ouvrit, Edge entra sans frapper.

— Ah, nous sommes là. Cela fait très tête à tête.

Il s'appuya au mur et plaça une cigarette au coin de ses lèvres.

— Vous avez vraiment une âme de sale petit rat, Joe, lui dit Julie d'un ton las.

— J'ai touché un nerf sensible, mon petit cœur ? Peu importe. Le boss vient d'arriver en avion de Croydon, annonça-t-il en se tournant vers Osbourne.

— Munro ?

— Il faut qu'il ait bougrement envie de vous voir, vieux. Il attend dans la bibliothèque. Je vais vous montrer le chemin.

Il sortit. Osbourne se tourna vers Julie et lui sourit.

— A plus tard.

La bibliothèque était une pièce imposante, aux murs garnis de livres, du parquet au beau plafond décoré en plâtre dans le style Régence. Deux bergères et des fauteuils de cuir étaient disposés en demi-cercle devant la cheminée de pierre de taille dans laquelle brûlait une bûche. Au moment où Craig Osbourne entra dans la pièce, Munro nettoyait soigneusement ses lunettes, debout devant l'âtre. Edge s'adossa au mur près de la porte. Munro remit ses lunettes et dévisagea tranquillement Osbourne.

— Vous pouvez attendre dehors, Joe.

— Oh zut, je vais rater le spectacle ! protesta Edge, mais il sortit.

— Ravi de vous voir, Craig, dit Munro.

— Je ne saurais prétendre que c'est réciproque, répondit Craig en se dirigeant vers un des fauteuils, où il s'assit. Le passé est trop lourd.

— Ne vous montrez pas amer, mon cher, cela ne vous va guère.

— C'est vrai, pour vous je n'ai jamais été qu'un instrument contondant.

Munro s'assit en face de lui.

— L'expression est pittoresque, mais juste. Comment va ce bras ? On m'a dit que Schmidt y avait jeté un coup d'œil.

— Il pense que je devrais voir un docteur, par sécurité.

— Pas de problème. Nous nous en occuperons. Cette affaire Dietrich, Craig. Vraiment un beau coup. Vous avez fait preuve de votre flair habituel, si je puis dire. Cela va poser à Himmler et au SD de sérieux problèmes.

— Et combien d'otages ont-ils fusillés en représailles ?

Munro haussa les épaules.

— Cette guerre est comme ça. Cela ne vous concerne pas.

— Anne-Marie a employé la même phrase, exactement la même.

— Ah oui ? J'ai été ravi d'apprendre qu'elle a pu vous aider. Elle travaille pour moi, vous savez.

— Que Dieu la prenne en pitié, répondit Craig sans plaisanter.

— Vous aussi, dans ce cas, mon cher. Voyez-vous, vous faites partie de l'équipe, à présent.

Craig se pencha en avant et lança sa cigarette dans le feu.

— Plutôt crever ! Je suis un officier américain, major à l'OSS. Hors de votre atteinte.

— Croyez-vous ? J'opère sous l'autorité directe du général Eisenhower lui-même. L'opération Cornouailles est un projet conjoint. Hare et quatre de ses hommes sont des citoyens américains. Et vous allez venir avec moi, Craig, pour trois raisons. D'abord, parce que maintenant vous en savez trop long sur l'ensemble de cette opération. Ensuite, parce que j'ai besoin de vous ici. Il va se passer beaucoup de choses avec cette affaire de débarquement, et votre participation sera sans doute très positive.

— Et la troisième raison ? demanda Craig.

— Simple. Vous êtes un officier des forces armées de votre pays, exactement comme moi, et vous obéirez aux ordres, exactement comme moi.

Munro se leva.

— Plus de comédie, Craig. Nous allons descendre à l'auberge, pour prévenir Hare et ses hommes que vous faites désormais partie du club.

Il se détourna et se dirigea vers la porte. Craig le suivit, la tête curieusement légère mais le désespoir au cœur.

Le Pendu était exactement ce à quoi il fallait s'attendre, une auberge typique de village anglais. Un sol de dalles de pierre, un feu de bûches dans la cheminée, des tables en fer forgé qui avaient servi pendant de longues années, des bancs de bois à dossier haut. Des poutres apparentes au plafond, et un vieux bar d'acajou assez conventionnel, avec des bouteilles rangées sur des étagères à l'arrière. Les seuls éléments incongrus étaient Julie, qui tirait des bières à la pression derrière le bar, et les uniformes de la Kriegsmarine que portaient les hommes dans la salle.

Quand le général entra, suivi par Osbourne et par Edge, Hare, assis devant le feu une tasse de café à la main, lisait un journal. Il se leva et cria en allemand :

— A vos rangs, fixe !

Les hommes claquèrent des talons. Le général Munro agita la main et lança dans un allemand passable :

— Repos. Vous pouvez continuer. Oublions les formalités habituelles, Martin, dit-il à Hare en lui tendant la main. Et parlons anglais. Félicitations. Bon travail, la nuit dernière.

— Merci, général.

Munro se plaça le dos au feu pour se réchauffer.

— Oui, vous avez fait preuve d'initiative, ce qui est bien, mais à l'avenir, essayez de me tenir au courant.

— Il a raison, vieux, dit Edge à Hare. Après tout, le major était peut-être sacrifiable, tu n'en savais rien.

Une lueur brilla dans les yeux de Hare, et il fit un pas vers Edge, qui recula en riant.

— D'accord, vieux, d'accord. Pas de violence, s'il vous plaît.

Il se tourna vers le bar.

— Julie, ma beauté, un gin-tonic. Un très grand.

— Calmez-vous, Martin, dit Munro. C'est un jeune con déplaisant, mais un pilote de génie. Prenons un verre ensemble... Nous ne sommes pas tous alcooliques ici, ajouta-t-il en se tournant vers Craig, mais comme les hommes travaillent de nuit, ils prennent leur apéritif le matin... Ecoutez, tous, lança-t-il en élevant la voix. Vous savez déjà que le major Craig Osbourne appartient à l'Office of Strategic Services. Apprenez qu'à partir de maintenant il est des nôtres, à Cold Harbour.

Il y eut un instant de silence. Julie, au bar, s'arrêta au milieu de son bock, le visage grave, puis Schmidt leva sa chope de bière et lança avec son accent :

— Que le bon Dieu vous protège, patron.

Toute la salle s'esclaffa. Munro dit à Hare :

— Présentez-les, Martin. Sous leur identité d'emprunt, bien entendu.

Le sous-officier Langsdorff, qui tenait la barre, était américain. De même que Hardt, Wagner et Bauer. Schneider, le mécanicien, était manifestement allemand, et Craig découvrit plus tard que Wittig et Brauch, comme Schmidt, étaient des juifs anglais.

Craig se sentait la tête de plus en plus légère, prête à

tourner. Il s'aperçut qu'il transpirait, son front était brûlant.

— Il fait chaud ici, dit-il, diablement chaud.

Hare le regarda d'un air curieux.

— En fait, je trouvais l'air glacé, ce matin. Vous allez bien ?

Edge s'avança avec deux verres. Il donna l'un à Munro, l'autre à Craig.

— Je trouve que vous avez une tête à gin, major. Videz ça. Cela fera rugir les vieilles impulsions. Julie appréciera.

— Allez vous faire foutre ! lui lança Craig, mais il prit le verre et le but.

— Non, dans mon idée, c'était *elle* qui se faisait foutre, vieux, répliqua Edge en se glissant sur le banc à côté de lui. Mais ça ne paraît pas facile.

— Vous êtes un insupportable petit porc, Joe, dit Martin Hare.

Edge le toisa, et parvint à paraître froissé.

— Un intrépide homme-oiseau, vieux. C'est moi le vaillant cavalier du ciel.

— Comme Hermann Goering ! dit Craig.

— Très juste. Un pilote étincelant. Il a repris le Cirque volant après la mort de von Richthofen.

Craig eut l'impression que sa propre voix venait de quelqu'un d'autre :

— Une idée intéressante, le héros psychopathe. Vous devez vous sentir à l'aise dans ce Ju-88 que vous avez à l'aérodrome.

— Ju-88 S, vieux, soyons précis. Son moteur gonflé m'emporte à quatre cents milles à l'heure.

— Il oublie de vous dire que son moteur gonflé dépend de trois bouteilles d'acide nitreux. Une balle dans ces réservoirs et il finit en une giclée de débris, dit Martin Hare.

— Ne faites pas le malin, vieux, répliqua Edge en se rapprochant de Craig. Ce cerf-volant est un vrai bijou. En général, son équipage est de trois hommes, pilote, navigateur et mitrailleur de queue. Nous avons effectué quelques améliorations, et je peux m'en sortir tout seul. Par exemple, le radar Lichtenstein qui permet vraiment de voir dans le noir, nous l'avons réinstallé dans le cockpit pour que je puisse m'en servir et...

Sa voix parut s'estomper. Osbourne plongea dans un trou sombre et roula sur le sol. Schmidt courut vers lui et s'accroupit. Le silence se fit dans la salle. L'infirmier se tourna vers Munro.

— Bon Dieu, général, il a une fièvre de cheval. C'est venu tout d'un coup. J'ai pris sa température il y a à peine une heure.

— Bon, dit Munro d'un ton sombre en se tournant vers Hare. Je vais le ramener à Londres avec le Lysander. Je l'accompagnerai à l'hôpital.

Hare acquiesça et s'écarta tandis que Schmidt et deux autres hommes soulevaient Osbourne et l'emportaient.

Munro s'avança vers Edge.

— Joe, vous joindrez Jack Carter à mon bureau. Dites-lui de prévoir l'hospitalisation d'Osbourne à la clinique de Hampstead dès que nous arriverons.

Il lui tourna le dos et suivit les autres dehors.

Craig Osbourne s'éveilla frais et dispos de son sommeil profond. Plus le moindre signe de fièvre. Il se souleva sur un coude et découvrit qu'il se trouvait dans une petite chambre d'hôpital aux murs peints en blanc. Il posa les pieds par terre et resta assis dans cette position un moment. La porte s'ouvrit et une jeune infirmière entra.

— Vous ne devez pas vous lever, monsieur.

Elle le força à se recoucher.

— Où sommes-nous ? lui demanda Craig.

Elle ressortit. Plusieurs minutes s'écoulèrent. La porte s'ouvrit de nouveau et un docteur en blouse blanche entra, le stéthoscope autour du cou. Il sourit.

— Comment allons-nous, major ?

Il prit le pouls de Craig. Il avait un accent allemand.

— Qui êtes-vous ?

— Docteur Baum.

— Et où suis-je ?

— Dans une petite clinique du nord de Londres. A Hampstead, pour être précis.

Il mit un thermomètre dans la bouche de Craig, puis le vérifia.

— Très bien. Excellent. Pas du tout de fièvre. Cette pénicilline fait des miracles. Le type qui vous a soigné vous avait fait une piqûre, mais je vous en ai donné plus. Beaucoup plus. C'est le secret.

— Depuis combien de temps suis-je ici ?

— C'est le troisième jour. Vous étiez mal en point. Franchement, sans ce médicament... (Il haussa les épaules.) Mais vous allez pouvoir manger et je vais téléphoner au général Munro. Pour lui annoncer que vous êtes tiré d'affaire.

Il sortit. Craig réfléchit, puis se leva, trouva un peignoir, et alla s'asseoir près de la fenêtre qui donnait sur un jardin entouré de hauts murs. L'infirmière entra avec une théière sur un plateau.

— J'espère que vous nous pardonnerez, major, mais nous n'avons pas de café.

— Ça ira, répondit-il. Auriez-vous des cigarettes ?

— Vraiment, vous ne devriez pas.

Elle hésita, puis prit dans sa poche un paquet de Players et une boîte d'allumettes.

— Mais ne dites pas au docteur Baum d'où elles viennent.

Craig lui embrassa la main.

— Vous êtes un amour. Pour ma première soirée dehors, je vous emmènerai au Rainbow Corner, à Piccadilly. Le meilleur café de Londres, et on y danse le swing.

Elle rougit et sortit en riant. Il resta assis avec sa cigarette, les yeux perdus sur le jardin. Puis on frappa à la porte et Jack Carter entra en boitillant, sa canne dans une main, un attaché-case dans l'autre.

— Salut, Craig.

Ravi de le voir, Osbourne se leva.

— Jack, c'est vraiment merveilleux après toutes ces

années. Et vous travaillez toujours pour le vieux salopard...

— Eh oui, répondit-il en s'asseyant pour ouvrir son attaché-case. Le docteur Baum assure que vous allez beaucoup mieux.

— Il paraît.

— Bien. Le général aimerait vous confier un travail. Si vous vous sentez d'attaque, bien entendu.

— Déjà ? Qu'est-ce qu'il cherche ? A m'achever ?

Carter leva la main.

— Je vous en prie, Craig, écoutez-moi jusqu'au bout. Ce n'est pas une affaire facile. Votre amie, Anne-Marie Trevaunce...

Craig se figea, la cigarette aux lèvres.

— Eh bien ?

— Le général avait besoin de la rencontrer en personne. Quelque chose de très gros se prépare. Très gros.

Craig alluma sa cigarette.

— N'est-ce pas toujours le cas ?

— Non, cette fois c'est d'une importance suprême, Craig. Bref, nous avons organisé son transport avec un Lysander, mais les choses se sont passées vraiment très mal. Voyez vous-même.

Il lui tendit un dossier. Craig l'ouvrit, s'assit sur le siège de la fenêtre et se mit à lire. Au bout de quelques instants il referma le classeur, et un immense chagrin se peignit sur ses traits.

— Je suis navré, dit Carter. Quel gâchis, n'est-ce pas ?

— On ne saurait imaginer pire. Une histoire d'horreur.

Il resta immobile, perdu dans ses pensées. Anne-Marie, son rouge à lèvres, son arrogance, ses belles jambes dans les bas de soie noirs, la cigarette en permanence. Tellement irritante mais tellement merveilleuse. Et maintenant...

— Saviez-vous qu'elle avait une sœur jumelle, Geneviève Trevaunce, en Angleterre ?

Craig lui rendit le dossier.

— Non. Elle ne m'en a jamais parlé, pendant toutes ces

années, même au bon vieux temps. Je savais que son père était anglais. Elle m'a dit un jour que Trevaunce était un nom de Cornouailles, mais j'ai toujours pensé qu'il était mort.

— Pas du tout. Il est médecin. Il vit en Cornouailles. Du côté nord, dans un village du nom de Saint-Martin.

— Et la fille ? Cette Geneviève ?

— Elle est infirmière à Londres, à l'hôpital Saint-Bartholomew. Elle vient d'attraper la grippe et elle est en congé de convalescence chez son père, à Saint-Martin.

— Et ? demanda Craig.

— Le général aimerait que vous alliez la voir.

Carter prit dans son attaché-case une grande enveloppe blanche qu'il tendit à Osbourne.

— Ceci vous expliquera pourquoi votre aide est essentielle pour nous dans cette affaire.

Craig ouvrit l'enveloppe, en sortit la lettre dactylographiée et se mit à la lire lentement.

4

JUSTE derrière le village de Saint-Martin se trouvait une colline, lieu étrange et sans nom, ancien site d'une sorte de fort romain à en croire les cartes. C'était l'endroit préféré de Geneviève Trevaunce. De la crête où elle était assise, elle pouvait voir au-delà de l'estuaire le ressac déferler sur les dangereux bancs de sable. Seuls les oiseaux de mer lui tenaient compagnie.

Elle était montée là-haut après le petit déjeuner pour ce qui devait être la dernière fois. La veille au soir, elle s'était résignée à admettre qu'elle allait beaucoup mieux. Selon la BBC, les raids aériens sur Londres s'étaient intensifiés, l'hôpital aurait besoin de tout le personnel disponible.

C'était une belle journée douce comme il n'en existe que dans le nord de la Cornouailles : un ciel très bleu, et de l'écume blanche qui déferlait sur la barre. Pour la première fois depuis des mois elle se sentait en paix avec elle-même, détendue et heureuse ; elle se retourna pour regarder le village en contrebas : son père travaillait dans le jardin du vieux presbytère. Puis elle remarqua une voiture non loin de là. A cette période de la guerre, avec le rationnement strict de l'essence, ce ne pouvait être que le médecin ou la police ; mais quand la voiture se rapprocha, elle s'aperçut qu'elle avait la couleur verdâtre des véhicules utilisés par l'armée.

La voiture s'arrêta devant la grille du presbytère et un homme vêtu d'une sorte d'uniforme en descendit. Genevième prit aussitôt le chemin du retour. Elle vit son père se redresser, poser sa bêche et se diriger vers la grille. Il échangea quelques mots avec l'inconnu, puis les deux hommes remontèrent l'allée et entrèrent dans la maison.

Il ne lui fallut pas plus de trois minutes pour descendre de la colline. La porte d'entrée s'ouvrit et son père sortit. Ils se rencontrèrent à la grille. Il avait les traits extrêmement contractés et ses yeux avaient pris un éclat vitreux. Elle posa la main sur son bras.

— Qu'y a-t-il ? Qu'est-il arrivé ?

Les yeux de son père se fixèrent sur elle pendant un instant, puis il recula, comme saisi d'horreur.

— Anne-Marie, dit-il d'une voix nouée. Elle est morte. Anne-Marie est morte.

Il passa devant Geneviève et se dirigea vers l'église. Il traversa le cimetière d'un petit trot claudiquant et grotesque et entra sous le porche. La lourde porte de chêne se referma avec un bruit creux.

Le ciel était encore bleu, les freux dans les arbres derrière le clocher continuaient de lancer leurs cris rauques. Rien n'avait changé, et pourtant tout était différent. Elle resta figée sur place, soudain glacée. Sans la moindre émotion, seulement le vide.

Des pas s'avancèrent derrière elle.

— Mademoiselle Trevaunce ?

Elle se retourna lentement. L'uniforme était américain, un imperméable sur une tenue de combat kaki. Un major, avec une ribambelle de décorations. Un nombre surprenant pour un homme aussi jeune. Le calot était perché de travers sur des cheveux d'or aux reflets brillants. Son visage régulier n'exprimait rien, ses yeux avaient le même gris froid que l'Atlantique en hiver. Il entrouvrit la bouche, puis la referma comme s'il ne savait pas quoi dire. Elle parla :

— Vous nous apportez une mauvaise nouvelle, je crois, major.

— Osbourne, dit-il, puis il se racla la gorge. Craig

Osbourne. Que Dieu me pardonne, mademoiselle Trevaunce, pendant un instant j'ai cru voir un fantôme.

Elle accrocha son imperméable dans le vestibule, puis ouvrit la porte du salon.

— Si vous voulez bien entrer, je vais demander à la bonne de faire du thé. Pas de café, je regrette.

— C'est très aimable à vous.

Elle passa la tête par la porte de la cuisine.

— Pouvons-nous prendre le thé, madame Trembath ? Nous avons un visiteur. Mon père est à l'église. Nous venons de recevoir une mauvaise nouvelle.

La femme se détourna de l'évier et s'essuya les mains à son tablier ; elle était grande et maigre, avec les traits forts des gens de la Cornouailles et des yeux bleus très vifs.

— Anne-Marie ?

— Elle est morte, dit Geneviève simplement, puis elle referma la porte.

Quand elle entra dans le salon, Craig, debout devant la cheminée, regardait une photo des jumelles, prise pendant leur enfance.

— Pas beaucoup de différences, même à l'époque, dit-il. C'est surprenant.

— Vous connaissiez ma sœur ?

— Oui. Je l'ai rencontrée à Paris en 1940. J'étais journaliste, nous sommes devenus amis. Je savais qu'elle avait un père anglais, mais en toute sincérité elle ne m'a jamais parlé de vous. Pas une seule allusion à votre existence.

Geneviève Trevaunce ne fit aucun commentaire. Elle s'assit dans un des fauteuils près du feu et demanda doucement :

— Vous venez de loin, major ?

— De Londres.

— Un long trajet.

— Assez facile. Pas beaucoup de circulation sur les routes en ce moment.

Il y eut un silence gêné, mais la question lui brûlait les lèvres :

— Savez-vous exactement comment ma sœur est morte ?

— Dans un accident d'avion, lui répondit Craig.

— En France ?

— C'est cela.

— Comment le savez-vous ? demanda Geneviève. La France est occupée.

— Nous avons nos réseaux de communication. Les gens pour qui je travaille.

— Et qui sont ces gens ?

La porte s'ouvrit et Mme Trembath entra avec un plateau qu'elle posa avec précaution sur la table basse. Elle observa Osbourne pendant un bref instant puis sortit. Geneviève servit le thé.

— Je dois dire que votre réaction est remarquable.

— Et vous avez réussi à esquiver ma question, mais peu importe. Ma sœur et moi n'avons jamais été très proches, dit-elle en lui tendant une tasse de thé.

— N'est-ce pas inhabituel pour des jumelles ?

— Elle est partie vivre en France à la mort de ma mère, en 1935. Je suis restée avec mon père. Aussi simple que ça. Maintenant, laissez-moi essayer de nouveau. Pour qui travaillez-vous ?

— Pour l'Office of Strategic Services, répondit-il. C'est un organisme assez spécialisé.

Elle remarqua alors une singularité de son uniforme : sur la manche droite, il portait des ailes avec les lettres SF au centre (elle apprit plus tard qu'elles signifiaient *Special Forces*), mais il avait aussi, en dessous, les ailes des parachutistes anglais.

— Commandos ? demanda-t-elle.

— Pas vraiment. La plupart de nos hommes évitent de porter l'uniforme.

— Essayez-vous de me faire comprendre que ma sœur était impliquée dans ce genre de chose ?

Il prit un paquet de cigarettes et lui en offrit une. Elle secoua la tête.

— Je ne fume pas.

— La fumée vous dérange ?

— Pas du tout.

Il alluma sa cigarette, se leva et se dirigea vers la fenêtre.

— C'est au printemps de 1940 que j'ai fait la connaissance de votre sœur. Je travaillais pour *Life*. Elle appartenait au tout-Paris... Mais vous le savez aussi bien que moi.

Il resta les yeux fixés sur le jardin.

— J'ai écrit un article sur les de Voincourt. Pour diverses raisons il n'a jamais été publié, mais j'ai obtenu à cette occasion un entretien avec la comtesse.

— Hortense ?

Il se retourna, avec un sourire forcé.

— Une sacrée bonne femme. Quand je l'ai rencontrée, elle venait de perdre son quatrième mari. Un colonel d'infanterie, tué sur le front.

— Oui. Et ma sœur ?

— Oh, nous sommes devenus... (Craig marqua un temps)... bons amis.

Il revint près de la cheminée et s'assit.

— Puis les Allemands ont pris Paris. Comme j'étais neutre, ils ne m'ont pas inquiété au début. Mais je me suis trouvé impliqué avec le genre de personnes qui ne leur plaisaient pas, et j'ai dû faire une sortie de scène précipitée. Je suis venu en Angleterre.

— Et vous vous êtes engagé dans l'OSS ?

— Non. L'Amérique n'était pas en guerre avec l'Allemagne à l'époque. J'ai d'abord travaillé pour un organisme anglais, le SOE. Le même genre de travail, n'est-ce pas ? Je suis passé dans les services de mon pays plus tard.

— Et comment ma sœur s'est-elle trouvée impliquée ?

— Le Haut-Commandement allemand a réquisitionné le château de votre oncle. Ils l'ont utilisé pour loger des officiers et pour tenir des conférences.

— Mais Anne-Marie et ma tante ?

— Elles ont pu rester, à condition de ne pas faire de

vagues. Avoir pour hôtesses la comtesse de Voincourt et sa nièce était excellent pour leur propagande.

Geneviève parut furieuse.

— Vous espérez me faire croire ça? Jamais la comtesse de Voincourt ne se serait laissé manipuler ainsi.

— Attendez une minute et vous comprendrez, répondit Craig. Votre sœur a reçu l'autorisation de se rendre à Paris autant qu'elle le désirerait. Elle est entrée en contact avec des gens de la Résistance. Elle a proposé de travailler pour nous, et elle s'est trouvée dans une position unique pour le faire.

— Elle est donc devenue agent secret, dit Geneviève le plus calmement du monde.

— Ça n'a pas l'air de vous surprendre.

— C'est vrai. Elle trouvait sans doute votre travail très romantique.

— La guerre, répondit Craig à mi-voix, n'a pas le moindre romantisme. Et ce que faisait votre sœur en manquait totalement, surtout quand on songe à ce qu'ils lui auraient fait s'ils l'avaient arrêtée.

— Je dois vous dire que je suis infirmière militaire à l'hôpital St. Bartholomew de Londres, major. Département 10. Nous avons soigné un de vos compatriotes, pendant ma dernière semaine de service, un mitrailleur blessé dans une Forteresse volante. Nous avons dû l'amputer de ce qu'il restait de ses mains. Vous n'avez donc pas de leçons à me faire sur le romantisme de la guerre. Je songeais à quelque chose de différent. Si vous avez connu ma sœur aussi bien que vous le prétendez, je suis sûre que vous me comprenez.

Il ne répondit pas. Il se leva et se mit à arpenter nerveusement la pièce.

— Nous avons appris que les nazis allaient tenir une conférence spéciale. Très importante. Si importante que nos services ont estimé nécessaire de parler à Anne-Marie de vive voix. Elle a annoncé autour d'elle qu'elle partait à Paris et nous avons envoyé un

Lysander pour la prendre. Elle aurait participé au briefing en Angleterre, puis on l'aurait ramenée.

— Cela se fait souvent ?

— Tout le temps. Comme une navette régulière. Cela m'est arrivé plusieurs fois. Elle était censée se rendre en voiture à Saint-Maurice pour prendre le train de Paris. Quelqu'un s'est occupé de la voiture et une camionnette l'a conduite au terrain sur lequel le Lysander devait se poser.

— Qu'est-ce qui n'a pas marché ?

— Selon nos amis de la Résistance, ils ont été abattus par un chasseur de nuit allemand peu après le décollage. Il semble que l'avion ait explosé instantanément.

— Je vois, dit Geneviève.

Il s'arrêta brusquement.

— Ça ne vous fait ni chaud ni froid, hein ? Vous vous en fichez complètement ?

— Quand j'avais treize ans, major Osbourne, répondit-elle, Anne-Marie m'a brisé le pouce droit à deux endroits. Elle m'a dit qu'elle voulait voir quel niveau de douleur je pourrais supporter. Elle l'a fait avec un de ces anciens casse-noix, ceux qui fonctionnent avec une vis. Il faut visser très fort. Elle m'avait dit que je ne devais pas crier, quelle que soit la douleur, parce que je suis une de Voincourt.

— Mon Dieu ! murmura Craig entre ses dents.

— Et je n'ai pas crié. Je me suis simplement évanouie quand la douleur est devenue insupportable, mais les dégâts étaient déjà faits.

— Que s'est-il passé ?

— Rien. Un de ces jeux qui tournent au vinaigre, c'est tout. Aux yeux de mon père elle était incapable de faire le mal.

Elle se versa une autre tasse de thé.

— A propos, qu'avez-vous raconté de tout ça à mon père ?

— Simplement que nos services de renseignements ont appris le décès de votre sœur dans un accident de voiture.

— Mais pourquoi m'avoir tout dit ?

— Parce que vous sembliez capable de résister au choc, et pas lui.

Il mentait. Elle le devina aussitôt, mais au même instant son père passa devant la fenêtre. Elle se leva.

— Je dois aller voir comment il va.

Au moment où elle allait ouvrir la porte, Craig lui lança :

— Cela ne me regarde nullement, mais à mon avis, vous êtes la dernière personne qu'il a envie de voir actuellement.

Ces paroles lui firent mal, vraiment mal, parce qu'au fond de son cœur elle savait que c'était la vérité.

— Votre présence auprès de lui, ajouta-t-il à mi-voix, ne fera qu'aggraver son chagrin. Chaque fois que son regard se posera sur vous, il pensera à elle, ne serait-ce qu'une fraction de seconde.

— Il *espérera* que c'est elle, major Osbourne, corrigea Geneviève. Mais que suggérez-vous ?

— Je vais repartir à Londres, dit-il. Si vous désirez profiter de la voiture...

Elle devina aussitôt, comprit sans l'ombre d'un doute.

— C'est pour cela que vous êtes venu jusqu'ici, n'est-ce pas ? Pour cela ?

— Oui, mademoiselle Trevaunce.

Elle se retourna sans un mot et sortit en claquant la porte.

Son père s'était remis à jardiner, il arrachait des mauvaises herbes qu'il jetait dans une brouette. Le soleil brillait, le ciel était bleu. La journée demeurait aussi belle que s'il ne s'était rien passé.

Il se redressa et dit :

— Tu comptes toujours partir par le train de cet après-midi, à Padstow ?

— Je me suis dit que tu aimerais peut-être que je reste un peu plus longtemps. Je pourrais téléphoner à l'hôpital. Leur expliquer. Demander une prolongation de mon congé.

— Que crois-tu que cela changerait ?

Il alluma sa pipe, ses mains tremblaient légèrement.

— Rien, répondit Geneviève d'un ton las. Sans doute rien.

— Alors, pourquoi rester ?

Il se remit à son travail.

Elle fit le tour de sa chambre minuscule pour s'assurer qu'elle n'oubliait rien et s'arrêta devant la fenêtre pour regarder son père dans le jardin. Avait-il aimé Anne-Marie davantage parce qu'il ne pouvait pas la garder près de lui ? Etait-ce la raison ? Geneviève ne s'était jamais sentie semblable au reste de la famille. La seule personne pour laquelle elle avait éprouvé un sentiment profond était sa tante Hortense, mais, bien entendu, Hortense n'avait rien de banal.

Elle ouvrit la fenêtre et appela son père.

— Le major Osbourne retourne à Londres tout de suite, il a proposé de m'emmener.

Il leva les yeux.

— C'est très aimable. A ta place, j'accepterais.

Il se remit à bêcher. En l'espace d'une heure, il semblait avoir vieilli de vingt ans. Comme s'il se préparait à rejoindre sa bien-aimée Anne-Marie dans la tombe. Elle referma la fenêtre, parcourut une dernière fois la pièce du regard, prit sa valise et sortit. Craig Osbourne était assis sur une chaise près de la porte. Il se leva et prit la valise des mains de Geneviève sans un mot ; Mme Trembath sortit de la cuisine en s'essuyant machinalement les mains à son tablier.

— Je m'en vais maintenant, dit Geneviève. Veillez bien sur lui.

— Ne l'ai-je pas toujours fait ? répondit-elle en embrassant Geneviève sur la joue. Au revoir, mon enfant, cette maison n'est pas un endroit pour vous et ne l'a jamais été.

Craig se dirigea vers la voiture et posa la valise sur la

banquette arrière. Geneviève respira à fond et s'avança vers son père. Il leva les yeux et elle l'embrassa sur la joue.

— Je ne sais pas quand je reviendrai. J'écrirai.

Il la serra très fort dans ses bras, puis se détourna brusquement.

— Retourne à ton hôpital, Geneviève. Tu feras du bien à ceux qui peuvent encore être aidés.

Sans ajouter un mot, elle partit vers la voiture, étrangement soulagée de se sentir repoussée ainsi. Craig l'aida à monter, referma la portière, se mit au volant et démarra. Au bout d'un moment, il lui demanda :

— Vous allez bien ?

— Me croirez-vous folle si je vous avoue que je me sens libre pour la première fois depuis des années ?

— Non, connaissant votre sœur comme je la connaissais et après ce que j'ai vu ici ce matin. Je dirais qu'en un sens c'est même logique.

— Jusqu'à quel point la connaissiez-vous ? lui demanda Geneviève. Vous étiez amants ?

Le sourire de Craig se mua en grimace.

— Vous n'espérez tout de même pas que je réponde à cette question ?

— Et pourquoi ?

— Mais... je ne sais pas. De toute manière le mot « amants » ne conviendrait pas. De toute sa vie, Anne-Marie n'a jamais aimé qu'elle-même.

— Exact. Mais nous ne parlions pas de ça. Nous parlions de la chair, major.

Cela le rendit furieux pendant un instant, puis un muscle de sa joue se mit à trembler.

— D'accord, mademoiselle. Oui, j'ai couché une fois ou deux avec votre sœur. Cela vous soulage ?

Elle se détourna et ils n'échangèrent pas un mot pendant une quinzaine de kilomètres. Enfin, d'une seule main, il sortit un paquet de cigarettes de sa poche.

— Ces choses-là sont efficaces, dit-il.

— Non merci.

Il en alluma une et baissa un peu la glace.

— Votre père, quel bonhomme! Médecin de campagne, mais d'après la plaque de la grille, il est membre de l'Académie de médecine.

— Essayez-vous de me faire croire que vous ne saviez pas tout sur lui avant de venir ici?

— Certaines choses, mais pas tout. Ni vous ni lui ne faisiez souvent partie du monde d'Anne-Marie quand je l'ai rencontrée.

Geneviève croisa les bras et se pencha en arrière, la tête appuyée au siège.

— Les Trevaunce vivent dans cette partie de la Cornouailles depuis un temps immémorial. Mon père a rompu avec une tradition séculaire de la famille quand il a décidé de faire sa médecine au lieu de prendre la mer. Il est sorti de l'université d'Edimbourg en 1914 avec un talent de chirurgien qu'il a pu aussitôt mettre en pratique en France, dans les hôpitaux de campagne du front de l'ouest.

— Une sacrée expérience pour un débutant!

— Il a été blessé au printemps 1918. Des éclats d'obus dans la jambe droite. Vous avez probablement remarqué qu'il boite encore un peu. Le château de Voincourt servait alors de centre de convalescence pour officiers. Vous devinez déjà que cela ne pouvait finir que comme un conte de fées.

— Sans doute, répondit-il, mais continuez. C'est intéressant.

— Ma grand-mère maternelle, détentrice d'un des plus anciens titres de noblesse de France, était aussi arrogante que Lucifer; sa fille aînée, Hortense, sardonique et pleine d'esprit, régentait tout. Et puis il y avait Hélène, jeune, entêtée, très très belle.

— Et elle est tombée amoureuse du docteur de Cornouailles, conclut Craig. J'imagine que cela n'a pas plu à la vieille comtesse.

— Pas du tout, et les amants se sont enfuis en pleine nuit. Mon père a ouvert un cabinet à Londres, et l'on n'a plus entendu parler de la branche française de la famille...

— Jusqu'à ce que la belle Hélène mette au monde des jumelles.

— Bien entendu, confirma Geneviève. Comme on dit ici : « Le sang est plus épais que l'eau. »

— Et vous êtes allées en visite au vieux château.

— Ma mère, Anne-Marie et moi. Cela s'est très bien passé. Nous nous sommes très bien adaptées. Voyez-vous, à la maison nous n'étions autorisées qu'à parler français.

— Et votre père ?

— Oh, il n'a jamais été vraiment admis. Malgré sa réussite professionnelle : grand patron au Guy's Hospital, un cabinet dans Harley Street.

— Puis votre mère est morte.

— En 1935. D'une pneumonie. Nous avions treize ans. L'année du pouce, comme je l'appelle...

— Anne-Marie a choisi la France et vous êtes restée avec votre père. Comment cela s'est-il passé ?

Geneviève haussa les épaules et parut soudain très française.

— Le plus simplement du monde. A la mort de grand-mère, tante Hortense était devenue comtesse de Voincourt, titre détenu de plein droit par la fille aînée de notre famille depuis l'époque de Charlemagne. Et la seule chose qu'Hortense avait apprise après quatre mariages, c'était qu'elle ne pourrait jamais avoir d'enfant.

— Et Anne-Marie était l'aînée ? demanda Craig.

— De onze minutes. Hortense n'avait en principe aucun droit légal, mais mon père laissa Anne-Marie libre de choisir, bien qu'elle eût seulement treize ans.

— Il espérait qu'elle le choisirait, lui, n'est-ce pas ?

— Pauvre papa... Et Anne-Marie savait exactement ce qu'elle désirait. Pour mon père, ce fut la dernière paille qui brise le dos du chameau. Il vendit tout à Londres, revint à Saint-Martin et acheta le vieux presbytère.

— Un scénario de film, dit Craig. Avec Bette Davis dans le rôle d'Anne-Marie.

— Et qui proposez-vous pour moi ? demanda Geneviève.

— Mais... Bette Davis aussi, bien sûr, lança-t-il en riant. Qui d'autre ? Quand avez-vous vu Anne-Marie pour la dernière fois ?

— En 1940, à Pâques. Je suis allée à Voincourt avec mon père. C'était avant Dunkerque. Il a essayé de la convaincre de rentrer avec nous en Angleterre. Elle a trouvé l'idée insensée. Et elle a déployé tout son charme jusqu'à ce qu'il renonce.

— Oui, j'imagine. Donc vous êtes la nouvelle héritière.

Il baissa la glace et lança sa cigarette dehors. Geneviève se tourna vers lui, le visage livide.

— Bon Dieu ! Je n'y avais pas songé. Pas un seul instant.

Il posa la main sur son épaule.

— Voyons, soldat... Ce n'est pas grave. Je comprends.

Elle parut soudain très fatiguée.

— Quand arriverons-nous à Londres ?

— En début de soirée, avec un peu de chance.

— Et vous me direz alors la vérité ? Toute la vérité ?

Il ne détourna pas les yeux de la route.

— Oui, répondit-il simplement. Je crois que je peux vous le promettre.

— Merci.

Il se mit à pleuvoir. Elle ferma les yeux au moment où il fit marcher les essuie-glaces et, au bout de quelques instants, s'endormit pelotonnée sur le siège, les bras croisés sur la poitrine, la tête appuyée contre l'épaule de Craig.

Le parfum était différent. Anne-Marie, sans que ce soit vraiment Anne-Marie. De toute sa vie, jamais Craig Osbourne ne s'était senti aussi déconcerté. Il regarda la route de Londres d'un œil sombre.

Quand ils entrèrent dans la banlieue de Londres, la nuit tombait et ils aperçurent le halo d'un incendie au-dessus de l'horizon. Ils entendirent les échos de bombes.

Les Ju-88 S de reconnaissance lançaient des fusées lumineuses pour tracer la voie aux bombardiers lourds opérant depuis les aéroports de Chartres et de Rennes.

Dans le centre de la ville, le raid de la nuit précédente avait fait d'énormes dégâts. Craig dut faire plusieurs détours pour éviter des rues bloquées. Quand Geneviève baissa la glace, elle sentit l'odeur de fumée qui planait dans l'air humide. Les gens s'entassaient dans les stations de métro, par familles entières, chargés de couvertures, de valises et d'objets personnels. Une autre nuit sous terre. Comme en 1940...

— Je croyais que nous en avions terminé avec tout ça, dit-elle d'un ton amer, que la RAF avait réglé cette question.

— Quelqu'un a dû oublier de l'annoncer à la Luftwaffe, répondit Craig. C'est « le petit blitz », paraît-il. Beaucoup moins dur que la première fois.

— Sauf pour ceux qui se trouveront sous la prochaine bombe.

Ils virent un foyer d'incendie sur leur droite, et un chapelet de bombes tomba si près que Craig zigzagua d'un côté de la rue à l'autre. Il s'arrêta le long du trottoir et un agent de police avec un casque sortit des ombres.

— Garez votre voiture ici et descendez dans le métro. L'escalier est au bout de la rue.

— Je suis en mission militaire, protesta Craig.

— Vous seriez Churchill en personne, mon vieux, que je vous enverrais dans ce fichu métro, lui répliqua l'agent.

Il préféra ne pas discuter.

Ils descendirent et Craig ferma la voiture à clé, puis ils se mêlèrent à la foule disparate qui se pressait vers la bouche de métro. Ils firent la queue, empruntèrent deux escalators, puis longèrent un couloir jusqu'à la station.

Les quais étaient envahis, les gens s'asseyaient partout, s'enveloppaient de couvertures, groupaient leurs affaires autour d'eux. Des volontaires de la défense passive distribuaient des boissons. Craig fit la queue devant leur chariot et parvint à rapporter deux tasses de thé et un sandwich au corned-beef qu'il partagea avec Geneviève.

— Les gens sont merveilleux, dit-elle. Regardez-les. Si Hitler pouvait nous voir tous là en ce moment, il renoncerait à la guerre.

— Je n'en doute pas, avoua Craig.

Un instant plus tard, un chef d'îlot en bleu de chauffe et casque militaire apparut à l'entrée.

— J'ai besoin de six volontaires. Plusieurs personnes sont bloquées dans une cave au coin de la rue.

Après un instant de flottement, deux hommes entre deux âges se levèrent.

— On y va.

Craig hésita et palpa son bras blessé.

— Je vous accompagne.

Geneviève le suivit mais le chef d'îlot l'arrêta.

— Pas vous, mon petit.

— Je suis infirmière, répondit-elle sèchement. Vous aurez besoin de moi plus que des autres.

Il haussa les épaules, visiblement las, et ouvrit la marche. Tous le suivirent dans l'escalator, puis dans la rue. Les bombes tombaient plus loin, à présent, mais des incendies s'étaient allumés sur la gauche et le vent apportait une odeur âcre de fumée.

A une cinquantaine de mètres de la bouche de métro, une rangée de magasins venait d'être réduite à un tas de gravats.

— Il vaudrait peut-être mieux attendre l'équipe de dégagement, mais j'ai entendu des cris de ce côté-là. C'était un café, Chez Sam. Il doit y avoir quelqu'un dans la cave.

Ils s'avancèrent, l'oreille tendue. Le chef d'îlot appela, et presque aussitôt une voix assourdie lui répondit.

— D'accord, dégageons ce coin-là.

Ils s'attaquèrent au tas de briques avec les mains, et commencèrent à creuser. Au bout d'une vingtaine de minutes, le haut de l'escalier apparut. Il y avait à peine assez de place pour qu'un homme entre la tête la première. Puis quelqu'un poussa un cri d'alarme, et ils s'écartèrent. Dans la rue voisine un mur branlant s'effondra. Dès que la poussière retomba, ils se relevèrent.

— C'est une folie de descendre là-dedans, dit l'un des hommes.

Pendant un instant personne ne bougea, puis Craig ôta son calot, le mit dans la poche de son imperméable, enleva l'imperméable et le tendit à Geneviève.

— Merde, dit-il. Un uniforme neuf que j'ai touché il y a deux jours.

Il se mit à plat ventre et se faufila dans l'ouverture de l'escalier.

Tout le monde attendit. Au bout d'un moment, ils entendirent un enfant qui pleurait. Les mains de Craig apparurent, avec le bébé. Geneviève se précipita pour le prendre, puis revint au milieu de la rue. Un peu plus tard, un enfant de cinq ans sortit en rampant, couvert de poussière. Il se releva, éberlué, et Craig apparut derrière lui. Il prit l'enfant par la main et le conduisit près de Geneviève et du chef d'îlot, au milieu de la chaussée. De nouveau, un cri, et un autre pan de mur s'écroula en une cascade de briques qui recouvrit complètement l'entrée de la cave.

— Vingt dieux, patron, vous avez du pot ! s'écria le chef d'îlot en s'agenouillant pour consoler l'enfant qui pleurait. Personne d'autre là-dessous ?

— Une femme. Morte, j'en ai peur.

Craig trouva une cigarette, l'alluma et adressa à Geneviève un sourire las.

— Je l'ai toujours dit, mademoiselle Trevaunce, rien ne vaut une vraie grande guerre... Ce n'est pas votre avis ?

Elle serrait le bébé dans ses bras.

— L'uniforme, dit-elle. Vous ne l'avez pas trop esquinté. Ça partira au lavage.

— Ne vous a-t-on jamais dit que vous étiez d'un grand réconfort ? lança-t-il.

Plus tard, dans la voiture, elle se sentit de nouveau épuisée. Le bombardement continuait, très loin à présent, mais le quartier avait été touché et les roues écrasaient des vitres brisées. Elle vit la plaque d'une rue — Haston Place — et Craig s'arrêta au numéro dix, une charmante demeure du XIXe siècle.

— Où sommes-nous ? demanda-t-elle.

— A environ dix minutes de marche du quartier général du SOE, dans Baker Street. Mon patron occupe le dernier étage de cet hôtel particulier. Il a pensé que ce serait plus intime.

— Et qui donc est ce patron ?

— Le général Dougal Munro.

— Ce n'est pas un nom très américain.

Il ouvrit la portière et la fit passer devant lui.

— Dans ces circonstances, nous n'avons pas le choix, mademoiselle Trevaunce, nous prenons tout ce qui nous tombe sous la main. Si vous voulez bien me suivre...

Il la précéda sur les marches du perron et appuya sur l'une des sonnettes de la porte d'entrée.

5

JACK Carter les attendait sur le palier, penché sur sa canne. Il tendit la main.

— Mademoiselle Trevaunce, je suis vraiment enchanté. Je m'appelle Carter. Le général Munro vous attend.

La porte était ouverte. Quand Geneviève fut entrée, Carter demanda à Craig :

— Tout va bien ?

— Comment savoir ? On ne peut jurer de rien à ce stade.

Le salon était très agréable. Un feu de charbon brûlait dans une cheminée romantique ; partout il y avait des vitrines d'antiquités, qui trahissaient la profession initiale de Munro et son intérêt pour l'égyptologie. La pièce était plongée dans la pénombre, la seule lumière venait d'une lampe de cuivre posée sur le bureau, près de la fenêtre. Munro, assis à sa table de travail, parcourait un dossier. Il se leva et s'avança vers eux.

— Mademoiselle Trevaunce, dit-il en s'inclinant. Tout à fait remarquable. Jamais je ne l'aurais cru si je ne l'avais vu de mes yeux. Je m'appelle Munro, Dougal Munro.

Elle inclina la tête à son tour. Munro se tourna vers Craig.

— Bon Dieu, vous êtes dans un état ! Que vous est-il arrivé ?

— Pas facile de traverser la ville ce soir, avec le bombardement.

— Il a sauvé la vie à deux enfants bloqués dans une cave, expliqua Geneviève. Il a rampé à l'intérieur et il les a ramenés à l'air libre.

— Seigneur !..., s'exclama Munro. J'aimerais vous voir cesser de jouer ainsi au héros, Craig. Vous êtes vraiment trop précieux pour que nous envisagions de vous perdre à ce stade, et cela n'a sûrement fait aucun bien à votre bras. Asseyez-vous, mademoiselle Trevaunce, je vous en prie. Puis-je vous appeler Geneviève ? Votre sœur a toujours été Anne-Marie pour moi.

— Si vous voulez.

— Désirez-vous prendre quelque chose ? Notre choix est limité, mais nous avons du scotch.

— Non merci. La journée a été longue, peut-être pouvons-nous passer tout de suite aux affaires ?

— Je ne sais trop par quel bout commencer.

Il s'assit à son bureau. Geneviève se leva.

— Un autre jour, dans ce cas, quand vos décisions seront prises.

— Geneviève... je vous en prie, répondit Munro en levant la main. Vous pouvez au moins m'écouter.

— L'ennui quand on écoute, c'est qu'on finit souvent par se laisser persuader, dit-elle ; mais elle se rassit. Soit. Allez-y.

Jack Carter et Craig s'assirent devant le feu face à face.

— J'imagine que le major Osbourne vous a expliqué la situation, concernant votre sœur ? demanda Munro.

— Oui.

Il ouvrit un coffret en argent et le tendit à la jeune femme.

— Cigarette ?

— Non merci, je ne fume pas.

— Votre sœur fumait. Sans interruption et des cigarettes de cette marque. Des Gitanes. Goûtez-en une.

Il y avait dans le ton de Munro une insistance qui déplut souverainement à la jeune femme.

— Non, répliqua-t-elle d'une voix impatiente. Pourquoi le ferais-je ?

— Parce que nous souhaitons que vous preniez la place de votre sœur, dit-il simplement.

Il tendait toujours le coffret ouvert. Geneviève le regarda dans les yeux. Elle sentit son estomac se nouer et chaque élément du puzzle tomber à sa place.

— Vous êtes fou, dit-elle. Complètement fou. De la folie pure.

— On me l'a déjà dit.

Il referma le coffret d'un claquement sec.

— Vous voudriez que j'aille en France à la place de ma sœur, c'est bien ça ?

— Oui, jeudi prochain... La lune sera bonne pour atterrir avec un Lysander ? ajouta-t-il en se tournant vers Craig.

— Oui, si le temps tient pour une fois les promesses de la météo.

Geneviève se tourna vers lui. Il était affalé sur le fauteuil, la cigarette aux lèvres, le visage plus impassible que jamais. Aucune aide à espérer de ce côté-là. Elle se retourna vers Munro.

— C'est insensé. Vous devez avoir des quantités d'agents bien plus qualifiés que moi pour faire ce travail.

— Personne d'autre ne peut devenir Anne-Marie Trevaunce, nièce de la comtesse de Voincourt. Le château va héberger, le prochain week-end, les membres les plus importants du Haut-Commandement allemand, à l'occasion d'une conférence sur le système de défense du mur de l'Atlantique dans l'éventualité d'un débarquement allié. Nous aimerions entendre ce qu'ils vont en dire. Cela peut sauver des milliers de vies.

— Vous me décevez, général, répondit Geneviève. Ce genre d'argument ne marche plus depuis des années.

Il se pencha en arrière, joignit le bout de ses doigts et dévisagea la jeune femme, les sourcils froncés.

— Savez-vous ce que je pense ? Il m'est venu à l'esprit que vous n'aviez peut-être pas le choix en la matière.

— Que voulez-vous dire ?

— Votre tante... Vous êtes très attachée à elle, n'est-ce pas ?

— Vous ne poseriez pas la question si vous ne connaissiez déjà la réponse.

— Elle sera dans une position difficile quand Anne-Marie ne reviendra pas de son voyage supposé à Paris, vendredi prochain. Les services secrets allemands n'ont aucun moyen de savoir qui se trouvait dans ce Lysander, voyez-vous.

Soudain, Geneviève prit peur.

— Ma tante était au courant des activités d'Anne-Marie ?

— Non, mais si elle disparaît complètement de la surface de la terre, les Allemands se mettront à creuser. Ils retourneront chaque caillou douteux. Et ils finiront par découvrir au moins une partie de la vérité, simple question de temps. Ensuite, à mon avis, ils s'adresseront à votre tante, et elle n'est pas du tout en mesure de résister aux pressions qu'ils exerceront sur elle.

— Que me dites-vous là ? Est-elle malade ?

— A ce que je crois, son cœur n'est plus très solide depuis quelque temps. En apparence, elle mène une vie tout à fait normale, mais...

Geneviève respira à fond et redressa les épaules.

— Non, répondit-elle. Je suis sûre que vous vous trompez. Comme me l'a donné à entendre le major Osbourne, elle est fort précieuse aux Allemands pour des raisons de propagande. Ils ne la toucheront pas. Pas Hortense de Voincourt. Elle est trop importante.

— Je crois que vous trouverez les choses bien changées depuis votre dernier séjour en France, répondit Munro. Plus personne n'y est en sécurité.

— Et que pourraient-ils lui faire ?

Ce fut Craig qui répondit.

— Ils ont des camps pour les gens comme elle. Des endroits très inconfortables...

— Le major Osbourne s'est trouvé dans le même genre de situation, je dois vous dire. Il parle en connaissance de cause.

Geneviève le regarda fixement, la bouche de plus en plus sèche. Munro reprit la parole d'une voix plus douce.

— Comme je vous l'ai dit, nous vous déposerons avec un Lysander. Pas besoin d'entraînement comme pour un parachutage. Nous n'en aurions pas le temps. Il ne nous reste que trois jours pour tout préparer.

Elle se sentit emportée par un vent de panique.

— C'est ridicule. Je ne peux pas jouer Anne-Marie. Cela fait quatre ans... Vous en savez sur elle davantage que moi.

— C'était votre sœur jumelle, répondit-il sans pitié. Le même visage, la même voix. Rien de cela n'a changé. Nous pouvons résoudre les autres problèmes. Sa coupe de cheveux, ses goûts en matière de vêtements, de maquillage, de parfum. Nous vous montrerons des photographies, nous vous expliquerons comment elle se comportait au château. Nous ferons l'impossible pour que ça marche.

— Mais ça ne suffira pas, protesta Geneviève. Vous ne voyez donc pas ? En dehors de quelques visages d'autrefois, ce serait pour moi une maison d'inconnus. Les serviteurs ont dû changer depuis ma dernière visite, sans parler des Allemands. Je ne reconnaîtrais personne.

L'insanité de toute l'entreprise la fit éclater de rire.

— Il me faudrait une petite voix dans l'oreille, capable de me conseiller à chaque pas, et c'est impossible.

— En êtes-vous certaine ? répliqua Munro.

Il ouvrit un tiroir, prit un cigare et en coupa le bout très soigneusement avec un canif.

— Votre tante a un chauffeur, reprit-il. Un nommé Dissard.

— René Dissard, dit-elle. Bien sûr. Il a servi la famille toute sa vie.

— Il travaillait avec Anne-Marie. C'était son bras droit. Il est en ce moment dans la pièce voisine.

Elle n'en crut pas ses oreilles.

— René, ici ? Je ne comprends pas.

— Il était censé conduire votre sœur à Saint-Maurice, puis l'accompagner à Paris par le train. En fait, il se serait caché dans la région avec un groupe de la Résistance jusqu'au retour d'Anne-Marie. Quand ils nous ont appris par radio ce qui était arrivé, nous avons envoyé un autre Lysander la nuit suivante pour récupérer Dissard.

— Puis-je le voir ?

— Naturellement.

Craig Osbourne ouvrit la porte du fond de la pièce et Geneviève se leva pour le suivre. C'était un petit bureau tapissé de livres. Tous les rideaux étaient tirés. Il y avait deux fauteuils de part et d'autre d'un poêle à gaz, et pas grand-chose d'autre — excepté René Dissard.

Il se leva lentement, le même vieux René, identique à lui-même, un de ces personnages éternels de l'enfance, qui semblent avoir été toujours là. Petit, large d'épaules sous la veste de velours côtelé, cheveux et barbe gris acier, et sur la joue droite la cicatrice qui disparaissait sous le bandeau noir, vestige de la blessure qui lui avait coûté un œil en 1917, à Verdun.

— René, c'est bien vous !

Il recula et, pendant un instant, elle lut dans les yeux du chauffeur la même peur que dans le regard de son père, comme si la morte était revenue sur terre, mais il se ressaisit très vite.

— Mademoiselle Geneviève, c'est merveilleux de vous revoir.

Il avait les mains qui tremblaient et elle les lui serra très fort.

— Ma tante va bien ?

— Autant qu'on puisse l'espérer, étant donné les circonstances. Les Boches... Rien n'est plus pareil au château, à présent. Ce qui s'est passé..., ajouta-t-il après un temps d'hésitation, c'est terrible.

La présence de René parut déclencher quelque chose dans la conscience de Geneviève.

— Vous savez ce qu'ils attendent de moi, René ?

— Oui, mademoiselle.

— Vous croyez que je devrais accepter ?

— Cela terminerait ce qu'elle a commencé, répondit-il d'un ton grave. On aurait moins l'impression d'un gâchis.

Elle inclina la tête, se retourna, passa devant Craig Osbourne sans le regarder et revint dans l'autre pièce.

— D'accord ? dit Munro.

Alors une sorte de répulsion s'empara d'elle. Elle n'avait absolument pas peur, mais quelque chose s'insurgeait en elle à l'idée qu'on puisse la manipuler ainsi.

— Non, ce n'est pas d'accord. J'ai déjà un emploi, merci beaucoup, général. J'essaie de sauver des vies quand je peux.

— Si curieux que cela vous paraisse, nous aussi. Mais si vous voyez les choses sous cet angle, soit ! lança-t-il en haussant les épaules. Conduisez-la à Hampstead, ordonna-t-il à Osbourne, et qu'on en finisse.

— Hampstead ? s'étonna Geneviève. Quelle est cette nouvelle combine ?

Munro leva vers elle des yeux vaguement surpris.

— Les effets personnels de votre sœur. Nous en avons en notre possession et nous devons vous les remettre. Un document ou deux à signer, juste pour la forme, et vous pourrez oublier toute cette désolante histoire. Naturellement, la loi sur les secrets officiels s'applique à tout ou partie de la conversation que nous avons eue ici ce soir.

Il ouvrit un dossier et prit un crayon comme pour lui signifier congé. Elle se retourna, saisie de fureur, passa de nouveau devant Osbourne sans le voir et sortit.

La maison de Hampstead était une vieille bâtisse de la fin du siècle, sur un vaste terrain entouré de hauts murs. Un homme en casquette, vêtu d'une sorte d'uniforme bleu, ouvrit une grille de fer forgé. Une pancarte sur la grille annonçait : Clinique Rosedene. Dans le noir, Geneviève ne distingua pas grand-chose du jardin. Craig la précéda sur le perron, une lampe torche à la main. Il tira sur la chaîne d'une clochette à l'ancienne et ils attendirent.

Elle entendit des pas derrière la porte. Un bruit de chaîne, puis celui d'un verrou. Le battant s'ouvrit et un jeune homme blond en blouse blanche apparut. Il s'écarta et Craig entra sans un mot.

Le vestibule, dans la pénombre, avait des murs couleur crème et un parquet verni. L'odeur d'antiseptique qui flottait lui rappela l'hôpital. Le jeune homme referma le verrou et remit la chaîne en place derrière eux. Quand il se retourna pour leur parler, sa voix était aussi incolore que son apparence.

— Herr Doktor Baum va vous recevoir dans un instant. Si vous voulez bien venir par ici, je vous prie.

Il ouvrit une porte au fond du couloir, les fit entrer et referma sans ajouter un mot. La pièce ressemblait à une salle d'attente de dentiste, des chaises minables, quelques magazines ; il y faisait plutôt froid malgré le chauffage électrique. Un étrange changement s'était produit en Craig Osbourne ; Geneviève le sentit agité, plus tendu : il alluma une cigarette et se dirigea vers les rideaux du black-out qui étaient restés entrouverts. Il les tira à fond.

— Herr Baum, dit-elle. Un Allemand, je suppose.

— Non, un Autrichien.

La porte s'ouvrit. L'homme qui entra était de petite taille, presque chauve ; il portait une veste blanche de médecin, et un stéthoscope autour du cou. Il nageait dans ses vêtements comme s'il avait perdu du poids.

— Bonsoir, Baum, dit Craig Osbourne. Je vous présente mademoiselle Trevaunce.

Baum avait de petits yeux inquiets, et soudain ils exprimèrent la même nuance de frayeur qu'elle avait lue dans les regards de son père et de René. Il se mouilla les lèvres et son sourire, manifestement destiné à la mettre à l'aise, ne parvint qu'à paraître plus effrayant.

— Fraülein...

Il s'inclina. Quand il lui prit la main, il avait les paumes moites.

— J'ai un coup de fil à donner, dit Craig. Je reviens dans une minute.

La porte se referma derrière lui. Le silence se prolongea. Baum transpirait abondamment maintenant, et il prit un mouchoir pour s'essuyer le front.

— Le major Osbourne m'a dit que vous aviez des affaires appartenant à ma sœur.

— Oui. C'est ça.

Son sourire était plus désespéré que jamais.

— Quand il reviendra..., commença-t-il, mais il laissa sa phrase en suspens et s'engagea sur une autre voie. Désirez-vous quelque chose ? Un verre de xérès, peut-être ?

Il était déjà debout devant le meuble d'angle, et il se retourna avec une bouteille dans une main et un verre dans l'autre.

— Ce n'est pas du meilleur, je le crains. Comme la plupart des choses ces temps-ci.

Il y avait sur la cheminée une photo dans un cadre noir, une jeune fille de seize ou dix-sept ans au sourire doux, d'une beauté diaphane.

— Votre fille ? demanda instinctivement Geneviève.

— Oui.

— Elle fait sans doute ses études ?

— Non, mademoiselle Trevaunce. Elle est morte.

La voix triste, douce, parut résonner dans ses oreilles, et la pièce lui sembla vraiment très froide.

— La Gestapo. A Vienne, en 1939. Voyez-vous, mademoiselle Trevaunce, je suis juif autrichien. Un des rares qui ont eu la chance de s'en tirer.

— Et maintenant ?

— Je fais tout ce que je peux contre ses assassins.

La voix était infiniment douce mais le chagrin dans ses yeux faisait mal. *Nous sommes tous victimes*. Elle avait lu ces mots quelque part, et elle se rappela le jeune pilote de la Luftwaffe que l'on avait amené aux urgences de son hôpital : d'énormes brûlures et des éclats dans tout le corps. Mais le visage intact et des cheveux très blonds. Il ressemblait trait pour trait au collégien dont elle était tombée amoureuse à seize ans, quand elle était encore au lycée. Un gentil garçon comme il y en a tant, qui continuait de sourire malgré la douleur. Il lui avait pris la main. Il souriait encore dans la mort.

La porte s'ouvrit et Craig entra.

— Très bien, tout est réglé. Vous feriez bien de commencer. Je vous attendrai ici.

— Je ne comprends pas, dit Baum, visiblement très agité. Je pensais que vous vous occuperiez de tout.

Le visage de Craig exprimait une lassitude à laquelle se mêlait du mépris. Il leva une main comme pour mettre fin à toute discussion.

— D'accord, Baum. D'accord.

Il ouvrit la porte, s'écarta et attendit Geneviève.

— Ecoutez, à quel jeu jouez-vous avec moi ? demanda-t-elle.

— Il y a une chose qu'à mon avis vous devez absolument voir.

— Quoi ?

— Par ici, dit-il gravement. Suivez-moi.

Il sortit et, en dépit de ses réticences, elle lui emboîta le pas.

Il ouvrit une porte au fond du corridor et ils descendirent un escalier sombre. En bas, ils longèrent un autre couloir, aux murs de briques peints en blanc, avec des portes de chaque côté. A l'endroit où le corridor formait un angle, Geneviève vit un homme assis sur une chaise en train de lire un livre. Il devait avoir la cinquantaine et il était solidement bâti, avec le nez cassé et les cheveux gris ; il portait la même blouse blanche longue que le jeune homme de la porte d'entrée. Ils entendirent des coups frappés à intervalles réguliers et, quand ils arrivèrent au bout du corridor, le bruit prit des proportions presque insupportables. L'homme sur la chaise leva les yeux un instant, puis retourna à sa lecture.

— Il est sourd comme un pot, dit Craig. Heureusement.

Il s'arrêta devant une porte métallique. Les coups avaient cessé, tout était redevenu silencieux. Craig ouvrit un judas, jeta un coup d'œil, puis s'écarta. Il ne prononça pas un mot, mais Geneviève s'avança, comme hypnotisée.

Jamais elle n'avait senti une odeur aussi repoussante que celle qui venait de la pièce qu'elle apercevait à travers les barreaux du judas. Il y avait un plafonnier, mais l'ampoule était faible. A peine parvint-elle à distinguer le contour d'un petit lit sans couvertures, avec un seau hygiénique émaillé à côté, rien d'autre. Puis un mouvement attira son regard, à la limite de son champ de vision.

Il y avait une silhouette en haillons accroupie dans l'angle le plus éloigné. Impossible de dire s'il s'agissait d'un homme ou d'une femme. La forme poussa une sorte de gémissement et se mit à griffer le mur. Paralysée par l'horreur, Geneviève n'aurait pas pu bouger, même si elle l'avait voulu. Comme se sentant soudain observé, le tas de haillons leva lentement le visage vers la porte, et Geneviève, saisie de terreur, vit ses propres traits, tordus, décomposés, comme par un de ces miroirs déformants de baraque foraine.

Tout se glaça en elle, et elle fut incapable de crier. Elles se regardèrent pendant ce qui parut une éternité — le visage défiguré et Geneviève —, puis des doigts se jetèrent sur les barreaux, et se tordirent comme des griffes. Geneviève, clouée au sol, n'aurait pas pu s'écarter. Ce fut Craig qui la tira en arrière et referma violemment le judas, dont le claquement assourdit aussitôt des cris suraigus d'animal blessé.

Alors, Geneviève le gifla, du revers de la main, en plein visage. Une fois, deux fois. Puis les mains de Craig la saisirent et l'immobilisèrent comme dans un étau.

— C'est fini, dit-il, très calme. Nous partons.

L'homme sur la chaise leva les yeux, sourit et les salua de la tête. Les coups, derrière eux, avaient atteint le niveau de la frénésie. Seul le bras ferme de Craig empêcha Geneviève de s'écrouler le long du corridor.

Ils lui donnèrent un cognac et elle s'assit devant le chauffage électrique. Elle tremblait, telle une feuille, la main crispée sur le verre comme si sa vie en dépendait. Baum, debout dans l'ombre, semblait angoissé.

— Elle a laissé la voiture à la gare, comme prévu, expliqua Craig. René est parti prendre contact avec la cellule de la Résistance. Votre sœur s'est changée, puis est partie à pied, à travers champs, vers le lieu du rendez-vous.

— Que s'est-il passé? murmura Geneviève dans un souffle.

— Elle a été arrêtée par une patrouille de SS à la recherche de partisans. Ses papiers — faux, bien entendu — semblaient parfaitement en règle. Pour eux, ce n'était qu'une paysanne... jeune et jolie. Ils l'ont traînée dans une grange voisine.

— Combien étaient-ils ?

— Est-ce important? René et ses amis ont trouvé ce qu'il restait d'elle un peu plus tard, dans les champs. C'est ce que le Lysander a ramené il y a deux jours.

— Vous m'avez menti, dit Geneviève. Vous m'avez tous menti. Même René.

— Pour vous épargner du chagrin. Si c'était possible. Mais vous ne nous avez pas laissé le choix, n'est-ce pas ?

— Ne peut-on rien faire ? Faut-il vraiment qu'elle reste dans cet endroit répugnant ?

Ce fut Baum qui répondit.

— Elle est en ce moment sous l'effet de médicaments qui devraient progressivement réduire son état d'agressivité extrême, mais il faut compter au moins trois semaines pour que le traitement fasse pleinement son effet. Ensuite, bien entendu, nous prendrons des dispositions pour un transfert dans un établissement correspondant à son cas.

— Avez-vous bon espoir ?

Il essuya de nouveau son front en sueur, puis se frotta les mains avec son mouchoir sans chercher à dissimuler son agitation.

— Fraülein, je vous en supplie... Que voulez-vous que je vous réponde ?

Elle respira à fond.

— Mon père ne doit pas être mis au courant, vous m'entendez ? Cela le tuerait.

— Bien sûr, acquiesça Craig. Il a sa version des faits. Inutile de la modifier.

Elle baissa les yeux vers son verre.

— Je n'ai jamais eu réellement le choix, n'est-ce pas ? Dès le départ. Et vous le saviez.

— Oui, dit-il gravement.

— Soit, d'accord.

Elle avala le cognac, qui lui brûla le fond de la gorge, puis reposa doucement le verre.

— Que se passe-t-il, maintenant ?

— Retour chez Munro, malheureusement.

— Alors, finissons-en.

Elle se retourna et sortit la première.

Carter, le visage grave, les fit entrer dans le salon de l'appartement d'Haston Place. Munro, toujours à son bureau, se leva et s'avança à la rencontre de la jeune femme.

— Maintenant, vous savez tout.

— Oui.

— Je suis vraiment navré.

— Epargnez-moi ça, général, dit-elle en levant une main. Vous me déplaisez et vos façons de procéder me déplaisent. Qu'attendez-vous de moi ?

— Nous avons loué l'appartement du rez-de-chaussée pour nos invités. Vous pourrez y passer la nuit... Craig logera au sous-sol avec Jack.

— Et demain ? insista Geneviève.

— Nous vous conduirons à Cold Harbour en avion. C'est en Cornouailles. A une heure de Croydon avec un Lysander. Nous avons une maison là-bas, Grancester Abbey. Le genre d'endroit où nous préparons les gens à notre style de travail. Je vous accompagnerai, ainsi que le major Osbourne. Vous prendrez le commandement ici, Jack, ajouta-t-il en se tournant vers Carter.

— A quelle heure le départ, général? demanda ce dernier.

— Onze heures trente environ, de Croydon. Le major a un rendez-vous auparavant.

— Quel rendez-vous? s'étonna Craig.

— J'ai l'impression que quelqu'un vous a recommandé pour la Military Cross, mon garçon, à cause du dernier service que vous avez rendu au SOE avant de passer chez vos compatriotes. La tradition veut que Sa Majesté épingle ces babioles elle-même, et on vous attend donc pour la remise officielle à Buckingham Palace demain à dix heures précises.

— Seigneur! grogna Craig.

— Sur ce, bonne nuit.

Ils se dirigèrent vers la porte, mais la voix de Munro les arrêta.

— Encore une chose, Craig.

— Oui, général?

— L'uniforme. Essayez de faire quelque chose.

Ils passèrent sur le palier.

— La porte est ouverte, mademoiselle Trevaunce, dit Carter, et vous trouverez tout ce dont vous aurez besoin. A demain matin.

Il descendit l'escalier le premier et ils le suivirent jusqu'au rez-de-chaussée. Ils s'arrêtèrent devant la porte de l'appartement.

— Condamné au sous-sol, dit Geneviève à Craig. Cela me paraît sévère.

— En fait, il est très agréable. J'y ai déjà passé la nuit.

— Buckingham Palace... Je dois dire que j'en ai été soufflée.

— Oh, ce n'est pas grand-chose. Un ruban parmi d'autres.

Il se détourna, hésita un instant, puis :

— En général on emmène des invités à ce genre de cérémonie. Je ne connais personne. Je me demandais si...

Elle sourit.

— Je n'ai jamais vu le roi de près, et de toute façon ce sera sur notre chemin vers Croydon, non ?

— Pourquoi rester dans la voiture à attendre ? dit-il.

Elle posa le doigt sur le revers de son blouson.

— Je vais vous dire... Allez vous changer et apportez-moi votre uniforme. Je suis sûre que je peux le remettre à neuf avec une éponge et un coup de fer.

— A vos ordres, madame.

Il la salua et descendit au sous-sol quatre à quatre.

Elle entra dans l'appartement, referma la porte et s'adossa au mur. Elle ne souriait plus. Elle ne pouvait pas s'empêcher de trouver Craig Osbourne sympathique, c'était aussi simple que ça. Et quel mal y avait-il ? Un peu de chaleur pour lutter contre le noir. N'importe quoi pour effacer de sa mémoire le visage ravagé de sa sœur.

Il pleuvait fort et St. James Park semblait noyé dans le brouillard quand la limousine remonta Pall Mall vers Buckingham Palace. Dougal Munro et Geneviève étaient assis sur la banquette arrière. N'ayant pas de chapeau, la jeune femme, respectueuse de la coutume, avait mis un vieux béret de velours noir qui se trouvait dans sa valise. Elle portait un imperméable noir retenu par une ceinture — et sa dernière paire de bas convenable.

— Je ne me sens pas en tenue de gala, dit-elle, nerveuse.

— Balivernes, assura le général. Vous êtes ravissante.

Craig Osbourne, assis sur le strapontin en face d'eux, avait incliné son calot juste à l'angle réglementaire. Geneviève avait vraiment fait du bon travail avec la tenue de combat. Le bas du pantalon était glissé dans les bottes de parachutiste et, en guise de cravate, il portait un foulard blanc autour du cou, à la manière de nombreux officiers de l'OSS.

— Il a belle allure, notre gars, n'est-ce pas ? lança Munro d'un ton joyeux.

— Ravi de vous l'entendre dire, répondit Craig. Personnellement, je me sens cafouilleux.

Ils contournèrent le monument de la reine Victoria et

s'arrêtèrent à la grille du palais pour vérification. On les laissa entrer dans la cour.

Une foule nombreuse se pressait vers l'entrée d'honneur, des uniformes de tous les services. Les civils étaient manifestement des épouses et des parents. Tous se hâtaient pour éviter la pluie.

L'ambiance n'était guère solennelle. De l'espérance sur la plupart des visages, et une excitation croissante quand ils montèrent l'escalier vers la galerie de tableaux, où les attendaient les chaises que leur désigneraient les huissiers de la Cour. L'orchestre qui jouait de la musique légère au fond de la salle était celui de la RAF.

La fièvre de l'attente augmenta, puis l'orchestre joua le *God Save the King*. Un instant plus tard, le roi George et la reine entrèrent. Tout le monde se leva. Le couple royal s'assit sous le dais. Tout le monde se rassit.

Les décorations étaient remises dans l'ordre ascendant. Craig Osbourne s'étonna de sa nervosité soudaine. Il écouta les noms, l'un après l'autre, respira à fond, puis s'aperçut que la main gantée de Geneviève venait de se poser sur la sienne. Il se retourna, surpris ; elle lui adressa un sourire encourageant. Sur la chaise suivante, Munro souriait lui aussi. Puis on appela son nom.

— Major Craig Osbourne, Office of Strategic Services.

Tout à coup, il se trouva sous le dais. Le roi lui souriait en épinglant le ruban violet et la croix d'argent sur son uniforme. La reine souriait aussi.

— Nous vous sommes très reconnaissants, major.

— Merci, Votre Majesté.

Il se retourna pour s'éloigner, on appelait déjà un autre nom.

En bas de l'escalier d'honneur, il pleuvait toujours. Les gens prenaient des photos et souriaient, heureux. Il régnait un air de fête.

— Que vous a-t-il dit ? demanda Geneviève pendant le trajet jusqu'à la voiture.

— Simplement qu'il était reconnaissant.

— Vous aviez une allure splendide, s'écria-t-elle en tendant la main pour resserrer l'écharpe de Craig en un geste vaguement possessif. Vous n'êtes pas de mon avis, général ?

— Si. Absolument. Très beau, convint Munro, bougon.

Près de la voiture, Geneviève se retourna vers la foule.

— Ils sont tous si heureux... Jamais on ne croirait que c'est la guerre.

— Mais c'est tout de même la guerre, répondit Munro en ouvrant la portière. Ne perdons pas de temps.

6

CROYDON était noyé dans le brouillard et il pleuvait à verse. L'activité était intense, car c'était une base de chasseurs utilisée pour la défense de Londres, mais aucun avion n'avait atterri ou décollé depuis que Geneviève s'était mise à la fenêtre du baraquement plutôt sordide où on les avait conduits à leur arrivée. Le Lysander, un monoplan court aux ailes hautes, assez laid, était encore entre les mains de deux mécaniciens de la RAF.

René, devant le poêle, préparait du thé, et Munro vint rejoindre Geneviève près de la fenêtre éclaboussée par la pluie.

— Sale temps.

— Tout est bouché, dit-elle.

— Vous savez, ces trucs-là volent dans n'importe quelles conditions, répondit-il en montrant le Lysander. A l'origine ils étaient conçus pour le pilote et deux passagers, mais en se serrant un peu on arrive à monter à quatre.

René apporta du thé dans un quart de métal émaillé. Elle le prit entre ses paumes pour se réchauffer un peu. La porte s'ouvrit et Craig entra avec leur pilote — très jeune, moustache blonde, uniforme bleu de la RAF, blouson et bottes d'aviateur. Il posa sur la table l'étui à cartes qu'il tenait à la main.

— Lieutenant Grant, dit Craig à Geneviève.

Le jeune homme sourit et lui serra la main.

— Allons-nous être retardés, Grant ? demanda Munro de mauvaise humeur.

— Ce n'est pas le temps d'ici qui nous pose un problème, général. Nous pouvons décoller en pleine purée de pois si le ciel est dégagé au-dessus. Mais il faudra atterrir, et la visibilité est très limitée en ce moment à Cold Harbour.

— Bon sang ! grogna Munro.

Il ouvrit brusquement la porte et sortit.

— Son foie doit faire des siennes, ce matin, dit Grant en se dirigeant vers le poêle pour se servir une tasse de thé.

— C'est Grant qui vous déposera en France dans la nuit de jeudi, annonça Craig à Geneviève. Vous serez en de bonnes mains. Il a déjà effectué ce genre de choses.

— En fait c'est du gâteau, du moment que l'on respecte les règles, lança le pilote en posant une cigarette au coin de ses lèvres, sans l'allumer. Vous êtes déjà montée en avion ? demanda-t-il à la jeune femme.

— Oui, avant la guerre, pour aller à Paris.

— Ce sera un peu différent, ma chère, faites-moi confiance.

— Au fait, nous pourrions peut-être étudier le programme de la nuit de jeudi, proposa Craig. Cela fera passer le temps. Vous avez déjà mis au point un plan de vol ?

— Bien sûr, répondit Grant. Nous décollerons de Cold Harbour à vingt-trois heures trente. Arrivée prévue à deux heures du matin, heure anglaise. Je vais vous montrer.

Il déplia la carte et ils se rapprochèrent. Il traça au crayon l'itinéraire au-dessus de la Manche, de la Cornouailles à la Bretagne.

— Le major Osbourne fera la balade avec nous. Il n'y a pas beaucoup de place dans ces appareils, mais ce sont de bons petits coucous. Ils ne vous laissent jamais tomber.

— A quelle altitude, la traversée de la Manche ? demanda Craig.

— Eh bien, certains pilotes préfèrent voler bas — pour essayer de passer au-dessous des radars allemands — mais je suis partisan de voler à huit mille pieds pendant tout le trajet. Nous resterons ainsi largement au-dessous de l'altitude habituelle des formations de bombardiers, et ce sont les bombardiers que recherchent les chasseurs de nuit ennemis.

Il était si calme, si détaché... Geneviève s'aperçut qu'elle tremblait un peu.

— Nous atterrirons dans un champ, à vingt-cinq kilomètres environ de Saint-Maurice. Ils nous baliseront une piste avec des torches. Assez primitif : des ampoules de phares de vélo. Mais ça suffit par beau temps. Code de reconnaissance : Sugar Nan en morse. Si nous ne recevons pas le signal, nous n'atterrissons pas, même si la piste est parfaitement balisée. D'accord ?

Il s'était tourné vers Craig, qui acquiesça :

— C'est vous le chef.

— Nous avons perdu deux Lysander et un Liberator ces six dernières semaines parce que les Schleus attendaient les pilotes à l'atterrissage. En règle générale, ils cherchent à coincer tout le monde, et ils ne se mettent à tirer qu'au moment où l'avion va redécoller. Nos dernières instructions nous recommandent le plus bref arrêt possible. Je ne dois ramener personne, donc, dès que je me poserai, je roulerai au bout de la piste, vous ferez descendre Mlle Trevaunce en vitesse, et nous décollerons aussi sec, juste en cas. Vraiment désolé, ajouta-t-il en repliant la carte, mais on ne sait jamais qui peut attendre dans le noir.

Il se dirigea vers le poêle et se servit une autre tasse de thé. Craig expliqua à Geneviève :

— Le type qui attendra pour vous prendre en charge est un Anglais, bien que son nom de code soit Grand Pierre. Il n'a jamais vu Anne-Marie, ils communiquaient seulement par téléphone. Il ne sait rien de ce qui s'est passé. Pour lui, vous serez donc ce que vous semblez être.

— Et le chef de gare de Saint-Maurice ?

— Henri Dubois ? Vous agirez de même. En dehors de René et des deux maquisards qui l'accompagnaient quand il a retrouvé Anne-Marie, personne ne sait ce qui s'est produit. Et, en ce moment, les deux partisans doivent être loin. Grand Pierre vous conduira auprès de Dubois avant l'aube. C'est lui qui a gardé les valises de votre sœur. Vous aurez tout le temps de vous changer pendant que René s'occupera de la voiture. Le train de nuit de Paris arrive à sept heures trente. A cette période de l'année, il fera encore nuit. Trois minutes d'arrêt, et il repart. Personne dans le village ne remarquera rien, même si l'on ne vous voit pas réellement descendre du train. Toute la région est un nid de résistants.

Il avait parlé sans la regarder une seule fois dans les yeux, apparemment très calme. Mais un muscle tremblait sur sa joue droite.

— Voyons, lança-t-elle en posant la main sur son bras. Ne me dites pas que vous commencez déjà à vous faire du souci pour moi.

Avant qu'il puisse répondre, la porte s'ouvrit à la volée, et Munro entra en trombe.

— J'ai parlé au chef de base, dit-il à Grant. Il nous accorde l'autorisation de partir tout de suite. Si nous ne pouvons pas atterrir à notre arrivée là-bas, nous rebrousserons chemin. Vous aurez assez de carburant, pas vrai ?

— Bien sûr, confirma Grant.

— Alors, en route.

Tout parut se passer en même temps, et Geneviève se retrouva en train de courir sous la pluie vers le Lysander. Craig l'aida à se caler à l'arrière de la cabine, puis se glissa près d'elle avec René. Munro monta ensuite et prit le siège de l'observateur, à côté de Grant. Geneviève, occupée à attacher ses sangles, s'aperçut à peine de ce qui se passa ensuite. Le bruit du moteur assourdit ses oreilles, il y eut une secousse plus violente que les autres, et ils décollèrent.

Ce fut un voyage désagréable, bruyant et décevant ; le vacarme du moteur excluait toute tentative de conversation. Dehors, une pluie d'un gris d'ardoise crépitait sur le dôme de plexiglas. L'avion entier vibrait et tremblait à tout rompre, et de temps en temps, ils tombaient brusquement dans un trou d'air. C'était affolant.

Au bout de quelques minutes, son cœur se souleva. On lui avait donné un sac en papier dans cette éventualité, mais ce n'en était pas moins humiliant. Presque aussitôt, René l'imita, ce qui la réconforta un peu. Elle dut somnoler un moment, car elle sentit soudain qu'une main la secouait, et elle s'aperçut qu'on avait posé une couverture sur ses jambes.

Craig lui tendait une bouteille Thermos.

— Du café ? Du bon café américain ?

Elle avait très froid et ne sentait plus ses jambes.

— Nous arrivons ?

— Dans quinze minutes, si tout va bien.

Elle but le café en prenant tout son temps. Exactement ce dont elle avait besoin, brûlant, amer et très sucré. A son arôme, elle reconnut qu'on avait ajouté quelque chose de plus fort. Quand elle eut terminé elle lui rendit la tasse et il la remplit de nouveau pour René.

Grant avait ouvert la radio. Elle entendit un grésillement, puis une voix annonça :

— Lysander Sugar Nan Tare. Plafond six cents. Vous ne devriez avoir aucun problème.

Munro se retourna, ravi.

— Ça va, chère amie ?

— Parfait.

Elle mentait. Elle tremblait soudain de tous ses membres. Ils commencèrent à descendre, puis il y eut un rugissement d'enfer et le Lysander fut violemment secoué par le déplacement d'air d'un grand oiseau noir surgi de nulle part. Il passa si près que Geneviève put voir les croix gammées sur les ailerons.

— Pan ! Pan ! T'es mort, vieux ! nasilla une voix dans le haut-parleur, puis le Junkers disparut aussi brusquement qu'il était apparu.

Grant se retourna, furieux.

— Désolé. Joe Edge est encore plus cinglé que d'habitude.

— Un jeune con ! lança Munro.

Ils sortirent du brouillard et des nuages, à six cents pieds du sol, avant que Geneviève ait le temps de demander ce qui s'était passé. Sous ses yeux s'étendaient la côte de Cornouailles, avec l'anse de Cold Harbour, les petites maisons à l'entour, le E-boat le long du quai. Le Ju-88 volait déjà en rase-mottes vers l'ancien manoir près de l'étang, puis il se posa sur la piste de gazon.

— Impeccable ! s'écria Grant par-dessus son épaule.

Il descendit au-dessus de la rangée de pins, puis se posa et roula vers le hangar. Le Ju-88 était déjà arrêté ; Martin Hare attendait à côté des mécaniciens. Joe Edge descendit du cockpit et les rejoignit.

— Mon Dieu ! Ces uniformes ! s'écria Geneviève en saisissant la manche de Craig.

— Ne vous en faites pas, répondit-il. Nous n'avons pas atterri du mauvais côté de la Manche. Je vous expliquerai.

Dans la salle de bar du Pendu, encore un peu étourdie par les événements de la matinée, Geneviève s'assit à une des tables proches de la fenêtre avec le général, Craig et Martin Hare, et mangea de bon appétit les œufs au bacon préparés dans la cuisine par Julie Legrande et servis par Schmidt. L'équipage du *Lili Marlene* se reposait devant la cheminée. Certains jouaient aux cartes ou bavardaient à mi-voix.

— Ils se tiennent anormalement bien, ce matin, fit observer Munro.

— Ah, général, c'est la présence d'une jolie femme, répondit Schmidt en posant du pain grillé tout chaud sur la table. Si je puis me permettre, général, Mlle Trevaunce nous a apporté un souffle de printemps.

— En voilà du culot, salopard ! répliqua Munro. Débarrasse le plancher.

Schmidt s'en fut et Martin Hare versa à Geneviève une autre tasse de thé.

— Tout cela doit vous paraître très étrange, non ?

— Vous pouvez le dire.

Hare lui avait plu dès leur premier contact, sur le terrain d'atterrissage — autant que Joe Edge lui avait déplu.

— Vous devez parfois vous trouver étrange vous-même quand vous vous regardez dans la glace avec cet uniforme...

— Elle a raison, Martin, dit Munro. Ne vous demandez-vous jamais dans quel camp vous êtes vraiment ?

— Pour tout vous dire, cela m'arrive parfois, répondit Hare en allumant une cigarette. Mais seulement quand je suis en face de Joe. C'est une honte pour notre uniforme.

— Pour n'importe quel uniforme, renchérit Craig. A mon avis, il est complètement déséquilibré. Grant m'a raconté une jolie petite histoire bien dégoûtante qui résume parfaitement le personnage. Pendant la bataille d'Angleterre, un Ju-88 qui avait perdu un moteur s'est rendu à deux pilotes de Spitfire, qui se sont placés de chaque côté de l'avion ennemi pour l'escorter à la base la plus proche. Un vrai coup de maître.

— Que s'est-il passé ? demanda Geneviève.

— Apparemment, Edge est arrivé par l'arrière en riant comme un dément dans la radio et il a descendu le Junkers en flèche.

— C'est affreux ! dit-elle. Le commandant de son unité aurait dû le faire passer en cour martiale.

— Il a essayé, mais on n'a pas voulu recevoir sa plainte. Edge était un héros de la bataille d'Angleterre, avec deux citations. Cela n'aurait pas fait bon effet dans la presse. Vous connaissez ma théorie, ajouta-t-il en se tournant vers Hare : le héros de la guerre considéré comme un psychopathe.

— J'ai également entendu cette histoire, lui dit Hare. Vous avez passé sous silence un seul détail : l'officier supérieur de Joe Edge à l'époque était un Américain. Un ancien de l'escadrille des Aigles, je crois. Edge ne lui a jamais pardonné, et depuis lors il déteste les Américains.

— Oui, leur répondit Munro. Mais c'est tout de même le meilleur pilote que j'aie jamais rencontré.

— Si vous le pensez, pourquoi n'est-ce pas lui qui me déposera en France jeudi, à la place de Grant ? demanda Geneviève.

— Parce qu'il ne pilote pas un Lysander. Il a un Fieseler Stork pour ce genre de missions, mais nous ne l'utilisons que dans des circonstances très spéciales. Le vol de jeudi reste une opération de routine.

La porte s'ouvrit et Edge entra. Son éternelle cigarette éteinte pendait au coin de ses lèvres.

— Tout le monde est content ? lança-t-il.

Il se fit un silence soudain.

— Grant est reparti sans problème, apprit-il à Munro. Il reviendra jeudi à midi.

— Parfait.

Edge se pencha si près de Geneviève qu'elle sentit son haleine contre son oreille.

— Alors, on s'adapte, beauté ? Si vous avez besoin d'un conseil, Oncle Joe est à votre entière disposition.

Elle s'écarta, furieuse, et se leva brusquement.

— Je vais voir si Mme Legrande n'a pas besoin de moi à la cuisine.

Edge ricana pendant qu'elle s'éloignait. Hare regarda Craig et haussa les sourcils.

— Pourquoi ne l'a-t-on pas enfermé ?

Quand Geneviève entra, Julie faisait la vaisselle, les deux bras plongés dans l'évier.

— Madame Legrande, le petit déjeuner était excellent. Laissez-moi vous aider, dit-elle en prenant un torchon.

— Appelez-moi donc Julie, ma chérie.

Soudain, Geneviève se rappela que sa tante Hortense l'avait toujours appelée ma chérie. Jamais Anne-Marie, uniquement elle. Julie Legrande lui plut aussitôt. Elle prit une assiette et sourit.

— Appelez-moi Geneviève.

— Tout va bien ?

— J'en ai l'impression. Martin Hare me plaît beaucoup. Un homme remarquable.

— Et Craig ?

Geneviève haussa les épaules.
— Oh, il est très bien, je suppose.
— Ce qui signifie qu'il vous plaît plus que beaucoup, corrigea Julie, puis elle soupira. C'est bien normal, ma chérie, mais j'ai l'impression qu'il prend trop de risques, ce gars-là.
— Et Edge ? demanda Geneviève.
— Pas un clou. A éviter comme la peste.
Geneviève continua d'essuyer les assiettes.
— Quel est votre rôle dans tout ça ?
— Je fais marcher le manoir et l'auberge. Je vous conduirai là-haut plus tard pour vous donner une chambre.
La porte s'ouvrit et le général passa la tête.
— Je monte au manoir avec Craig. Nous avons beaucoup à faire.
— J'accompagnerai Geneviève dans un moment.
— Parfait.
Il prit une lettre dans sa poche et la tendit à Geneviève.
— C'est pour vous. J'ai envoyé Carter à votre hôpital, ce matin aux aurores, pour solliciter une prolongation de votre congé en raison d'un décès dans votre famille. L'infirmière en chef avait conservé cette lettre au lieu de la faire suivre car elle vous attendait d'un jour à l'autre.
L'enveloppe était ouverte, coupée proprement le long du rabat.
— Vous l'avez lue ? dit Geneviève.
— Bien entendu.
Il sortit et referma la porte.
— N'est-il pas charmant ? lança Julie, sarcastique.
Geneviève posa la lettre et continua d'essuyer la vaisselle.
— Avant... Que faisiez-vous avant ?
— J'étais en France. Mon mari était professeur de philosophie à la Sorbonne.
— Et maintenant ?
— Il est mort. Ils sont venus nous chercher, une nuit.

La Gestapo. Et il les a retenus pendant que je m'enfuyais avec les autres.

Pendant un instant elle resta perdue dans ses pensées, le regard vide.

— Mais Craig est retourné le chercher. Il lui a sauvé la vie. Il nous a aidés à passer en Angleterre... Il est mort d'une crise cardiaque l'an dernier, ajouta-t-elle dans un soupir.

— C'est Craig Osbourne qui l'avait sauvé ?

— Oui.

— Parlez-moi de lui, dit Geneviève. Tout ce que vous savez.

— Pourquoi pas ? s'écria Julie en haussant les épaules. Son père était un diplomate américain, sa mère une Française. Il a passé une partie de son enfance à Berlin et à Paris, ce qui explique sa connaissance des deux langues. Quand les Allemands se sont emparés de Paris en 1940, il travaillait pour le magazine *Life*.

— Oui, c'est à ce moment-là qu'il a fait la connaissance de ma sœur. Vous l'avez rencontrée ?

— Non. Craig s'est trouvé impliqué dans un réseau clandestin qui faisait passer des juifs par l'Espagne. Il s'en est tiré vraiment de justesse, quand les Allemands ont découvert ses activités. Il est alors venu en Angleterre et il est entré dans leur service secret. Ce qu'ils appellent le SOE. Plus tard, à l'entrée en guerre des Américains, on l'a muté à l'OSS. Les noms changent, dit-elle avec un haussement d'épaules, mais c'est toujours le même boulot. Ils font la même guerre.

— Il est retourné en France ?

— Ils l'ont parachuté deux fois. La troisième fois, il y est allé avec un Lysander. Il a commandé une unité de sabotage du maquis dans la vallée de la Loire pendant plusieurs mois, puis quelqu'un les a dénoncés.

— Où est-il allé ?

— A Paris, dans un bistrot de Montmartre qui servait de planque et de relais pour les passages clandestins en Espagne.

Elle marqua un temps.

— Ensuite ?

— La Gestapo attendait. Ils l'ont conduit à leur quartier général de la rue des Saussaies, derrière le ministère de l'Intérieur.

— Continuez ! insista Geneviève, très pâle.

— Ils l'ont photographié, lui ont pris ses empreintes digitales, le cirque habituel, y compris un interrogatoire qui a duré trois jours et n'a pas été exempt des plus terribles brutalités. Vous observerez ses mains à la dérobée. Ses ongles sont déformés parce qu'ils les lui ont arrachés à l'époque dont je vous parle.

Geneviève sentit sa gorge se nouer.

— Il s'est évadé ?

— Oui, il a eu de la chance. La voiture dans laquelle on le transférait a été renversée par un camion. Dans la confusion de l'accident, il a pu filer. Il s'est caché dans une église. Le prêtre qui l'a recueilli est entré en contact avec mon mari qui dirigeait un groupe de résistants dans ce quartier de Paris.

— Et votre mari a retenu la Gestapo pendant que vous partiez avec Craig ?

— Je vais vous expliquer, ma chérie, dit-elle d'une voix morne, Craig pouvait à peine marcher. Ils n'avaient pas non plus épargné ses pieds.

Elle serra très fort la main de Geneviève pendant un instant.

— Ce n'était pas un film d'Hollywood avec Errol Flynn, comme on en voit le samedi soir dans les cinémas de quartier, mais la réalité. C'est ce qui se passe là-bas en ce moment. La même chose pourrait vous arriver. Si vous n'en prenez pas conscience à présent, jeudi soir il sera trop tard.

Geneviève s'assit et la dévisagea. Julie poursuivit.

— On nous a conduits à Amiens dans un camion de légumes. Et trois jours plus tard, ils ont envoyé un Lysander.

— Qu'est-il arrivé à Craig ensuite ?

— Ils l'ont fait commandeur de la Légion d'honneur. Les Américains lui ont donné une autre médaille et l'ont muté à l'OSS. L'ironie du sort, c'est qu'il se retrouve entre les griffes de Dougal Munro.

— Mais Craig ? Qu'est-ce qu'il cherche ? demanda Geneviève.

— Je crois... je crois qu'il recherche la mort. Parfois, je me dis qu'il ne saurait pas quoi faire de son corps s'il réchappait de cette guerre.

— Cela n'a pas de sens, répondit Geneviève, mais elle ne put réprimer un frisson.

— Peut-être..., concéda Julie avec un haussement d'épaules. Et votre lettre ? Vous ne l'avez pas ouverte.

Elle l'ouvrit, la lut et la froissa dans sa main.

— Mauvaise nouvelle ? demanda Julie.

— Une invitation à une soirée, ce week-end. Je n'y serais pas allée de toute façon. Un gars de la RAF que j'ai rencontré l'an passé... Un pilote de bombardiers.

— Amoureuse de lui ?

— Pas vraiment. Je crois que je ne l'ai jamais été. En tout cas, pas de façon durable. Cela me donne parfois l'impression d'avancer à la dérive dans la vie.

Julie éclata de rire.

— A votre âge, ma chérie ?

— Nous sommes sortis quelque temps ensemble. Il ne s'est rien passé. Deux solitudes face à face, je pense, et pas grand-chose d'autre à partager.

— Et ensuite ?

— Il m'a demandée en mariage, juste avant d'être muté au Proche-Orient.

— Vous avez refusé ?

— Il vient seulement de rentrer. Il est en permission chez ses parents, dans le Surrey.

— Et il a encore bon espoir ?

Geneviève hocha la tête.

— Je ne peux rien lui expliquer. Quelle façon peu sympathique de le laisser tomber !

— Vous vous en fichez, n'est-ce pas ?

— Je ne m'en fichais pas hier matin, répondit Geneviève. Mais à présent... Je découvre en moi des choses dont j'ignorais jusqu'ici l'existence. Des possibilités qui me paraissent soudain sans limites.

— Et vous voici sauvée de ce qui aurait été une déplorable erreur. Voyez-vous, même des situations les plus mauvaises, il peut sortir quelque chose de bon. Et je crois que vous comprendrez Craig un peu mieux, à présent.

La porte s'ouvrit avant que Geneviève n'ait eu le temps de répondre, et Edge entra.

— Les femmes à la cuisine. Une vision charmante. Et tellement rationnelle.

— Allez donc vous amuser avec vos jouets, Joe. Vous n'êtes bon qu'à ça, lui lança Julie.

— J'ai tout ce qu'il faut pour m'amuser ici, mon chou.

Il s'avança derrière Geneviève, la prit par la taille et l'attira contre lui. Il enfouit son visage dans la nuque de la jeune femme et glissa les mains sur ses seins. Elle sentit qu'il était excité.

— Laissez-moi tranquille ! cria-t-elle.

— Tu vois, Julie, ça lui plaît ! railla-t-il.

— Ça me plaît ? J'ai la chair de poule, dit Geneviève.

— Vraiment ? C'est si bon, ma beauté. J'adore te donner la chair de poule.

Elle se débattit de plus belle, puis Edge poussa un cri de douleur. Martin Hare lui avait saisi le bras, et il continua à le tordre, même quand Joe eut lâché Geneviève.

— Tu n'es vraiment qu'une ordure, Joe. Sors d'ici.

Schmidt surgit, contourna les deux hommes et ouvrit la porte de derrière. Hare projeta Joe dehors. Le pilote tomba sur un genou. Il se releva et se retourna, le visage décomposé par la rage.

— Tu me paieras ça, Hare, lança-t-il. Et toi aussi, salope !

Il s'esquiva. Schmidt referma la porte.

— Un sale type, sauf votre respect, mon commandant.

— C'est bien ce que je pense. Allez au bateau, je vous

prie, et trouvez une paire de bottes de marin pour Mlle Trevaunce.

— Zu Befehl, Herr Kapitän, répondit Schmidt d'un ton joyeux, et il sortit à son tour.

Geneviève tremblait encore de rage.

— Des bottes de marin ? demanda-t-elle. Pourquoi ?

— Nous allons faire un tour, répondit-il en souriant. L'air de la mer, la plage. Rien de tel que les beautés de la nature pour replacer les choses dans leur juste perspective.

Bien entendu, il avait raison. Ils suivirent la plage étroite au bout du quai, à l'endroit où l'anse s'élargissait en un tourbillon d'eau écumante. De l'embrun s'élevait vers le ciel.

— C'est merveilleux, avoua Geneviève. En ce moment, chaque gorgée d'air que l'on respire à Londres est polluée de fumée. Il règne une puanteur de guerre dans la ville entière. La mort et la destruction à chaque pas.

— La mer nettoie tout. Depuis les vacances de mon enfance, à Cape Cod, j'ai toujours navigué, lui dit Hare. Si pénibles que soient les circonstances, quand on prend la mer on laisse le reste sur la grève.

— Votre femme ? demanda Geneviève. Est-elle du même avis ?

— Elle l'était, répondit Martin Hare. Elle est morte d'une leucémie en 1938.

— Je suis désolée.

Elle se détourna et enfonça les poings dans les poches du caban de la Kriegsmarine que Schmidt lui avait donné.

— Vous avez des enfants ?

— Ce n'était pas possible. Elle était trop fragile. Elle s'est débattue contre cette maudite maladie à partir de l'âge de vingt-trois ans. Elle m'a laissé quelques aquarelles qui comptent parmi les plus belles que j'aie jamais vues, ajouta-t-il en souriant. C'était un bon peintre.

Instinctivement, elle lui prit le bras. Ils venaient de contourner la pointe et la plage était beaucoup plus large, au pied des falaises.

— La guerre a été très longue, pour vous.

Il secoua la tête.

— Pas vraiment. Je l'ai prise comme elle se présentait, au jour le jour, et c'est tout ce que j'espère désormais : le jour qui vient.

Il sourit, avec soudain un charme extraordinaire.

— Nuit après nuit, devrais-je dire. La plupart du temps, nous opérons la nuit.

— Et après, quand ce sera fini ?

— Il n'y a pas d'après. Je vous l'ai dit. Seulement le présent.

— Et Craig ? Pense-t-il comme vous ?

— Il vous plaît, pas vrai ?

Il serra le bras de la jeune femme contre lui.

— Ne vous leurrez pas, dit-il. Le sort est contre nous. Il n'y a aucun avenir pour les gens comme moi ou Craig, et donc aucun avenir pour vous dans cette voie.

— Ce sont des paroles terribles.

Elle se tourna vers lui et il posa les deux mains sur ses épaules.

— Ecoutez-moi, Geneviève Trevaunce. La guerre, quand on y joue comme Craig et moi l'avons fait, c'est comme aller à Monte-Carlo pour un week-end de roulette. Une seule chose est certaine : les chances sont toujours contre vous. Le casino gagne, les joueurs perdent.

Elle s'écarta de lui.

— Je ne l'accepte pas.

Mais il ne la regardait plus. Il avait les yeux fixés loin au-delà d'elle, le front sombre. Geneviève se retourna. A quelques mètres d'eux, un homme en gilet de sauvetage était ballotté par le ressac. Hare s'élança et elle le suivit. Elle s'arrêta au bord de l'eau tandis qu'il continuait d'avancer. Il s'enfonça jusqu'à la taille puis saisit le revers du gilet et revint en traînant le corps.

— Est-il mort ? demanda-t-elle.

— Oh oui.

Il hala le cadavre sur la plage. C'était un jeune homme en combinaison noire, avec l'aigle allemande sur la poitrine, à droite. Il était pieds nus. Il avait les cheveux blonds et une barbe fine, ses yeux étaient clos comme s'il dormait. Il émanait de lui une étonnante impression de paix. Hare fouilla le corps et trouva un portefeuille gonflé d'eau. Il en sortit une carte d'identité, si détrempée qu'elle s'effritait déjà. Il l'examina, puis se releva.

— Un marin allemand. Un sous-marinier. Il s'appelait Altrogge et il avait vingt-trois ans.

Au-dessus d'eux, une mouette cria avant de s'envoler vers la mer. La houle repoussa une vague plus forte.

— Même ici, en un endroit pareil, la guerre touche tout, dit Geneviève.

— C'est toujours le casino qui gagne, n'oubliez pas, répéta-t-il en la prenant par l'épaule. Venez... Il faut rentrer, j'enverrai mes hommes chercher le corps.

La chambre que lui avait donnée Julie Legrande était très agréable. Un lit à colonnes, des tapis chinois au sol et une excellente vue sur le jardin de derrière par la grande baie. Geneviève s'était avancée pour regarder dehors et Julie la prit par l'épaule, exactement comme Martin Hare.

— Vous êtes triste, ma chérie ?

— Ce jeune homme, sur la plage. Je ne parviens pas à le chasser de mon esprit.

— Je sais.

Julie revint vers le lit et ouvrit la couverture.

— Cette guerre dure depuis trop longtemps, mais nous n'avons pas le choix. Pour vous c'était un jeune homme comme les autres, mais pour moi... Si vous pouviez voir ce que les Boches ont fait à mon pays. Croyez-moi, il faut écraser les nazis. Nous n'avons pas le choix, répéta-t-elle.

La porte s'ouvrit et Craig Osbourne entra.

— Ah, vous êtes là.

— Vous ne vous donnez pas la peine de frapper, dit Geneviève. Je ne peux donc avoir aucune intimité, ici ?

— Pas vraiment, répondit-il doucement. En fait, nous avons deux journées bien remplies, et je désirerais vous mettre au courant de ce qui vous attend.

Il s'assit sur l'appui de la fenêtre et alluma une cigarette.

— Tout d'abord, à partir de maintenant vous parlerez uniquement français. Pour vous remettre dans le bain. Et je ferai de même.

Il paraissait différent, plus tranchant, plus dur, et cela agaça Geneviève.

— Vous vous en croyez capable ? lança-t-elle.

— Que je le sois ou non n'a guère d'importance, répliqua-t-il, mais vous, vous avez tout intérêt à l'être.

Julie Legrande posa la main sur le bras de Geneviève et le serra.

— D'accord, dit Geneviève en français. Comme vous voudrez. Et ensuite ?

— Comme vous l'a précisé Munro, nous n'avons nullement l'intention de faire de vous une professionnelle, il n'y a pas le temps. Nous nous sommes fixé trois objectifs et nous avons deux jours pour les atteindre. Numéro un : vous familiariser avec la situation actuelle au château, le personnel, les Français et les Allemands, et cetera. Cela suppose de longues séances avec René, et nous avons également beaucoup de matériel photographique à vous montrer.

— Après ?

— Il faudra que vous compreniez pleinement le but de votre mission et son cadre, pour savoir quoi chercher, mais surtout pour pouvoir distinguer ce qui est important de ce qui ne l'est pas.

— Cela me paraît compliqué.

— Ce sera simple. Je m'en chargerai, et Munro nous aidera.

Il voulut se lever, mais elle lui fit remarquer :

— Vous avez parlé de trois objectifs, non ? Je n'en ai compté que deux.

— C'est vrai. Le troisième est de nature plus pratique. Inutile de vous soucier de la radio et des liaisons, parce que René et ses copains de la Résistance s'en chargeront. Mais il y a deux ou trois choses qui pourraient devenir importantes sur le plan de la survie. Savez-vous tirer ?

Elle le regarda avec des yeux ronds.

— Avec une arme de poing, dit-il patiemment. Avez-vous déjà tiré au pistolet ?

— Non.

— Ne vous en faites pas. C'est facile quand on sait comment. Il faut simplement être assez près et appuyer sur la détente, mais nous nous occuperons de cela plus tard.

Il regarda sa montre.

— Je ferais bien de bouger. Rendez-vous à la bibliothèque à huit heures.

Il sortit. Julie fit une grimace.

— Ça commence, ma chérie.

— On dirait ! répondit Geneviève, et elle se retourna vers la fenêtre.

7

Munro, installé dans un fauteuil à oreilles devant la cheminée de la bibliothèque, feuilletait une liasse de documents posée sur ses genoux. D'un côté de la table centrale, recouverte de cartes, de photos et de toutes sortes de dossiers, René fumait un de ses petits cigarillos en silence, attendant qu'on fasse appel à lui. Craig et Geneviève étaient assis en face de lui.

— Le plus important, dit Craig, c'est de ne jamais oublier, dès l'instant où vous arriverez en voiture au château, que vous êtes réellement Anne-Marie. Tous ceux qui vous connaissent l'accepteront sans hésitation : il vous suffira d'apparaître. Vous devriez donc être capable de vous en tirer même si vous commettez quelques gaffes mineures.

— Je dois avouer que cela me soulage un peu, répondit-elle. A propos, vous savez que je ne parle pas un mot d'allemand ?

— Peu importe. Tous les officiers d'état-major parlent plus ou moins bien le français. Commençons par quelques données de base bien connues d'Anne-Marie. Les uniformes allemands, par exemple. Ces illustrations sont excellentes, dit-il en ouvrant un livre.

Elle feuilleta quelques pages.

— Faudra-t-il que j'apprenne tout ça ?

— Un minimum. La Kriegsmarine est simple, et vous avez vu l'uniforme de la Luftwaffe que portait Joe Edge, très différent de celui de l'infanterie. Gris-bleu avec des galons jaunes.

Elle s'arrêta à une page qui représentait un soldat en tenue de combat camouflée.

— Qu'est-ce que c'est? Il n'a même pas l'air d'un Allemand. Le casque est différent.

— C'est un Fallschirmjäger, un parachutiste. Ils portent un casque d'acier spécial sans bord, mais vous n'avez pas à vous soucier de ça. La plupart des uniformes de l'infanterie sont comme ceux que vous avez vus dans les films. En voici un qu'il est important de connaître.

Il lui montra un soldat allemand qui portait un hausse-col de métal.

— Feldgendarmerie, lut-elle sur la légende.

— C'est la police militaire. Le type qui arrêtera votre voiture sur la route ou qui montera la garde à la grille du château. Il peut appartenir à l'infanterie ou aux SS, mais la plaque de métal indique toujours la police.

— Et je dois me montrer aimable avec eux?

— Disons qu'un joli jeu de jambes quand vous descendez de la voiture ne peut jamais faire de mal, répondit Craig sans sourire. Le seul autre groupe important pour vous, ce sont les SS, parce qu'il y en a une quantité au château. Uniformes de campagne gris, comme l'infanterie, avec le col vert-bleu. Les galons sont portés sur le col. Jusqu'au grade de major, vous remarquerez les runes SS sur un côté du col. Au-dessus de major, c'est différent, mais inutile de vous en soucier. Vous reconnaîtrez toujours un officier supérieur SS, jusqu'à Himmler lui-même, à l'insigne en argent qu'il porte sur sa casquette : un crâne et deux tibias croisés. D'accord?

Geneviève acquiesça.

— Oui, je crois. La Luftwaffe est comme Edge, la police a des cols de métal, ensuite l'infanterie et les SS avec leur tête de mort.

— Jetons un coup d'œil au château, dit Craig.

Ils avaient une carte d'état-major des environs et un plan détaillé du château de Voincourt. Geneviève se mit à l'étude, et tout lui revint brusquement. Les escaliers et les corridors, tous les coins et recoins qu'elle avait explorés dans son enfance. L'idée de retourner là-bas la remplit soudain d'enthousiasme. Elle avait oublié à quel point elle adorait l'endroit.

— Ils n'ont apporté aucune modification au gros œuvre, sauf pour l'installation des mitrailleuses, précisa René en se penchant pour indiquer leurs positions au crayon noir. Le mur de clôture a été équipé sur toute sa longueur d'un système d'alarme électrique. La grille est gardée vingt-quatre heures sur vingt-quatre, et ils ont installé une barrière classique, qui se soulève. Pour le reste leur sécurité dépend d'un système de rondes effectuées par les gardes. Ce sont tous des Waffen-SS, mademoiselle, et ils sont excellents. Ne vous y trompez pas. Ils font bien leur boulot. On peut ne pas les aimer, mais il faut reconnaître leur valeur.

— Ce qu'il essaie de vous dire sans offenser mon amour-propre américain, c'est qu'à égalité numérique, ce sont les meilleurs soldats du monde, dit Craig Osbourne. Il a raison. Et au château, juste pour nous compliquer les choses, la plupart d'entre eux sont accompagnés par des chiens. Des alsaciens ou des dobermans.

— J'ai toujours adoré les bêtes.

— Une chance... Passons maintenant aux détails vraiment importants, dit-il en regardant sa montre. Nous n'avons pas beaucoup de temps, le coiffeur va arriver d'un instant à l'autre.

— Oui. Votre coiffure est parfaite pour vous mais ne convient pas à Anne-Marie. Voyez vous-même. Cette photo a été prise il y a environ un mois.

Les cheveux de Geneviève lui tombaient sur les épaules, mais Anne-Marie était coiffée beaucoup plus court, avec une frange brune, très droite sur le front, juste au-dessus de ses yeux. Le même visage que Geneviève, mais une Geneviève différente, avec sur les lèvres un sourire arrogant qui semblait dire au monde d'aller au diable. Inconsciemment, Geneviève copia cette expression, et quand elle se retourna vers Craig, ce fut Anne-Marie qui lui sourit dans le miroir au-dessus de la cheminée, aussi hautaine et aussi dure.

Cela déplut à Craig et, pour la première fois, Geneviève eut l'impression qu'elle venait de toucher en lui un point sensible. Elle lut dans son regard une étrange réaction de peur. Il lui arracha la photo des mains.

— Continuons, je vous prie. Connaissez-vous cette femme ?

Il posa devant elle une autre photographie.

— Oui, c'est Chantal Chevalier, la femme de chambre personnelle de ma tante.

Cette chère Chantal à la langue bien pendue et à la main dure, qui avait fidèlement servi Hortense dans les mauvais moments comme dans les bons, pendant plus de trente années.

— Je ne lui plairai pas, dit Geneviève. A moins qu'elle ait beaucoup changé. Elle ne m'a jamais aimée.

René acquiesça.

— C'est comme ça depuis toujours. Mlle Anne-Marie ne lui a jamais plu, et ce n'est pas le genre de femme qui dissimule ses sentiments. Mais avec vous, mademoiselle Geneviève, il en allait autrement.

A quoi bon s'attarder sur ce point — en tout cas pour l'instant ? Elle demanda :

— Qui d'autre ?

— Le chef, Maurice Hugo, vous vous souvenez de lui ?

— Oui.

— Tous les autres sont des nouveaux, mais ils sont au bas de l'échelle. Une garce prétentieuse comme vous a tendance de toute façon à ne pas remarquer leur présence, alors peu importe. Votre femme de chambre risque par contre de poser un problème. La voici.

Une petite brune à la bouche autoritaire, plutôt imbue de sa personne.

— Une putain, commenta René sèchement. Maresa Ducray. Elle vient d'une ferme à une quinzaine de kilomètres. Les belles fringues, les hommes et l'argent, c'est tout ce qui compte pour elle dans la vie. Dans l'ordre que je vous ai indiqué. J'ai écrit à votre intention une note sur ses origines et sa famille.

— Vous pourrez la lire plus tard, lui dit Craig. Continuons. Voici l'officier qui commande les troupes du château, le major-général Carl Ziemke.

C'était manifestement un agrandissement réalisé à partir d'une photo de groupe, et une note dactylographiée au dos résumait sa carrière.

La cinquantaine bien sonnée, un homme de l'infanterie et non des SS, avec des fils d'argent dans les cheveux et une moustache impeccablement taillée. Le visage un peu trop en chair, ainsi que le corps. Des yeux doux avec autour des rides de rire mais pas de sourire sur les lèvres. Il avait l'air fatigué.

— Un bon combattant, autrefois, dit Craig. Mais ils l'ont mis sur la touche. Votre tante et lui sont amants.

— Cela ne m'étonne pas, répondit calmement Geneviève en lui rendant la photo. Vous pensiez me choquer ? Vous perdez votre temps. Ma tante a toujours eu besoin d'un homme dans la maison, et Ziemke a l'air assez bien.

— C'est un soldat, concéda René à regret. Il faut le reconnaître. Et ce salopard aussi.

Il poussa une autre photo vers elle. Elle dut se pencher sur la table pendant un instant, si vif fut le choc. C'était la première fois qu'elle voyait cet homme et elle avait l'impression de le connaître depuis toujours. Il avait le même uniforme que Joe Edge, avec en plus des insignes de SS à son col et une Croix de fer autour du cou. Son visage fort, buriné, semblait la transpercer du regard. Ce n'était pas un beau visage mais, au milieu d'une foule, il aurait fait se retourner plus d'une tête.

— Le Sturmbannführer Max Priem, dit Craig Osbourne. C'est l'équivalent d'un major anglais. Il a reçu la Knecht Kreuz, c'est un soldat de premier ordre et un homme extrêmement dangereux. Il est responsable de la sécurité du château.

— Pourquoi un homme comme lui n'est-il pas au front en train de se battre ?

— Il servait l'an dernier dans un bataillon de parachutistes SS en Russie, et il a reçu une balle dans la tête. On lui a mis une plaque de métal sur le crâne, et il doit se ménager.

— Comment s'entendait-il avec Anne-Marie ? demanda Geneviève à René.

— Mal, mademoiselle, mais ils traitaient d'égal à égal. Il ne l'approuvait pas et elle le détestait. En revanche, elle avait avec le général Ziemke des relations excellentes. Elle flirtait outrageusement avec lui et il la traitait comme sa nièce préférée.

— Ce qui s'est révélé très efficace pour ses voyages à Paris, les laissez-passer et la liberté d'aller et venir, dit Craig. Mais, je le souligne une fois de plus, les Allemands apprécient énormément la caution que leur offrent les de Voincourt. Votre tante et vous-même êtes des « collaborateurs », ne vous y trompez pas. Vous continuez de vivre dans le luxe pendant que des milliers de vos compatriotes sont exploités et maltraités dans des camps de travail. Et vos amis, les industriels français et leurs femmes qui se joignent souvent aux réceptions données à l'occasion de ces conférences du week-end, comptent parmi les gens les plus détestés de France.

— Je commence à comprendre.

— Un autre homme mérite une attention spéciale.

La photo n'était pas bonne. Un jeune officier SS aux cheveux très blonds et aux yeux étroits, qui avait un air haineux particulièrement antipathique.

— Le capitaine Hans Reichslinger. C'est le bras droit de Priem.

— Une tête de salaud, dit Geneviève.

— Un animal, dit René en crachant dans le feu.

— Etrange, observa Geneviève. Ce n'est manifestement pas du tout le même genre d'homme que Priem

— Que voulez-vous dire ? demanda Craig.

— Priem le méprise et ne s'en cache pas, précisa René.

Craig prit une grande enveloppe marron et la tendit à la jeune femme.

— Vous trouverez à l'intérieur des renseignements sur toutes les personnes que vous êtes susceptible de rencontrer là-bas. Etudiez-les comme si votre vie en dépendait parce que c'est précisément le cas.

On frappa à la porte et Julie passa la tête.

— Le coiffeur vient d'arriver.

— Bien, nous continuerons plus tard, dit Craig ; et comme Geneviève se levait, il ajouta : Avant de vous laisser, une dernière photo. Le principal architecte du système de défense du mur de l'Atlantique. L'homme qui va être votre invité d'honneur ce week-end au château de Voincourt.

Il posa délicatement sur la table, devant la jeune femme, une photo du maréchal Erwin Rommel. Geneviève se figea, stupéfaite. Munro se leva et se dirigea vers elle, ses papiers dans la main gauche.

— Vous voyez, ma chère Geneviève, je n'exagérais nullement quand je vous ai dit que ce que vous accomplirez ce week-end a de grandes chances d'influer sur le cours ultérieur de la guerre.

Le coiffeur était un petit homme entre deux âges, tiré à quatre épingles, avec des cheveux noirs et des favoris blancs. Il s'appelait Michael, et Julie semblait très bien le connaître.

— Oh oui. Remarquable, vraiment très remarquable, dit-il quand il vit Geneviève.

Il ouvrit une valise marron qui contenait toutes sortes de flacons, surtout des produits de maquillage, et en sortit une chemise de carton.

— J'ai étudié le dossier, mais cela s'annonce encore mieux que je ne l'espérais. Mettons-nous au travail.

Il enleva sa veste de velours côtelé beige et prit un peigne et un rasoir coupe-chou dans sa valise.

— Vous ne pouviez pas tomber entre de meilleures mains, dit Julie à Geneviève tout en posant une serviette de toilette sur ses épaules. Michael a été chef-maquilleur aux studios de cinéma d'Elstree pendant des années.

— C'est exact. J'ai travaillé avec Alexandre Korda et maquillé M. Charles Laughton quand il a joué Henri VIII. Ça, c'était du travail, je peux vous dire. Il me fallait des heures chaque matin. Bien entendu, à mon âge, on recherche une vie plus tranquille. Je dirige un théâtre à Falmouth. Une pièce différente chaque semaine. Nous avons beaucoup de marins à cause de la base navale, ce qui est parfait.

Elle resta les yeux rivés au miroir et se vit, de minute en minute, devenir davantage Anne-Marie. Pas seulement les cheveux, ce qui était le plus facile car il savait exactement ce qu'il fallait faire, mais aussi la nuance du rouge à lèvres, la poudre qu'il étala minutieusement sur ses joues, le mascara sur les paupières et le parfum — Chanel n° 5, que Geneviève n'avait jamais employé.

La transformation complète lui prit environ une heure et demie. Quand il eut terminé, il hocha la tête, visiblement satisfait.

— Très beau, mais je ne devrais pas le dire moi-même, s'écria-t-il en tendant à Geneviève un nécessaire de maquillage en maroquin. Vous trouverez là tout ce dont vous aurez besoin, chère amie. Surtout, étalez-en des quantités. Ce sera votre plus gros problème : vous n'en mettrez pas assez. Je vois bien que vous n'êtes pas du genre qui se maquille beaucoup.

Il referma sa valise et donna une claque amicale sur la joue de Julie.

— Il faut que je me sauve. J'ai une représentation ce soir.

La porte se referma sur lui. Geneviève continua de se regarder dans le miroir. *Moi, sans être moi,* songea-t-elle. Julie lui offrit une cigarette.

— Prenez une Gitane.

Elle voulut refuser, mais Julie insista.

— Anne-Marie aurait accepté. Il faudra vous habituer à ce geste.

Geneviève prit la cigarette et le briquet. Elle toussa dès que la fumée glissa au fond de sa gorge.

— Bien, dit Julie. Allez vous montrer à Craig, à présent. Il vous attend dans le sous-sol, au stand de tir.

L'entrée de la cave se trouvait près de la porte conduisant à la cuisine. Dès qu'elle l'ouvrit, Geneviève entendit l'écho des coups de feu. Le stand de tir avait été aménagé en abattant partiellement une cloison pour réunir deux caves. Le fond était brillamment éclairé, de façon qu'on distingue bien une rangée de silhouettes en carton ressemblant à des soldats allemands, devant des sacs de sable. Craig Osbourne chargeait un revolver, debout près d'une table sur laquelle il y avait plusieurs autres armes. Il l'entendit arriver, tourna machinalement la tête puis se raidit brusquement.

— Bon Dieu !

— Ce qui signifie manifestement que j'ai passé l'examen.

Il avait le visage livide.

— Oui, vous pouvez le dire. C'est stupéfiant. Et pourtant je m'y attendais.

Il referma le barillet d'un coup sec.

— Vous n'avez jamais tiré de votre vie, m'avez-vous dit ?

— Une fois. Avec une carabine à air comprimé dans une kermesse.

Il lui sourit.

— Il vaut toujours mieux commencer à zéro. Je vais me contenter de vous présenter les deux armes de poing que vous aurez le plus de chances de rencontrer, et je vous montrerai comment vous en servir.

— En m'avançant le plus près possible, c'est bien ce que vous m'avez dit ?

— Vous croyez que c'est facile, comme dans les films de cow-boys ? D'accord, voyons ce que vous savez faire, proposa-t-il en lui tendant le revolver. Distance moyenne, pas plus de quinze mètres. Visez la cible du milieu. Il suffit d'appuyer sur la détente.

Elle fut surprise du poids de l'arme, mais sa main s'enroula parfaitement autour de la crosse. Il y avait aussi le défi, le désir de lui montrer ce dont elle était capable. Elle tendit le bras, ferma un œil, plissa l'autre dans la direction de la mire, appuya sur la détente et rata complètement la cible.

— Ça fait toujours un choc la première fois, dit-il. On ne croit pas que ce soit possible. Je veux dire : comment manquer un homme qui se trouve si près ? Oh, à propos, gardez les deux yeux ouverts.

Il se tourna, plia les genoux, le revolver braqué, et tira rapidement, apparemment sans viser. Les échos s'estompèrent, et Geneviève vit le dessin régulier de quatre trous dans le cœur de la cible du centre. Il resta immobile un instant, image de puissance et de maîtrise pareille à une arme mortelle. Quand il se retourna pour la regarder, elle ne vit dans ses yeux gris que le regard d'un tueur.

— Il faut pour cela un entraînement intensif, dit-il en posant le revolver pour prendre deux autres armes. Le Luger et le Walther sont tous les deux des pistolets automatiques très souvent utilisés par l'armée allemande. Je vais vous montrer comment les charger et tirer avec. C'est à peu près tout ce que je peux faire en si peu de temps. Je veux dire que ce genre de chose n'est pas dans vos cordes.

— Je ne pense pas, répondit Geneviève doucement.

Il passa dix minutes à lui montrer patiemment comment charger un magasin, comment le mettre en place et comment armer le pistolet avant de tirer, et ne la conduisit au stand de tir que lorsqu'elle lui eut prouvé qu'elle avait assimilé sa leçon.

Elle tira avec un Walther muni d'un silencieux Carswell, spécialement mis au point par le SOE pour tuer sans bruit. On n'entendait qu'une sorte de toux sèche. Ils s'avancèrent jusqu'à un mètre des cibles.

— Près de votre homme, lui répéta-t-il, mais pas trop, au cas où il essayerait de vous attraper le bras, n'oubliez pas.

— D'accord.

— Maintenant, tenez votre arme à la hauteur de la taille, les épaules droites, et appuyez avec votre doigt.

Au moment où elle tira, elle ferma les yeux malgré elle ; et, quand elle les rouvrit, elle vit qu'elle avait touché la cible dans le ventre.

— Très bien, lui dit Craig Osbourne. Ne vous avais-je pas dit que c'était facile quand on s'avançait assez près ? Recommencez, maintenant.

Elle passa la fin de l'après-midi et le début de la soirée à lire et relire les notes jusqu'à ce qu'elle ait l'impression de connaître à fond tous ces gens, puis elle se rendit dans la bibliothèque pour une autre séance avec René.

Ensuite, ce fut le dîner dans la cuisine avec Craig, Munro et René ; Julie avait préparé un repas magnifique. Un pudding au bœuf et aux rognons, des pommes de terre au four, du chou et une tarte aux pommes pour terminer. Il y avait aussi du vin sur la table, un très bon bourgogne rouge. Pourtant, même le vin ne parvint pas à sortir Craig de son mutisme. Il semblait de mauvaise humeur, préoccupé, et l'atmosphère resta tendue.

— Un parfait repas anglais traditionnel, lança Munro en embrassant Julie sur la joue. Quel sacrifice pour une Française !... Je crois que je vais aller faire un tour jusqu'à l'auberge, dit-il à Craig. Vous désirez m'accompagner ?

— Je ne crois pas.

— A votre guise. Et vous, René, que diriez-vous d'un petit verre ?

— Ça ne se refuse pas, mon général, répondit René en riant, et ils sortirent ensemble.

— Je vais monter le café dans le salon bleu, proposa Julie. Craig, montrez le chemin à Geneviève.

C'était une pièce agréable, près de la bibliothèque, avec des meubles cossus et du feu dans la cheminée. Il y avait un beau piano à queue.

Geneviève souleva le couvercle. A une époque, c'était ce

qu'elle désirait le plus au monde, mais la vie exauce rarement les rêves.

Elle se mit à jouer un prélude de Chopin, grave et lent, avec des accords sonores à la main gauche et un chant de mort déchirant et doux dans les aigus. Julie entra avec le plateau et le posa près du feu. Craig s'avança au bout du piano et regarda fixement Geneviève.

Quand elle passa à la *Sonate au clair de lune,* si émouvante et belle, il l'interrogea des yeux. Elle la joua bien, mieux qu'elle ne l'avait jouée depuis longtemps. Lorsqu'elle leva les yeux à la fin du morceau, il était parti. Elle hésita, referma le piano, puis sortit à son tour.

Elle l'aperçut en bas des marches, sur la terrasse, dans le noir. Il fumait. Elle descendit et s'appuya au parapet.

— Vous avez été excellente, dit-il.

— Tant que je m'avance assez près? demanda Geneviève.

— Soit, je vous ai mené la vie dure. Mais il n'y a pas d'autre moyen. Vous ne savez pas comment ce sera, là-bas.

— Qu'attendez-vous de moi? L'absolution? lança-t-elle. Il faut que j'y aille, vous l'avez dit vous-même. Je n'ai pas le choix, parce qu'il n'y a personne d'autre. Ce n'est pas de votre faute. Vous n'êtes qu'un instrument.

Il se leva et jeta son mégot, qui roula sur le gravier, petite boule rouge.

— Nous avons une dure journée demain, dit-il. Munro veut encore vous parler dans la matinée. Il est temps d'aller se coucher.

— Je vais rentrer, dit-elle, puis elle posa la main sur sa manche. Et merci d'avoir agi, pour une fois, comme un être humain.

Quand il répondit, sa voix ne semblait plus la même.

— Ne soyez pas gentille avec moi, pas maintenant. Nous n'en avons pas encore fini avec vous.

Il lui tourna le dos et repartit vers le manoir à grands pas.

Ils surgirent au milieu de la nuit. Ce fut un rude réveil. Une lampe torche dans les yeux, puis les draps arrachés, et ils la soulevèrent.

— Vous êtes Anne-Marie Trevaunce? demanda une voix rauque en français.

— Pour qui vous prenez-vous? lança-t-elle.

Elle était dans une fureur noire, elle essaya de se lever et reçut une gifle en pleine figure.

— Vous êtes Anne-Marie Trevaunce? Répondez!

Puis elle s'aperçut que les deux silhouettes dans l'ombre, juste au-delà du cercle de lumière, étaient en uniforme allemand, et elle comprit la raison de tout ce cauchemar.

— Oui, je suis Anne-Marie Trevaunce, répondit-elle en français. Qu'est-ce que vous me voulez?

— C'est mieux, beaucoup mieux. Mettez votre robe de chambre et suivez-nous.

— Vous êtes Anne-Marie Trevaunce?

Ce devait être la vingtième fois qu'ils lui posaient la question. Elle était assise à la table de la bibliothèque, aveuglée par la lumière blanche, dure, qu'ils braquaient sur son visage.

— Oui, répondit-elle d'une voix lasse. Combien de fois faudra-t-il que je vous le répète?

— Et vous habitez au château de Voincourt avec votre tante?

— Oui.

— Votre femme de chambre, Maresa. Parlez-moi de sa famille.

Elle respira à fond.

— Sa mère est veuve. Elle a une petite ferme à une quinzaine de kilomètres du château. Elle la cultive avec un de ses fils, Jean, qui est un peu simple d'esprit. Maresa a un autre frère, appelé Pierre, qui était caporal dans un régiment de chars. Il se trouve en ce moment dans un camp de travail, à Aurigny, dans les îles Anglo-Normandes.

— Et le général Ziemke ?... Parlez-moi de lui.

— Je vous ai déjà parlé de lui. Je vous ai tout dit sur lui. Au moins quatre fois.

— Recommencez, dit la voix patiemment.

Soudain ce fut fini. Un pas se dirigea vers la porte et la lumière s'alluma. Ils étaient deux, comme elle l'avait deviné. Et en uniforme allemand. Craig Osbourne, debout près du feu, allumait une cigarette.

— Pas mal. Pas mal du tout.

— Très drôle, lança-t-elle.

— Vous pouvez remonter vous coucher, à présent.

Elle se dirigeait vers la porte quand il l'appela.

— Geneviève ?

Elle se retourna vers lui.

— Oui ? demanda-t-elle d'une voix lasse.

Un silence pesant. Ils se regardèrent. Elle était tombée dans le panneau. Le coup le plus classique.

— Essayez de ne pas faire ça quand vous serez là-bas, voulez-vous ? lui dit-il calmement.

8

Le matin, ce n'était plus qu'un cauchemar, une chose qui ne s'était pas réellement passée. Le plus effrayant, c'est qu'elle avait commencé à ressentir le mélange des deux personnalités. A force de répéter qu'elle *était* Anne-Marie Trevaunce, elle avait presque fini, dans les moments de tension les plus intenses, par le croire elle-même.

Elle s'assit à la fenêtre et prit une Gitane, elle toussait déjà moins. Le ciel s'éclaircit progressivement, et les premières lueurs orangées du soleil apparurent entre les arbres et se reflétèrent sur l'étang, au fond du vallon.

Ce qui arriva ensuite ne fut que la conséquence d'une impulsion. Elle trouva un vieux peignoir en éponge derrière la porte de la salle de bains, l'enfila et sortit. Le vestibule était silencieux et désert quand elle parvint en bas de l'escalier principal, mais il y avait des bruits de cuisine quelque part vers l'arrière de la maison. Julie chantonnait ; sa voix semblait indistincte, assourdie par la porte.

Geneviève essaya une autre porte et se trouva dans une sorte de salon dont les fenêtres à la française s'ouvraient sur la terrasse. Elle la traversa et sortit sur la pelouse. La fraîcheur du matin la fit frissonner de tout son corps. Elle descendit la colline en courant, les pans de son peignoir volaient derrière elle.

Sous les feux de l'aurore, l'étang du vallon se parait d'or

et d'argent ; ce qu'il restait de brume s'élevait en volutes au-dessus de la surface. Elle ôta son peignoir, fit passer sa chemise de nuit par-dessus sa tête, s'avança au milieu des roseaux, puis plongea dans l'eau profonde.

L'étang était si froid que Geneviève ne sentit même pas son corps s'engourdir. Elle se laissa flotter simplement, comme dans des limbes, en regardant les roseaux qui s'agitaient sous la brise, et les arbres au-delà. L'eau était immobile, une plaque de verre noir, et Geneviève se rappela très clairement un rêve qu'elle avait fait la nuit précédente : des eaux aussi sombres, et Anne-Marie qui dérivait lentement à sa rencontre, avec ses mains qui s'avançaient au ralenti comme pour l'attirer vers le fond.

Ce fut la répulsion et non la panique qui poussa Geneviève à revenir vers les roseaux et à remonter au sec. Elle remit son peignoir et essaya de se sécher les cheveux avec sa chemise de nuit, tout en s'éloignant entre les arbres en direction du manoir.

Craig, assis sur la balustrade de la terrasse, fumait son inévitable cigarette, si immobile qu'elle ne s'aperçut pas de sa présence avant d'arriver au milieu de la pelouse.

— Le bain vous a plu ?

— Vous m'avez épiée ?

— Je vous ai vue sortir et je vous ai suivie... oui.

— Comme tout agent de renseignements qui se respecte ? Que pensiez-vous donc que j'allais faire ? Me noyer ? Quelle catastrophe pour vous !

— Un désastre.

Quand elle ouvrit la porte de sa chambre, Julie était en train de poser le petit déjeuner sur la table près de la fenêtre. Elle portait une robe d'intérieur de velours vert qui mettait sa beauté en valeur.

— Vous avez l'air furieuse, ma chérie, je vois ça. Qu'est-ce qui ne va pas ?

— Ce maudit bonhomme...

— Craig ?

— Oui. Je suis allée me baigner dans l'étang. Il m'a suivie. Il m'a épiée.

— Buvez votre café et goûtez les œufs brouillés. C'est une de mes spécialités, lui répondit Julie d'un ton apaisant.

Geneviève se mit à table.

— Nous nous prenons toujours à rebrousse-poil, on dirait, grogna-t-elle en s'attaquant à ses œufs.

Julie s'assit en face d'elle et se servit une tasse de café.

— Ah bon ? J'avais le sentiment que c'était plutôt le contraire.

La porte s'ouvrit et Craig Osbourne entra de nouveau sans frapper.

— Ah, vous êtes là.

— Ça ne se s'arrange pas, lança Geneviève. Aucune intimité !

Il fit comme s'il n'avait pas entendu.

— Munro aimerait vous voir dès que possible. Grant doit le conduire à Londres ce matin. Je serai dans la bibliothèque.

Il ressortit et referma la porte.

— Je me demande ce que vous veut Munro, dit Julie.

— Me souhaiter bonne chance, sans doute. Qui sait ? Il peut attendre, gronda-t-elle en prenant la verseuse, je bois ma deuxième tasse de café.

Où étaient passés les hommes qui l'avaient interrogée au milieu de la nuit ? Elle n'en avait aucune idée. Quand elle descendit l'escalier la maison était silencieuse, comme s'il n'y avait personne. Craig, debout devant la cheminée de la bibliothèque, lisait le journal. Il leva machinalement les yeux.

— Allez-y tout de suite. C'est la dernière porte.

Elle traversa la pièce, s'arrêta devant la porte recouverte de cuir et frappa. Pas de réponse. Elle hésita, posa la main sur le loquet et entra. Il n'y avait pas de fenêtre. La pièce était meublée comme un petit bureau, avec une autre porte dans le fond. Le Burberry de Munro était posé sur le dossier d'une chaise et, sur la table de travail, son attaché-case maintenait à plat une carte. Elle vit aussitôt ce dont il s'agissait : une partie des côtes de France. Le titre précisait : Objectifs préliminaires — Jour J. A peine avait-elle commencé à l'étudier que la porte s'ouvrit. Munro entra.

— Ah, vous voilà !

Puis il se rembrunit, traversa rapidement la pièce et roula la carte. Elle eut l'impression qu'il allait lui faire une remarque, mais il changea d'avis. Il rangea la carte dans son attaché-case et le referma.

— Vous avez vraiment changé, c'est étonnant.

— Vous trouvez ?

— Ils vous ont fait passer de sales moments, pas vrai ? dit-il en souriant. Non, ne me répondez pas. Je sais comment Craig a l'habitude d'opérer.

Il se campa devant son bureau, les mains derrière le dos, soudain très grave.

— Je me doute que cela n'a pas été facile pour vous. Rien n'a été facile. Mais je ne saurais trop insister sur l'importance de cette opération. Quand le grand jour viendra, quand nous envahirons l'Europe, la bataille se jouera sur les plages. Une fois que nous aurons établi une tête de pont, la victoire ne sera plus qu'une question de temps. Nous n'en doutons pas et les Allemands le savent aussi.

Il parlait vraiment comme à un groupe de jeunes officiers.

— C'est pour cette raison qu'ils ont confié à Rommel la coordination de leurs défenses du mur de l'Atlantique. Vous comprenez à présent pourquoi tous les renseignements que vous pourrez nous fournir sur la conférence de ce week-end peuvent se révéler d'une importance vitale.

— Absolument, dit-elle. Je peux gagner la guerre en trois coups de cuillère à pot.

Il se força à sourire.

— C'est ce qui me plaît en vous, Geneviève. Votre sens de l'humour... Il faut que je parte, à présent, dit-il en prenant son Burberry.

— Chacun ses occupations, répondit Geneviève. Dites-moi, général, est-ce que vous aimez votre travail ? Est-ce qu'il vous donne des satisfactions ?

Il saisit son attaché-case et, quand il se retourna vers elle, son regard était glacé.

— Au revoir, mademoiselle Trevaunce, lança-t-il d'un ton guindé. J'attendrai de vos nouvelles avec plaisir.

Et il sortit.

Quand Craig revint dans la bibliothèque, Geneviève était debout devant la cheminée.

— Il est parti ? demanda-t-elle.

— Oui. Il n'avait pas l'air très content. Que lui avez-vous fait ?

— J'ai soulevé un coin de son voile.

Il la regarda gravement, les deux mains enfoncées dans les poches.

— Ce n'est pas le meilleur moyen d'entrer en grâce... J'ai quelque chose pour vous, dit-il en se dirigeant vers la table.

Il lui tendit un étui à cigarettes en argent et onyx. Vraiment très beau. Elle l'ouvrit, il était garni de Gitanes.

— Un cadeau d'adieu ? demanda-t-elle.

— Assez spécial, dit-il en lui reprenant l'étui. Vous voyez le motif gravé ici ?

Il appuya avec l'ongle du pouce, et une fine plaque de métal se rabattit, révélant un minuscule objectif d'appareil photographique.

— Le génie qui a fabriqué ce bijou pour nous assure qu'il fera de bonnes photos, nettes même si la lumière est faible. Donc, si vous trouvez des cartes ou des documents, vous savez ce que vous devez faire. Vingt clichés, et il est chargé. Il vous suffit de le braquer et de tirer sur ceci.

— Sans oublier d'avancer assez près ?

Cela le blessa. Elle s'en aperçut et n'en tira aucun plaisir. Elle eut envie de se mordre la langue, mais c'était trop tard.

Il lui rendit l'étui à cigarettes et se rapprocha de la table, de nouveau impassible.

— Pendant le reste de la journée, je vous propose de revoir les notes, les photos et les dossiers afin que vous sachiez tout sur le bout du doigt.

— Et demain ?

— Je reverrai tout avec vous jusqu'à ce que vous puissiez le réciter à l'envers. Nous décollerons demain soir vers onze heures.

— Nous ?

— Oui. Je vous accompagne jusqu'à l'atterrissage.

— Je vois.

— Si tout se passe comme prévu, René et vous serez aussitôt pris en charge par le groupe de la Résistance, qui vous conduira à Saint-Maurice par la route. Vous attendrez chez le chef de gare l'arrivée du train de Paris, puis René ira chercher votre voiture comme si vous veniez de descendre à l'instant du train. Et il vous ramènera chez vous, au château.

— Où je serai livrée à moi-même.

— Vous avez René, répondit-il. Vous lui transmettrez aussitôt tout renseignement important. Il a un émetteur radio et il peut entrer en liaison avec nous par l'intermédiaire des relais côtiers.

— Ici ? s'étonna-t-elle. Je n'ai pourtant vu personne en dehors de vos amis de cette nuit.

— Ils évitent de se montrer. Mais nous avons une salle de radio très efficace, je vous le garantis, et même un service Costumes, que dirige Julie. Elle fournit à peu près tout ce que nous pouvons souhaiter en matière d'uniformes, de vêtements et de documents officiels.

Ils restèrent debout face à face, séparés par le silence. Puis il parla, d'une voix étrangement douce :

— Puis-je faire quelque chose pour vous ?

— Anne-Marie, dit-elle. Je me fais du souci pour elle. S'il m'arrivait quelque chose...

— Je m'occuperais d'elle, je vous en donne ma parole.

Avec un doigt, il lui releva le menton.

— Et il ne vous arrivera rien. Vous avez de la chance, j'en suis certain.

Elle se sentit au bord des larmes, soudain vulnérable.

— Et comment diable pouvez-vous savoir une chose pareille ?

— Je suis diplômé de Yale, dit-il simplement.

Elle étudia les dossiers toute la matinée. Julie l'avait prévenue qu'elle descendrait à l'auberge à l'heure du déjeuner et, peu après midi, Geneviève interrompit son travail, emprunta une veste en peau de mouton qu'elle trouva dans la penderie du vestibule et descendit à pied vers le village.

Elle s'arrêta sur les quais à la hauteur du *Lili Marlene*. Deux marins de l'équipage étaient en train de briquer le pont. Hare passa la tête par la fenêtre de la timonerie.

— Pourquoi ne montez-vous pas à bord ?

— Je viens.

Elle descendit le long de la planche d'un pas hésitant, un des marins lui tendit la main.

— Par ici, appela Hare.

Elle monta l'échelle métallique et suivit Hare dans le poste de pilotage.

— C'est très bien, dit-elle.

— Vous aimez les bateaux ?

— Beaucoup.

— Les Allemands appellent ceux-ci des Schnellboote, parce que c'est ce qu'ils sont : des « bateaux rapides ». Rien de commun avec un voilier de plaisance. Ce sont les bâtiments les plus efficaces qui aient jamais pris la mer.

— A quelle vitesse vont-ils ?

— Trois moteurs diesels Daimler-Benz, plus quelques améliorations apportées par les Anglais. Cela nous donne environ quarante-cinq nœuds.

Elle passa la main sur les commandes.

— J'aimerais aller en mer à son bord.

— Venez, je vais tout vous montrer.

Il la conduisit dans la salle des machines, dans la

minuscule cambuse, dans la salle de garde et dans sa cabine exiguë. Elle admira les deux tubes lance-torpilles, s'assit derrière le canon anti-aérien de 20 mm, sur la tourelle de l'avant-pont, et regarda le canon Bofors installé à l'arrière.

— Impressionnant, avoua-t-elle quand elle eut fait le tour. Tant de choses aménagées en si peu d'espace.

— Je sais. Très pratiques, les Allemands. Très efficaces. Je suis bien placé pour le savoir, ma mère était allemande.

— Cela vous fait honte ? demanda-t-elle.

— Honte de Hitler, de Goebbels et de Himmler, oh oui ! Mais sûrement pas de Goethe, de Schiller, de Beethoven et de quelques autres que je pourrais citer.

Elle se haussa sur la pointe des pieds et l'embrassa sur la joue.

— Vous me plaisez, Martin Hare.

Il lui adressa un sourire plein de chaleur.

— Eh, gardez vos distances, s'il vous plaît. J'ai presque un quart de siècle de plus que vous, mais il pourrait vous arriver des histoires.

— Des paroles, dit-elle. C'est tout ce qu'on m'offre.

— Pas du tout. On va vous offrir un bon déjeuner.

Il la prit par la main et l'entraîna sur le quai.

Tout le monde semblait s'être donné rendez-vous au Pendu. L'équipage du *Lili Marlene,* Craig, et même Joe Edge, au bout du bar, qui essayait d'entreprendre tout le monde. Julie faisait passer de la cuisine des petits gâteaux chauds que Schmidt distribuait avec son habituelle bonne humeur.

Il en apporta trois à Geneviève, Hare et Craig, attablés près de la fenêtre.

— Pas du tout kasher, dit-il, mais ils sentent drôlement bon.

Craig paraissait plus gai. Il échangea des plaisanteries avec Hare et but de la bière avec son gâteau pendant que Geneviève allumait une autre Gitane. Elle se refusait à l'admettre, mais elle commençait à y prendre goût.

— Excusez-moi un instant, dit Craig. Il faut que je parle à Julie.

Il contourna le bar et entra dans la cuisine. Hare appréciait manifestement son gâteau. Geneviève s'aperçut que, du bout du bar, Edge l'observait, les yeux brillants. Cela la mit mal à l'aise.

— Bon Dieu, ils sont excellents ! s'écria Hare en se levant. Je vais en demander un autre.

— Je crois que j'ai besoin d'air, dit Geneviève. J'ai envie d'aller faire un tour.

Elle se dirigea vers la porte et sentit que Joe Edge la suivait des yeux. Elle était furieuse, un peu comme si ce regard la chassait, et elle accéléra le pas, tête basse, le long du sentier qui conduisait au promontoire, entre les arbres. Un moment plus tard, Edge sortit de l'auberge et s'éloigna sur le même chemin. Peu après, il s'engagea sur une autre sente et se mit à courir.

Martin Hare, à sa place près de la fenêtre, prit le gâteau que Schmidt lui tendait. A l'instant où il se retournait, il aperçut Geneviève qui disparaissait à l'orée du bois et Edge qui courait dans une direction parallèle. Il reposa le gâteau et se leva.

— Je le dégusterai plus tard.

— Je crois que c'est une bonne idée, commandant, dit Schmidt.

Il sortit aussitôt et se mit lui aussi à courir.

Craig, appuyé à l'évier, la cigarette aux lèvres, regardait Julie rouler sa pâte feuilletée.

— Vous voulez de moi quelque chose de spécial, c'est ça ? demanda-t-elle.

— Le dîner, répondit-il. Vous, moi, Martin, René, Geneviève. Je veux dire : ce sera sa dernière soirée complète. Je pense que ce serait gentil.

— Pourquoi pas ? Je peux faire ça pour vous. J'ai de l'agneau. Pas beaucoup, bien sûr, mais ça ira. Oh, et puis il y a encore trois bouteilles de champagne à la cave. Du Moët, je crois.

— Que désirer de mieux ?

— Et soyez gentil avec elle, Craig, dit-elle en posant sur sa manche une main qui y laissa des traces de farine. Elle vous aime bien, cette petite.

La porte s'ouvrit et Schmidt entra.

— Excusez-moi, patron.

— Qu'y a-t-il ? demanda Craig.

— Un petit drame en coulisses, je crois. Mlle Trevaunce est partie faire un tour sur le chemin du bois. Puis nous avons vu le lieutenant Edge courir derrière elle. Ça n'a pas plu au commandant et il a filé par le même chemin.

— Eh bien ? dit Craig.

— Bon Dieu de merde, major, si vous pardonnez l'expression, il ne lui reste plus qu'un poumon, et s'ils en viennent aux coups...

Mais Craig avait déjà franchi la porte et courait, vraiment très vite.

Quand il se mit à pleuvoir, Geneviève était encore sous les arbres. Elle arriva dans une clairière où elle trouva un bâtiment en ruine, vestige d'une mine d'étain du siècle dernier. Elle hésita un instant à l'entrée, puis s'enfonça à l'intérieur. Des ombres mystérieuses, pas de toit au-dessus de sa tête, une sorte de tour en forme de ruche.

— Es-tu venue voir la rose, mignonne ?

C'était la voix de Joe Edge. Geneviève se retourna, le vit appuyé au chambranle de la porte et voulut se glisser devant lui. Il leva le bras pour lui barrer le passage.

— Qu'est-ce qui pourrait te rendre plus aimable ?

— Rien de ce que vous avez à offrir.

Il la saisit par les cheveux, l'attira vers lui, et glissa sa main libre entre les cuisses de la jeune femme. Elle poussa un cri et le frappa au visage avec son poing fermé. Il la gifla du revers de la main et elle bascula en arrière. Son pied heurta une pierre et elle tomba. Une seconde plus tard, il était à genoux, à califourchon au-dessus d'elle.

— Et maintenant, lança-t-il, je vais t'enseigner les bonnes manières !

Martin Hare avait parcouru les derniers cent mètres au pas de course, exercice que lui avaient très strictement interdit ses médecins. Quand il franchit la porte, son cœur battait à tout rompre et il était à bout de souffle. Il lui restait juste assez d'énergie pour saisir Edge par les cheveux et le soulever.

Edge se releva d'un bond, se retourna en poussant un cri de rage et lui assena un direct à la joue droite. Hare voulut lever les bras, mais découvrit qu'il ne pouvait plus respirer. Il bascula en avant. Edge lui lança un coup de genou au visage. Geneviève s'accrocha à l'aviateur par le dos de son blouson. Edge poussa un juron et pivota vers elle. Hare était tombé à genoux.

Quand Craig Osbourne apparut, Edge avait saisi Geneviève à la gorge. Craig le frappa du tranchant de sa main tendue, un vrai coup de salaud, dans les reins. Edge hurla, et Craig le frappa de nouveau, exactement de la même façon, puis le saisit au collet et le projeta par la porte ouverte.

Il se retourna. Geneviève aidait Hare à se relever. Le commandant lui adressa un sourire qui s'acheva en grimace.

— Je ne suis vraiment plus bon à grand-chose.

— Pour moi, vous serez toujours un héros, lui dit-elle.

— Vous voyez, dit Craig, ce sont les intentions qui comptent. Venez, je vous offre un verre. Et toi, lança-t-il à Edge, si tu essaies encore un de ces petits coups-là, je me charge personnellement de te faire passer en cour martiale.

Ils s'éloignèrent vers Cold Harbour, tandis que Joe Edge, encore au sol, cherchait à retrouver son souffle.

Elle ne pouvait pas encore s'habiller en Anne-Marie : ses valises se trouvaient dans la Rolls-Royce cachée par René à Saint-Maurice. Mais Julie lui trouva une robe de soie bleue d'avant la guerre et, quand Geneviève s'arrêta un instant au pied de l'escalier, son reflet dans le grand miroir lui plut énormément, et cela la troubla.

Julie avait mis le couvert dans la bibliothèque, avec les plus belles choses que pouvait offrir le château. Argenterie, nappes de toile fine, ravissantes assiettes de porcelaine. Une atmosphère merveilleuse régnait, la seule lumière venait des chandeliers et du feu de bois.

Julie, très séduisante dans une petite robe noire typiquement française, les cheveux retenus en arrière par un nœud de velours noir, avait passé un petit tablier blanc et insisté pour s'occuper entièrement de la cuisine tandis que René ferait office de maître d'hôtel.

— C'est une soirée française, dit-elle. Personne d'autre ne doit lever le petit doigt. Et la cuisine, mes amis, sera aussi française qu'il se peut, maintenant que le général, Dieu le bénisse, n'est plus avec nous.

Ce fut délicieux. Un pâté de foie sur canapés, un gigot d'agneau aux fines herbes, des pommes de terre nouvelles de Cornouailles, une salade verte et, pour finir, un mélange de fruits rafraîchis à la crème fouettée qui vous fondait dans la bouche.

— Je nous croyais en pleine guerre, fit remarquer Craig en remplissant les verres tout autour de la table.

Il était splendide dans son uniforme. Assis en face de Geneviève, Martin Hare jouait encore les officiers de la Kriegsmarine, mais portait une chemise et une cravate pour la circonstance et avait passé une médaille autour de son cou. Geneviève la prit dans sa main.

— Quelle est cette décoration ? demanda-t-elle.

— La Knecht Kreuz.

— Que représente-t-elle ?

— C'est l'équivalent de la Victoria Cross. Elle signifie en général que le bénéficiaire devrait être mort.

Geneviève se tourna vers Craig.

— Ne m'avez-vous pas dit que Max Priem avait la même ?

— Avec feuilles de chêne et épées, répondit Craig. Cela indique qu'il a eu trois citations. Il vit à crédit, ce garçon.

— Mais quelle bravoure !

— Je vous l'accorde, concéda Craig en levant son verre. Buvons cet excellent champagne à la santé de tous les braves de ce monde.

Julie entra avec le plateau des cafés.

— Attendez-moi ! s'écria-t-elle.

Elle posa le plateau et leva son verre.

Dans la cheminée, les bûches se mirent à flamber brusquement, et Geneviève frissonna. Le champagne lui parut glacé au fond de sa gorge et elle s'aperçut qu'elle avait la chair de poule, comme si un courant d'air venait de l'envelopper. Dans le miroir au-dessus de la cheminée, elle regarda les portes vitrées. Les rideaux tirés se gonflèrent vers l'extérieur, s'écartèrent, et trois hommes surgirent dans la pièce et se figèrent.

Ils sortaient tout droit du livre d'uniformes allemands que Craig lui avait montré, des parachutistes avec leurs casques d'acier sans bord et leurs vestes camouflées d'une longueur inhabituelle. Deux d'entre eux braquaient des pistolets-mitrailleurs, prêts à tirer. Des hommes durs, visiblement dangereux. Celui du milieu avait une arme identique suspendue autour du cou et tenait à la main droite un Walther pourvu d'un silencieux semblable à celui que Craig lui avait montré.

— Videz vos verres, mesdames et messieurs, je vous en prie.

Il s'approcha de la table, sortit la bouteille du seau à glace et regarda l'étiquette.

— 1931. Pas mal... A votre santé, lança-t-il en se servant un verre. Je m'appelle Sturm. Hauptmann Sturm. Section des opérations spéciales, 9e régiment aéroporté.

Son anglais était acceptable.

— Que pouvons-nous faire pour vous ? demanda Craig.

— Mais... exactement ce que je vous ordonnerai, major. L'opération spéciale, ce soir, c'est de vous conduire, ainsi que cette jeune femme et le Fregattenkapitän, le plus rapidement possible en territoire occupé par le Reich.

— Ah bon ? Je ne crois pas que vous trouverez l'entreprise facile.

Sturm savoura son champagne.

— Je ne vois pas pourquoi. Le parachutage était la partie la plus délicate, il fallait synchroniser le saut sur la plage avec l'heure des marées. Ce sera beaucoup plus simple de se faufiler en haute mer avec l'E-boat que va nous fournir votre obligeant ami de la Kriegsmarine.

Geneviève comprit tout et dut se retenir pour ne pas rire tout fort. Mais elle se força à réagir comme l'aurait fait Anne-Marie : elle se tourna vers Osbourne, un sourire cynique sur son visage.

Mais Craig ne souriait pas. René, le visage tordu par la rage, glissa la main dans son veston et en sortit un automatique.

— Sale Boche ! cria-t-il en français.

La main de Sturm se releva, le Walther toussa une fois, René s'écroula sur son siège, lâcha son pistolet, porta la main à sa poitrine. Il regarda le sang sur ses doigts d'un œil surpris, puis se tourna vers Geneviève en un appel muet et glissa sur le parquet.

Julie poussa un cri de frayeur, enfouit son visage entre ses mains, se retourna et s'élança en courant vers la porte, à l'autre bout de la pièce. Sturm tendit le bras.

— Non ! hurla Geneviève.

Le Walther toussa de nouveau. Julie parut trébucher, elle bascula d'un côté et tomba à plat ventre.

Geneviève voulut se diriger vers elle, mais Sturm la prit par le bras.

— Restez où vous êtes, Fraülein.

Ses deux hommes le couvrirent avec leurs pistolets-mitrailleurs, pendant qu'il traversait la pièce dans toute sa longueur. Il s'agenouilla près de Julie puis se releva et revint.

— Morte, j'en ai peur. C'est dommage.

— Espèce de boucher ! dit Geneviève.

— Je suppose que cela dépend du camp dans lequel on se trouve, répondit-il, puis il se tourna vers Hare : Votre équipage est-il à bord de l'E-boat en ce moment ?

Hare refusa de répondre.

— Voyons, commandant, nous le découvrirons dès que nous arriverons là-bas. Autant nous le dire tout de suite.

— D'accord, dit Hare. Je crois que le mécanicien avait un réglage à faire sur les machines, et l'Obersteuermann Langsdorff est de garde.

— Les autres seront sans doute à cette auberge qui leur sert de foyer ? Qu'ils y restent. Je suis sûr que vous pourrez nous faire prendre la mer sans difficulté, avec l'aide de ce mécanicien et de l'Obersteuermann.

Il se tourna vers Craig.

— Il paraît que vous êtes un homme d'action, major Osbourne. Etant donné les circonstances, je vous conseille très sérieusement de refréner vos éventuelles impulsions.

Il prit Geneviève par le bras et appuya le silencieux contre sa joue.

— Fraülein Trevaunce se trouverait prise entre deux feux et les conséquences pour elle seraient déplorables. Me suis-je bien fait comprendre ?

— Parfaitement, répondit Craig.

— Bon. Je crois que nous pouvons partir. Nous laisserons votre Jeep dans la cour, messieurs, et passerons par le jardin. A pied. Inutile de nous faire remarquer.

Il prit Geneviève par la main comme un amoureux, et l'entraîna vers les portes-fenêtres. Il tenait le Walther dans l'autre main, collé contre sa cuisse. Craig et Hare suivirent, sous la menace des deux autres paras.

Il faisait froid, Geneviève frissonna. Ils passèrent du jardin dans le bois et atteignirent les premières maisons à l'entrée du village.

— Ça ne va pas, Fraülein ? demanda Sturm. Vous tremblez.

— Vous trembleriez aussi si vous ne portiez qu'une robe de soie. Il fait un froid de chien.

— Peu importe. Nous serons bientôt à bord.

Et ensuite, quoi? se demanda-t-elle. Qu'est-ce qui les attendait de l'autre côté? Et pourquoi en était-on arrivé là? Ils passèrent devant le Pendu. Les rideaux des fenêtres étaient tirés, on n'apercevait qu'un faible rai de lumière. Elle entendit des rires et des chants, curieusement lointains.

Il n'y avait qu'une veilleuse allumée dans le poste de pilotage et le pont du *Lili Marlene* demeurait enseveli dans l'ombre. Ils montèrent à bord en file indienne.

— Maintenant, commandant, dit Sturm, nous allons toucher deux mots à l'Obersteuermann pendant qu'un de mes hommes ira raisonner votre mécanicien.

La porte de la coursive s'ouvrit à la volée, un flot de lumière jaillit et la silhouette de Schmidt apparut. Il riait comme s'il venait de parler à quelqu'un, mais son rire cessa soudain.

— Eh, que se passe-t-il ici, bordel de merde? lança-t-il en anglais.

Le Walther de Sturm se releva de nouveau. L'Allemand tira à bout portant et Schmidt bascula en arrière dans la coursive. Sturm fit un geste du bras à l'un de ses hommes.

— Descends, et occupe-toi du mécanicien. Tous les autres, sur la passerelle.

Il monta l'échelle métallique le premier, suivi par Geneviève, puis Hare et Craig; l'autre para couvrait l'arrière. Langsdorff était assis à la table des cartes. Il tourna la tête, puis se leva d'un bond, stupéfait.

— Mettez ce rafiot en marche, ordonna Sturm.

Langsdorff se tourna vers Hare, qui hocha la tête.

— Exécutez ses ordres.

Un temps d'hésitation, puis Langsdorff appela la salle des machines. Un instant plus tard, les moteurs tournaient.

— Il faut larguer les amarres, dit Hare.

Sturm se tourna vers Craig.

— Allez-y. Et revenez.

Les cordages tombèrent mollement dans l'eau. Puis le

Lili Marlene s'écarta du quai et se mit à dériver dans le port.

— Voyez comme la vie est simple ! dit Sturm. Une seule chose me contrarie : cette médaille, commandant. Des hommes courageux sont morts pour l'obtenir. Je m'oppose à ce que vous la portiez. Ce n'est pas un accessoire de farce.

Il arracha la Knecht Kreuz du cou de Hare, mais celui-ci, au même instant, lui saisit le poignet et détourna le Walther. Le coup partit dans le vide avec un bruit sourd. Geneviève enfonça ses ongles dans le visage de Sturm et se mit à lui lancer des coups de pied dans les tibias.

— Emmenez-la d'ici, Craig ! Vite ! lança Hare qui avait ceinturé Sturm.

Craig ouvrit la porte, saisit le poignet de Geneviève et l'entraîna. Elle perdit une chaussure, trébucha, puis le para allemand posté à l'arrière se planqua derrière deux canots pneumatiques et se mit à tirer par rafales. Craig poussa Geneviève contre le bastingage.

— Sautez, nom de Dieu ! Vite !

Elle posa le pied sur la barre de fer, il la souleva, une main au creux des reins, et elle tomba. L'eau la gifla avant qu'elle coule. Craig plongea et se trouva à côté d'elle à l'instant où elle refaisait surface. L'E-boat s'éloignait déjà dans la nuit. Des langues de feu déchirèrent les ténèbres : le pistolet-mitrailleur continuait de tirer, mais en vain. Puis ce fut le silence ; ils étaient seuls.

— Ça va ? demanda-t-il en toussant.

— Oui, je crois. Mais Martin ?

— Ne vous en souciez pas pour le moment. Par ici. Suivez-moi.

Ils se mirent à nager dans le noir. L'eau était glacée. Puis Geneviève entendit de nouveau le bruit sourd des moteurs de l'E-boat.

— Il revient, dit-elle, prise de panique.

— Ne vous en faites pas. Nagez.

Les moteurs semblaient tout proches. Elle nagea plus vite. Soudain, un projecteur de poursuite les trouva sur l'eau, et un autre projecteur s'alluma sur le quai. Elle entendit des vivats, effilochés par le vent, se laissa flotter et leva les yeux. Tout l'équipage du *Lili Marlene* était là, ainsi que Dougal Munro dans un gros pardessus, les deux mains dans les poches.

— Bien joué, Geneviève ! cria-t-il.

Le *Lili Marlene* accosta un peu plus loin. On lança des amarres sur le quai. Elle vit Martin Hare accoudé au bastingage à côté de Sturm et de Schmidt. Elle se tourna vers Craig et ne put se retenir de rire.

— Espèce de salopard !

Des mains amies se tendirent vers elle pour l'aider à monter à l'échelle au bout du quai. Quelqu'un lui donna une couverture. Munro s'avança, Sturm et Hare derrière lui.

— Excellent, Geneviève. Mieux qu'au cinéma. Permettez-moi de vous présenter le capitaine Robert Shane du Special Air Service.

— C'est un plaisir d'avoir affaire à vous, dit-il, le sourire aux lèvres, en caressant ses joues griffées. Malgré les circonstances.

Julie sortit de la foule, René derrière elle.

— Je trouve que nous avons tous été très bien. Mais permettez-moi de l'emmener au chaud avant qu'elle attrape une pneumonie. Et il y aura du scotch pour tout le monde.

Ils se dirigèrent vers le Pendu. Craig posa le bras sur les épaules de Geneviève.

— Juste un avant-goût de ce qui risque de se passer si les choses tournent au vinaigre. Vous vous en êtes bien sortie.

— Ne me dites surtout pas que vous êtes fier de moi, répondit-elle en claquant des dents.

— C'est pourtant la vérité.

Il ouvrit la porte de l'auberge et la fit entrer.

9

LE lendemain matin, juste après sept heures, Heinrich Himmler descendit de sa voiture et entra au quartier général de la Gestapo, Prinz Albrechtstrasse à Berlin. Il avait la mauvaise habitude d'apparaître à des heures insensées, ce qui signifiait qu'en un sens son arrivée n'était pas inattendue. A son entrée, les gardes se mirent au garde-à-vous et les secrétaires firent semblant de s'affairer sur des paperasses inutiles. Il portait l'uniforme entièrement noir de Reichsführer SS et, sous le pince-nez d'argent, son visage était aussi impassible que de coutume.

Il monta l'escalier de marbre, tourna dans le corridor et entra dans ses bureaux. Dans l'antichambre, sa secrétaire, une femme entre deux âges qui portait l'uniforme de campagne gris des auxiliaires SS, se leva derrière son bureau. Son personnel travaillait par équipes vingt-quatre heures sur vingt-quatre.

— Est-ce que l'Hauptsturmführer Rossmann est dans les murs ? demanda Himmler.

— Je l'ai aperçu qui prenait le petit déjeuner à la cantine il y a un instant, Reichsführer.

— Faites-le chercher tout de suite.

Himmler entra dans son bureau, posa sa serviette et sa casquette sur la table, puis se dirigea vers la fenêtre, devant laquelle il se campa, les mains derrière le dos. Quelques instants plus tard, on frappa à la porte. Le jeune capitaine qui entra portait l'uniforme noir, et l'écusson d'argent sur sa manche indiquait : RFSS, *Reichsführer der SS,* l'écusson de la garde personnelle d'Himmler. Il claqua les talons.

— A vos ordres, Reichsführer.

— Ah, Rossmann, dit Himmler en allant s'asseoir à son bureau. Vous étiez de service cette nuit ? Vous allez rentrer chez vous ?

— Oui, Reichsführer.

— Pouvez-vous rester ?

— Pas de problème, Reichsführer. Avec plaisir.

— Bien. J'étais avec le Führer la nuit dernière. Il a soulevé le problème de cette conférence qui doit avoir lieu ce week-end au château de Voincourt, en Bretagne. Avons-nous un dossier ?

— Je crois, Reichsführer.

— Apportez-le-moi.

Rossmann sortit. Himmler ouvrit sa serviette, sortit plusieurs documents et se mit à les étudier. Quelques minutes plus tard, Rossmann revint avec un classeur. Il le tendit à Himmler qui en sortit le contenu et le lut. Quand il eut terminé, il se pencha en arrière dans son fauteuil.

— Une conférence sur le mur de l'Atlantique ! lança-t-il avec un rire glacé. Le Führer se préoccupait de cette affaire, hier soir, et ce n'était pas sans raison, Rossmann. Il y a quelque chose de louche... Je peux compter sur votre loyauté ? ajouta-t-il en levant les yeux.

— Jusqu'à la mort, Reichsführer, répondit Rossmann en se mettant au garde-à-vous.

— Bien. Parce que je vais vous dire une chose que j'ai dû garder très secrète et privée jusqu'ici. Il y a eu de nombreux attentats manqués contre la vie du Führer, vous le savez déjà ?

— Bien entendu, Reichsführer.

— Tous ont été déjoués, grâce à Dieu, mais il y a derrière tout cela une inspiration mauvaise, expliqua Himmler. Des généraux de notre Haut-Commandement, des hommes qui ont prononcé le serment sacré de servir le Führer, se sont engagés dans une conspiration pour l'assassiner.

— Comment est-ce possible ? demanda Rossmann.

— Je vais faire surveiller particulièrement les généraux Wagner, Stieff et von Hase, dit-il en prenant une feuille dans sa serviette. Et cette liste comporte d'autres noms, dont certains vont sans doute vous surprendre.

Rossmann parcourut la liste des yeux, puis releva la tête, stupéfait.

— Rommel ? balbutia-t-il.

— Oui. Le bon maréchal en personne. Le héros du peuple.

— Incroyable, dit Rossmann.

— Oui, convint Himmler. Comme l'a dit le Führer, ce serait manquer à tous nos devoirs que de ne pas soupçonner cette conférence du château de Voincourt d'être la couverture d'un complot. Une conférence sur le mur de l'Atlantique... Ça ne tient pas debout ! lança-t-il avec un rire sans joie. Une couverture, Rossmann. Rommel lui-même y participera. Pourquoi se déplacerait-il jusqu'en Bretagne pour une simple conférence ?

Rossmann, qui avait toujours jugé de bonne politique d'acquiescer, hocha énergiquement la tête.

— Je suis sûr que vous avez raison.

— Ce général Ziemke, par exemple, qui commande à Voincourt : je suis sûr qu'il est impliqué.

Toujours soucieux de se faire valoir personnellement, Rossmann décida d'intervenir :

— Un élément devrait jouer en notre faveur dans cette affaire de Voincourt, Reichsführer.

— Lequel ?

— La sécurité y est assurée par les Waffen-SS.

— Ah bon ? dit Himmler en levant les yeux, soudain attentif. Vous en êtes sûr ?

— Oh oui, Reichsführer, répondit Rossmann en feuilletant le dossier. Regardez : officier responsable des questions de sécurité et des renseignements, Sturmbannführer Max Priem.

Himmler étudia les références de Priem.

— Un héros, ce Priem.

— Knecht Kreuz avec feuilles de chêne et épées, Reichsführer. La seule raison pour laquelle il n'est pas au front semble être une blessure grave qu'il a reçue en Russie.

— Je vois.

Himmler se mit à pianoter sur son bureau, et Rossmann attendit, nerveux.

— Oui, dit enfin Himmler. Je crois que le major Priem sera à la hauteur de cette mission. Appelez-le au téléphone, Rossmann. Je lui parlerai personnellement.

A cet instant précis, Max Priem était en train de courir dans les bois du château de Voincourt, de l'autre côté de l'étang. Il mesurait presque un mètre quatre-vingts, ses cheveux noirs coupés court étaient en bataille, et il transpirait abondamment. Il portait un vieux survêtement avec un foulard autour du cou. Un des bergers allemands de la garde de sécurité courait auprès de lui.

« N'oubliez jamais ceci à l'avenir, lui avait dit le chirurgien le jour de sa sortie d'hôpital : pour un homme qui a une plaque d'argent dans la tête, vous vous en tirez très bien. Mais à partir de maintenant, marchez. Marchez au lieu de courir. Ce doit être votre devise. »

« Au diable tout ça », se dit Priem. Il termina le tour de l'étang et traversa la pelouse vers l'entrée principale en faisant une dernière pointe de vitesse, Karl, le berger allemand, sur ses talons.

Il monta les marches du perron, passa devant les sentinelles qui le saluèrent, et entra dans le grand vestibule. Il s'engagea dans le corridor de droite et s'arrêta aux toilettes pour prendre une serviette et s'essuyer le visage. Le premier bureau était celui de son assistant, l'Hauptsturmführer Reichslinger. Priem entendit le téléphone sonner dans son propre bureau et continua. Il ouvrit la porte, toujours en train de s'éponger le visage, et trouva Reichslinger en train de décrocher. La porte de communication entre les deux bureaux était restée ouverte.

— Oui, c'est le bureau du Sturmbannführer Priem. Non, mais il vient d'arriver.

Un temps de silence, puis il se retourna et tendit l'appareil à Priem. Ses petits yeux étaient devenus tout ronds.

— C'est le Reichsführer Himmler en personne.

Priem tendit la main vers le téléphone, le visage parfaitement impassible. Il fit un signe vers la porte du bureau voisin. Reichslinger sortit, referma, puis courut derrière son bureau et décrocha délicatement son appareil. Il entendit la voix d'Himmler demander :

— Priem ?

— Oui, Reichsführer.

— Vous êtes un membre loyal de la fraternité SS ? Puis-je compter sur votre concours et votre discrétion ?

— Sans aucun doute, Reichsführer.

— Vous avez un dossier remarquable. Nous sommes tous très fiers de vous.

« Qu'est-ce que ce salaud dissimule dans sa manche ? » se demanda Priem.

— Ecoutez-moi attentivement, reprit Himmler. La vie de notre Führer est peut-être entre vos mains.

Priem se mit à caresser le cou du chien à ses côtés.

— Et que désirez-vous que je fasse, Reichsführer ? demanda-t-il quand Himmler eut terminé.

— Surveillez étroitement la conférence de ce week-end, qui n'est à mon avis qu'un prétexte. Ce général Ziemke me paraît fort suspect, et quant à Rommel... Cela dépasse les bornes. C'est une honte pour le corps des officiers.

Priem n'apprécia pas de voir le plus grand héros de la guerre insulté ainsi, mais il parvint à garder son calme.

— Il ne s'agit tout de même pas d'arrestations, n'est-ce pas, Reichsführer ?

— Non, bien entendu. Mais la surveillance doit être totale. Les allées et venues de toutes les personnes présentes, et naturellement un rapport sur toutes les communications téléphoniques du maréchal et des généraux présents. C'est un ordre direct, Priem.

— Zu Befehl, Reichsführer, répondit Priem automatiquement.

— Bien. J'attends de vos nouvelles.

Himmler raccrocha, mais Priem garda l'appareil contre son oreille. Il entendit un léger grésillement, se tourna vers la porte du bureau voisin et sourit. Il raccrocha à son tour et traversa la pièce, suivi du berger allemand. Quand il ouvrit la porte, Reichslinger avait encore la main sur son téléphone. Quand il se retourna, le sentiment de culpabilité était visible sur chacun de ses traits.

— Ecoutez, sale petit crapaud, lui lança Priem, si jamais je vous reprends à ce petit jeu, je donnerai à Karl, ici présent, la permission de vous arracher les couilles.

Le berger allemand regardait fixement Reichslinger, la langue pendante.

— C'était sans mauvaise intention, se défendit Reichslinger, le visage livide.

— Mais vous êtes maintenant au courant d'un secret d'Etat d'une gravité extrême, aboya soudain Priem. Garde à vous, Reichslinger.

— Zu Befehl, Sturmbannführer.

— Vous avez fait serment de protéger votre Führer. Un serment sacré. Répétez-le tout de suite.

— Je jure obéissance inconditionnelle, balbutia Reichslinger, au Führer du Reich et du peuple allemand, Adolf Hitler, commandant suprême des forces armées, et je suis prêt à engager ma vie à tout instant pour respecter ce serment.

— Excellent. Donc, pas un mot de ceci ou je vous fais fusiller. Et n'oubliez pas : l'échec est un signe de faiblesse.

Au moment où il ouvrit la porte de son bureau, Reichslinger lui lança :

— Puis-je vous rappeler une chose, Sturmbannführer ?

— Laquelle ?
— Vous avez vous aussi prononcé le serment.

Max Priem, né à Hambourg en 1910, était fils d'un instituteur tué sur le front de l'ouest en 1917 dans l'uniforme d'un caporal d'infanterie. A la mort de sa mère, en 1924, il avait reçu un petit héritage qui lui avait permis plus tard de faire des études de droit à l'université de Heidelberg.

En 1933, il était parfaitement qualifié, mais sans emploi. Les SS, comme le reste du parti nazi, recrutaient des jeunes gens pleins de promesses. Comme bien d'autres, Priem s'était engagé pour l'emploi offert plus que par conviction. Sa connaissance des langues lui avait valu un recrutement au SD, le service de renseignements des SS, mais, au début de la guerre, il avait réussi à se faire muter dans une unité de combat des Waffen-SS. Lors de la formation du 21e bataillon aéroporté, il avait été l'un des premiers à se porter volontaires. Il s'était battu en Crète, en Afrique du Nord et en Russie. Stalingrad l'avait mis hors jeu : une balle dans la tête, tirée par un Russe embusqué dans des ruines. Et il se trouvait donc maintenant derrière un bureau, à des centaines de kilomètres de la guerre, dans un château de conte de fées au milieu de la belle campagne bretonne.

Il monta dans sa chambre, prit une douche, se changea, et quand il fut prêt s'inspecta dans le miroir. En dehors de la tête de mort en argent sur sa casquette et de ses galons SS, il portait l'uniforme des paras. Pas le gris-bleu de la Luftwaffe, mais le gris de l'armée de terre. Un blouson et le pantalon bouffant enfoncé dans les bottes. Sur sa poitrine, à gauche, le ruban d'or de sa blessure, sa Croix de fer de première classe et ses insignes de parachutiste, or et argent. Autour de son cou, la Knecht Kreuz avec feuilles de chêne et épées.

— Très bien, dit-il à mi-voix. Avant toutes choses, garder les apparences.

Au moment où il sortit sur le palier, Maresa, la femme

de chambre d'Anne-Marie, passait avec une pile de serviettes.

— Savez-vous si le général Ziemke est avec la comtesse ? demanda-t-il dans un excellent français.

Elle s'inclina légèrement.

— Je l'ai vu dans les appartements de Madame il y a cinq minutes. Ils ont commandé du café.

— Bien. Votre maîtresse rentre demain ?

La femme de chambre le confirma.

— Allez à votre travail.

Elle s'éloigna. Priem respira à fond, puis traversa le palier au-dessus du grand vestibule et monta l'escalier conduisant à la chambre de la comtesse de Voincourt.

A Cold Harbour, la pluie tombait sans discontinuer, et le brouillard qui s'accrochait aux arbres enveloppait le manoir de mystère. Geneviève et Julie, en imperméable et chapeau de toile cirée jaune, descendaient à pied vers le village.

— Bravo pour la météo, lança Julie. Ils se trompent tout le temps.

— Que va-t-il se passer ?

— Dieu seul le sait, mais ils trouveront une combine.

Elles arrivèrent à l'endroit où le *Lili Marlene* était amarré au quai. Hare sortit de la cabine de pilotage et remonta l'échelle de coupée.

— Vous allez à l'auberge ?

— Eh oui, répondit Julie. Il faut que je mette le déjeuner en train.

Hare sourit à Geneviève.

— Vous vous êtes bien remise de la nuit dernière ?

— Tout juste.

— Bien. Je vous accompagne. Craig et Munro sont passés il y a un moment avec Grant, ils doivent tenir un conseil de guerre.

A leur arrivée au Pendu, ils trouvèrent les trois hommes attablés près de la fenêtre. Munro leva les yeux.

— Ah, vous voilà. Nous étions en train de discuter, venez.

— Comme vous l'avez sans doute remarqué, dit Craig, il ne fait pas très beau. Expliquez-leur, Grant.

— Nous devions avoir de la lune, cette nuit, et du temps sec. Des conditions idéales. Mais ça s'annonce mal. Vous comprenez, ce n'est pas seulement une question de visibilité. Nous atterrissons dans des champs non aménagés ; si le terrain est détrempé par la pluie, impossible de redécoller.

— Qu'allons-nous faire ? demanda Geneviève.

— D'après la météo, lui dit Craig, il reste une petite chance. Ils pensent que cela s'éclaircira peut-être vers sept ou huit heures ce soir.

— Et sinon ?

— Il faut que vous partiez, chère amie. Impossible de remettre à demain, observa Munro. Si aucun avion ne peut vous déposer, vous prendrez le bateau : traversée de nuit en vedette rapide, offerte par la Kriegsmarine.

— Ce sera avec plaisir, dit Martin Hare.

— Bien. Nous verrons ce que dira le temps à sept heures, et nous prendrons la décision en fonction.

Julie se leva.

— Du café, tout le monde ?

— Combien de fois devrai-je vous rappeler que je suis un buveur de thé, Julie ? soupira Munro.

— Pourtant, général, répondit-elle d'une voix suave, je me rappelle ce que vous êtes chaque fois que je vous regarde.

Elle disparut dans la cuisine.

Priem frappa à la porte, l'ouvrit et entra dans l'antichambre. Chantal était assise sur une chaise près de la porte de la chambre. Elle se montra, comme toujours, extrêmement hostile.

— Oui, major ?

— Voyez si la comtesse peut me recevoir.

Elle ouvrit la porte, entra et referma. Elle réapparut au bout d'un instant.

— Vous pouvez entrer.

Hortense de Voincourt était assise dans le lit au milieu de ses coussins. Elle portait une robe de chambre de soie, et une coiffe de dentelle retenait ses cheveux d'or aux reflets roux. Elle avait un plateau devant elle et mangeait un croissant au beurre.

— Bonjour, major. Ne vous a-t-on jamais dit que, dans cet uniforme ridicule, vous ressemblez au diable en personne ?

Priem l'appréciait énormément. Elle lui avait toujours plu. Il claqua les talons et fit le salut militaire.

— Vous êtes aussi radieuse que l'aurore, comtesse.

Elle prit une gorgée de champagne au jus d'orange dans sa flûte de cristal.

— Quel flagorneur ! Si vous voulez parler à Carl, il est en train de lire le journal sur la terrasse. Je ne permets pas qu'on lise un journal allemand dans cet appartement.

Priem sourit, salua de nouveau et sortit par la porte-fenêtre. Ziemke était assis à une petite table de la terrasse, un verre de champagne devant lui. Il lisait un journal de Berlin de l'avant-veille. Il leva les yeux et sourit.

— Je vois en première page que nous sommes en train de gagner la guerre, dit-il.

Priem le regarda fixement sans rien dire, le sourire de Ziemke se figea.

— Qu'y a-t-il, Max ?

— Je viens de recevoir un coup de téléphone du Reichsführer Himmler.

— Ah bon ?

Priem alluma une cigarette et s'appuya à la balustrade.

— Le château de Voincourt serait apparemment un nid de conspirateurs. Non seulement vous-même, mais la plupart des généraux qui vont séjourner ici, y compris Rommel. On vous soupçonne de vouloir attenter à la vie du Führer.

— Je vous remercie de me l'apprendre, Max.

Il replia son journal, se leva, et posa la main sur l'épaule de Priem.

— Mon pauvre Max, dit-il. Héros des SS et même pas nazi. Cela doit vous rendre la vie terriblement difficile.

— Oh, je m'en accommode, lui répondit Priem.

Ils entendirent des murmures à l'intérieur et Chantal apparut presque aussitôt.

— Un ordonnance a apporté ceci.

Ziemke lut la dépêche et éclata de rire.

— Quel rusé salopard ! Il a conservé sa mentalité d'éleveur de poulets. Il achète vos services d'avance, Max. Ecoutez : *Du Reichsführer SS à Max Priem. En reconnaissance des services rendus au Reich à l'appel du devoir, par ordre spécial du Führer, vous êtes promu au rang de Standartenführer à partir de ce jour. Heil Hitler.*

Priem prit la dépêche, médusé, et Ziemke le poussa vers la chambre.

— Qu'en pensez-vous, ma chérie ? dit-il à la comtesse. Max vient d'être promu de deux grades d'un seul coup : il est maintenant colonel à part entière.

— Et que faut-il qu'il fasse pour mériter ça ? demanda-t-elle.

Priem lui adressa un sourire morne.

— J'attends le retour de votre nièce avec impatience. Demain, je crois.

— Oui, nous aurons besoin d'elle pour distraire Rommel pendant le week-end, dit Ziemke. Je pense que nous devrions organiser quelque chose de spécial cette fois, un vrai bal, par exemple.

— Excellente idée, dit Priem.

— Pourquoi pas ? Anne-Marie est descendue au Ritz, dit Hortense de Voincourt à Priem.

— Je sais, répondit-il. Je lui ai téléphoné trois fois mais elle est toujours sortie.

— Et que croyez-vous donc ? Paris reste toujours Paris, malgré cette affreuse guerre.

— Oui. Je dois me rendre à mes devoirs, dit Priem.

Il salua et sortit. Hortense dévisagea Ziemke.

— Des ennuis ? demanda-t-elle.

Il lui prit la main.

— Rien que je ne puisse résoudre. Et rien de la part de Max. Il est pris entre deux feux.

— Vraiment dommage, dit-elle en secouant la tête. Vous savez, Carl, je le trouve sympathique.

— Moi aussi, *Liebling*.

Il prit la bouteille de champagne dans le seau à glace et remplit sa flûte.

La nuit tombait à Cold Harbour. La pluie crépitait sans relâche contre les fenêtres de la cuisine. Julie et Geneviève étaient assises face à face devant la table et la Française battait un jeu de tarots. Le phonographe jouait, une voix d'homme, très belle, accompagnée par un orchestre de swing. La chanson s'appelait : *A Foggy Day in London Town.*

— En parfaite harmonie avec le temps, dit Julie. Al Bowlly. Pour moi c'est le meilleur de tous. Il chantait dans toutes les boîtes de nuit de Londres.

— Je l'ai vu une fois, lui raconta Geneviève. J'avais un rendez-vous avec un pilote de la RAF. C'était en 1940. Il m'a emmenée au restaurant Monseigneur, à Piccadilly Bowlly y chantait avec l'orchestre de Roy Fox.

— J'aurais donné n'importe quoi pour le voir en personne, dit Julie. Il a été tué pendant le Blitz, vous savez.

— Oui, je sais.

Julie lui montra les tarots.

— On m'a dit que j'avais un don pour ça. Battez-les et rendez-les-moi avec la main gauche.

— Vous pouvez lire mon avenir ? Je n'ai pas vraiment envie de savoir...

Mais elle fit ce que Julie lui avait dit et lui rendit les cartes. Julie ferma les yeux un instant, puis étala les cartes sur la table de cuisine. Elle regarda Geneviève.

— Trois cartes suffisent. Choisissez-en une et retournez-la.

Geneviève le fit. Les cartes étaient très vieilles, les couleurs sombres et passées, les légendes en français.

Geneviève vit une mare gardée par un loup et un chien. A l'arrière, deux tours et, dans le ciel au-dessus, la Lune.

— C'est bon, ma chérie, car la carte est droite et non à l'envers. Cela indique une période de crise dans votre vie. La raison et l'intelligence ne joueront aucun rôle — seuls vos instincts vous tireront d'affaire. Vous devez à tout moment vous laisser porter par vos intuitions. Par vos impressions personnelles. C'est cela seul qui pourra vous sauver.

— Vous plaisantez, lui dit Geneviève avec un rire qui sonna faux.

— Non, c'est ce que cette carte me dit, lui répondit Julie en posant une main sur celle de son amie. Elle m'indique aussi que vous reviendrez de cette épreuve. Choisissez-en une autre.

La carte qu'elle retourna était le Pendu, la réplique de l'enseigne de l'auberge.

— Elle ne signifie pas ce que vous croyez. Elle évoque la destruction et le changement, mais en vue d'une régénération. Un pesant fardeau vous est enlevé. Vous devenez vraiment vous-même pour la première fois, sans rien devoir à personne.

Elle se tut. Geneviève ne bougea pas, puis retourna une troisième carte. Elle était à l'envers. Un seigneur à cheval, un bâton à la main.

— Cet homme est proche de vous. Il y a un conflit inutile.

— Est-ce un soldat ? demanda Geneviève.

— Oui, acquiesça Julie. Probablement.

— Une crise dont je ne me tirerai que par mes instincts. Un changement et un fardeau retiré. Puis un homme, peut-être un soldat, qui provoque un conflit sans raison. A quoi tout cela rime-t-il ? demanda Geneviève en haussant les épaules.

— La quatrième carte le dira. Il faut la tirer pour éclaircir les doutes.

Geneviève hésita, le doigt en l'air, puis tira une carte.

Julie la retourna. La mort les regarda : un squelette avec une faux, qui ne fauchait pas du blé mais des cadavres.

Geneviève essaya de rire, mais elle avait la gorge sèche.

— Pas très bon, je suppose ?

Avant que Julie puisse répondre, la porte s'ouvrit et Craig entra.

— Munro désire vous parler tout de suite. Dans la bibliothèque. C'est l'heure des décisions.

Il marqua un temps, puis sourit.

— Mon Dieu, Julie, vous donnez encore dans ces trucs-là ? Il vous faudra ouvrir une baraque à la foire de printemps de Falmouth.

Julie rassembla les cartes en riant.

— C'est une idée intéressante.

Elle se leva en même temps que Geneviève, contourna la table et lui prit la main.

Dans la bibliothèque, Munro et Hare étaient penchés au-dessus d'une carte marine à grande échelle de la Manche, entre Lizard Point et le cap Finistère en Bretagne. Près du feu, René fumait un de ses cigarillos, en attendant les ordres. Munro leva les yeux.

— Ah, vous voici. Comme vous le voyez le temps ne s'est pas amélioré, et la météo ne peut pas nous garantir la moindre éclaircie si nous nous en tenons à notre plan initial de décollage à onze heures.

La porte s'ouvrit et Joe Edge entra.

— Des nouvelles ? demanda Munro.

— Malheureusement non, général, lui répondit l'aviateur. Je viens de parler au capitaine Smith, à Londres, qui dirige le service Météo du SHAEF en ce moment. Il m'a confirmé ce que nous savons déjà. La situation peut s'améliorer, mais il y a plus de cinquante chances sur cent qu'elle ne le fasse pas.

Geneviève l'observa à la dérobée. Il s'était tenu à l'écart depuis l'incident de la clairière ; il avait même évité l'auberge du Pendu. Son visage était impassible, sans la moindre expression, mais ses yeux révélaient tout, et l'on n'y lisait que de la haine.

— Cela règle la question, dit Munro. Nous ne pouvons tergiverser plus longtemps : il faut partir tout de suite si la traversée doit se faire par bateau. A vous de jouer, commandant, dit-il en se tournant vers Hare.

— Très bien, général. Départ à huit heures, dit-il. Je sais que cela ne vous laisse pas beaucoup de temps, Geneviève, mais c'est une nécessité. Le brouillard est assez léger au niveau de la mer, variable par endroits. Il faut s'attendre à des averses à trois ou quatre milles de la côte. Un temps parfait pour une traversée invisible.

— Vers où ? demanda Geneviève.

Hare se tourna vers Osbourne.

— Craig ?

— Nous avons déjà pris contact avec Grand Pierre par radio, juste en cas, répondit l'Américain en prenant un crayon pour indiquer les endroits sur la carte. Voici Léon et le phare de Gros-Nez, la baie où le *Lili Marlene* m'a recueilli. Grand Pierre m'a signalé que les Allemands ont fermé le phare il y a deux jours.

— Pourquoi ? demanda Geneviève.

— Depuis quelque temps, ils ferment un phare après l'autre, expliqua Hare. La psychose du débarquement.

— Il se trouve que juste au-dessous du phare de Gros-Nez, reprit Craig, il y a une carrière. Elle n'a pas été exploitée depuis les années vingt, mais il reste un appontement en eau profonde à l'endroit où les bateaux venaient autrefois chercher le granit.

— Parfait pour notre programme, dit Hare.

— Nous allons appeler Grand Pierre pour lui confirmer les nouvelles dispositions. Il nous attendra avec un moyen de transport. Vous arriverez à Saint-Maurice à l'heure prévue.

— En utilisant cet appontement de Gros-Nez, nous pouvons accoster et repartir sans perte de temps, dit Hare. Pas de problème.

— Et si des regards curieux se trouvent dans les

parages, que verront-ils ? demanda Munro. L'orgueil de la Kriegsmarine en train de vaquer à ses affaires.

Geneviève regarda la carte, étrangement calme.

— Je suis prête, dit-elle à mi-voix.

10

A la demande de Hare, Geneviève, Craig et René restèrent dans la cale pendant que le *Lili Marlene* quittait le port. Geneviève s'assit à la table de la petite salle de garde et s'aperçut qu'elle prenait presque machinalement une Gitane. Craig lui donna du feu.

— Vous les appréciez vraiment, à présent, n'est-ce pas ?

Elle en convint.

— C'est une mauvaise habitude, dit-elle. L'horrible idée m'est venue qu'elle pourrait me hanter le reste de ma vie.

Elle se pencha en arrière et songea aux adieux sur le quai, sous la pluie : Munro qui lui avait serré la main, étrangement grave dans sa vieille capote de cavalerie; Edge à l'écart, qui ne cessait de l'observer avec des yeux malveillants. Et puis l'étreinte furtive et affectueuse de Julie, les derniers mots qu'elle avait murmurés :

— Rappelez-vous ce que je vous ai dit.

Le roulis de l'E-boat était assez prononcé. Une porte s'ouvrit et Schmidt entra d'un pas mal assuré. Il apportait de la cambuse, en équilibre sur un plateau, trois grandes tasses.

— Du thé, annonça-t-il. Brûlant et sucré. Avec des quantités de bon lait concentré.

Geneviève fit la grimace.

— Non, non. Buvez-le, mon petit. C'est bon pour l'estomac pendant ce genre de traversée. Ça arrête les nausées.

Geneviève n'en crut rien, mais ne protesta pas et parvint même à avaler une gorgée du breuvage écœurant. Un peu plus tard, Schmidt passa de nouveau la tête.

— Le patron dit que vous pouvez monter si vous voulez.

— Bien, répondit Geneviève. Vous venez ? demanda-t-elle en se tournant vers Craig.

Il leva les yeux du journal qu'il lisait.

— Plus tard. Mais allez-y.

Elle le laissa avec René et monta l'échelle conduisant au pont. Quand elle ouvrit la porte, le vent rabattit la pluie sur son visage. Le *Lili* semblait vivant, le pont se souleva sous ses pieds et elle s'accrocha au bastingage. Elle se pencha en avant et se dirigea vers l'escalier de la dunette. La pluie sur ses joues l'avait revigorée et elle sentit en elle une ardeur nouvelle, l'allégresse de l'action. Elle se hissa sur le palier de métal et ouvrit la porte de la timonerie.

Langsdorff était à la barre, Hare à la table des cartes. Il fit pivoter son siège vers Geneviève et se leva.

— Asseyez-vous ici, ce sera plus confortable.

Elle le fit, et parcourut la pièce du regard.

— Agréable, avoua-t-elle. Et passionnant.

— Ce n'est pas sans attrait... Je vais prendre la barre pendant un moment, dit-il en allemand à Langsdorff. Faites-vous servir un café.

— Zu Befehl, Herr Kapitän, répondit l'Obersteuermann.

Il sortit. Hare augmenta la vitesse pour devancer le mauvais temps qui venait de l'est. Le brouillard s'étalait par plaques. Ils naviguaient parfois dans un monde obscur et intime, puis surgissaient soudain dans de vastes zones claires, car la lune perçait les nuages en dépit des averses.

— Le temps ne semble pas savoir ce qu'il doit faire, remarqua Geneviève.

— C'est souvent le cas dans cette partie du monde. C'est ce qui la rend si intéressante.

— Très différent des îles Salomon.

C'était une affirmation, pas une question.

— Vous pouvez le dire.

La mer devient plus dure et le *Lili* se mit à tanguer. Il avançait par embardées, le sol de la timonerie prit de la gîte et Geneviève dut caler ses pieds par terre pour rester sur le siège. La visibilité était redevenue mauvaise et, chaque fois que les vagues se brisaient, on apercevait des zones de phosphorescence sur les flots.

La porte s'ouvrit et Schmidt entra d'un bond ; le ciré qu'il avait enfilé sur son uniforme ruisselait. Il tenait une bouteille Thermos dans une main et une boîte métallique de biscuits dans l'autre.

— Du café dans le Thermos, mon petit, dit-il d'un ton joyeux, et des sandwichs dans la boîte. Vous trouverez des tasses dans le placard, sous la table des cartes.

Il battit en retraite, claqua la porte, et Geneviève sortit les tasses.

— Quel numéro, celui-là ! Il a une réplique pour chaque situation, comme un comédien.

— C'est vrai, répondit Hare en prenant la tasse qu'elle lui tendait. Mais avez-vous remarqué qu'il ne sourit pas beaucoup ? Parfois l'humour ne sert qu'à dissimuler la douleur. Les juifs en savent plus long sur ce syndrome que toutes les races de la terre.

— Je vois, dit-elle.

— Schmidt, par exemple, avait une cousine qu'il adorait. Une gentille jeune juive de Hambourg qui vivait avec la famille de Schmidt à Londres depuis plusieurs années. Elle est revenue en visite là-bas juste avant la guerre parce que sa mère venait de mourir subitement. Ils ont essayé de la convaincre de renoncer à ce voyage. Elle avait encore la nationalité allemande, vous comprenez. C'était de toute manière trop tard pour les obsèques, mais il y avait des affaires de famille à régler, et personne en Angleterre ne croyait vraiment toutes les histoires que l'on racontait.

— Que s'est-il passé ?

— Schmidt a tenu absolument à l'accompagner. Ils ont été arrêtés tous les deux par la Gestapo. Le consul d'Angleterre à Hambourg a sauvé Schmidt, bien entendu, puisqu'il était citoyen anglais. Il a reçu un ordre d'expulsion sous quarante-huit heures.

— Et sa cousine ?

— Il a fait des recherches. C'était une jolie blonde. Apparemment elle a été affectée au programme des bordels militaires, bien que les relations sexuelles avec les juives soient en principe illégales. Aux dernières nouvelles qu'il a obtenues, elle se trouvait dans un train en partance vers l'est, juste avant l'invasion de la Pologne.

— C'est horrible, dit-elle, profondément bouleversée.

— Les choses se passent ainsi, là-bas, Geneviève. Je vais vous dire comment la Gestapo opère.

— Je le sais. J'ai vu les ongles de Craig.

— Mais savez-vous comment ils font parler les femmes ? Pas de fer rouge, pas de fouet, pas de tenailles. Le viol en série. L'un après l'autre, chacun son tour. Et quand tous y sont passés, ils recommencent. Révoltant, peut-être, mais terriblement efficace.

Geneviève se souvint d'Anne-Marie et murmura :

— Je ne l'imagine que trop bien.

— J'aurais mieux fait de fermer ma grande gueule ! grommela Hare, furieux contre lui-même et sincèrement confus. J'avais oublié votre sœur.

— Vous êtes au courant ?

— Oui. Munro m'a expliqué. Il a jugé préférable que je connaisse tous les antécédents.

Elle prit une Gitane.

— Et me voici troufion, dit-elle.

— L'expression est mal choisie pour un officier d'aviation.

— Pardon ? demanda Geneviève en allumant le briquet.

— Toutes les femmes envoyées en mission spéciale sont nommées officiers. En général, les Françaises sont intégrées au Corps auxiliaire féminin. La plupart des Anglaises entrent d'office dans la Nursing Yeomanry.

— La Garde nationale ?

— Oui. Mais Munro a le bras long. Si j'ai bien compris, vous avez été nommée officier d'aviation dans le WAAF hier matin. En fait, le bleu marine de la RAF siéra à votre teint, si vous avez un jour l'occasion de le porter.

— Il ne m'en a pas dit un seul mot.

— Munro ? lança Hare en haussant les épaules. C'est un vieux chien matois, mais il y a de la méthode dans sa démence. Tout d'abord, votre position d'officier est supposée vous aider si vous tombez entre les mains de l'ennemi.

— Et ensuite ?

— Cela vous place directement sous son autorité. Désobéissez à un ordre en temps de guerre, et vous risquez d'être fusillée.

— J'ai parfois l'impression qu'il n'y a jamais eu autre chose que la guerre.

— Je connais très bien ce sentiment.

La porte s'ouvrit, Craig entra.

— Les choses s'annoncent bien ?

— Pas mal, répondit Hare. Nous sommes dans les temps... A votre place, ajouta-t-il en se tournant vers Geneviève, je descendrais. J'essayerais de voler un peu de sommeil. Prenez ma cabine.

— Je vous remercie.

Elle les quitta, traversa le pont qui basculait sous les coups de la houle et descendit dans la minuscule cabine. La couchette était si petite qu'elle eut du mal à s'allonger. Elle se coucha en chien de fusil et regarda le plafond. Il s'était passé tellement de choses que tout se mit à tourbillonner dans sa tête. Le sommeil la saisit cependant au bout de quelques minutes.

Au large de la côte du Finistère, il y avait encore des plaques de brouillard, mais la lune apparaissait de temps en temps entre les nuages. Le *Lili Marlene* glissait vers la terre, avec ses silencieux en marche. L'équipage se trouvait aux postes de combat, les canons de l'avant et de l'arrière étaient prêts à tirer et Hare avait un pistolet dans son étui de ceinture.

Langsdorff avait repris la barre, Hare et Craig inspectaient la côte avec leurs jumelles de nuit. Geneviève attendait derrière eux et René venait d'arriver à ses côtés. Ils aperçurent soudain un minuscule point lumineux, droit devant.

— Ce sont eux. Parfait, dit Hare en posant la main sur l'épaule de Langsdorff. En douceur, à présent. Sans forcer.

L'appontement de la carrière apparut devant eux dans le noir, énorme squelette de fer que les vagues battaient avec un bruit sourd en s'engouffrant dessous. Ils se frottèrent à la jetée, et plusieurs membres de l'équipage se précipitèrent aussitôt à terre avec des amarres. Geneviève repéra la silhouette de Schmidt sur le pont. Il avait un pistolet-mitrailleur Schmeisser à la hanche.

Une lumière s'alluma au bout du quai, et une voix lança en français :

— C'est vous ?

— Grand Pierre, dit Craig. Allons-y.

Elle passa devant avec René ; Craig et Hare les suivirent. Sur la jetée, elle se retourna vers le pont. Schmidt lui sourit.

— Ne laissez pas ces salauds vous passer à la moulinette, mon chou.

Craig se rapprocha.

— Un cadeau pour vous, murmura-t-il en lui donnant un Walther et un chargeur de rechange. Mettez-le dans votre poche. Une jeune fille ne doit pas sortir sans ça, de nos jours.

— En tout cas, dans ce secteur, commenta Hare en la prenant dans ses bras. Et maintenant, à vous de jouer.

Craig se tourna vers René.

— Ramenez-la en un seul morceau ou je vous coupe les couilles.

René haussa les épaules.

— S'il arrive quelque chose à Mlle Geneviève, c'est qu'on sera déjà passé sur mon corps, major.

Craig posa la main sur l'épaule de la jeune femme.

— En scène, mon ange. Le plus grand rôle de votre

carrière. Comme on dit dans le milieu du théâtre, vous allez faire un tabac.

Elle se détourna rapidement, au bord des larmes, et monta l'escalier, René sur ses talons. Il y avait un camion au bout de l'appontement, des silhouettes s'agitèrent dans le noir, puis un homme s'avança vers eux. Jamais de sa vie elle n'avait vu un individu à l'air aussi péquenot. Une casquette de toile, un vieux veston sale de moleskine, des guêtres et une chemise sans col. La barbe de trois jours à son menton n'arrangeait pas son allure, ni la cicatrice sur sa joue droite.

— Grand Pierre ? lança René.

Geneviève glissa la main dans sa poche droite, à la recherche du Walther.

— Ce ne peut pas être lui, chuchota-t-elle à René, si troublée qu'elle parla en anglais.

Le balafré s'arrêta à un mètre d'eux et sourit.

— Horriblement navré de vous décevoir, ma chère, lança-t-il avec le plus merveilleux accent d'Oxford, mais si c'est Grand Pierre que vous cherchez, je suis votre homme.

Derrière lui, une douzaine de silhouettes se détachèrent de l'ombre, armées de fusils et de mitraillettes Sten. Ils regardèrent la jeune femme sans dire un mot.

— Je ne sais pas l'effet qu'ils font aux Allemands, avoua-t-elle à Grand Pierre, mais à moi, ils me flanquent la trouille.

— Oui, ils sont sensationnels, pas vrai ?

Il frappa dans ses mains.

— Rappliquez, bande de rats, lança-t-il dans un français parfait. On met les bouts, et surveillez votre langage. Nous avons une dame.

Le camion était ce que l'on appelait alors un « gazo » ; il marchait avec le gaz que produisait une sorte de chaudière à charbon de bois installée à l'arrière. Les hommes de Grand Pierre étaient descendus au bout de deux kilomètres et il roulait assez vite, en sifflotant entre ses dents.

— Et si nous tombons sur une patrouille allemande? demanda Geneviève.

— Une quoi allemande?

A cette faible distance, il sentait vraiment mauvais.

— Patrouille, dit-elle.

— Pas par ici. Ils ne bougent que s'ils y sont obligés. C'est-à-dire pendant la journée et en force. S'il y avait qui que ce soit dehors cette nuit à vingt-cinq kilomètres à la ronde, je le saurais, faites-moi confiance.

Elle aurait pu éclater de rire tellement la situation lui semblait merveilleusement macabre.

— Vous avez tout organisé à la perfection, n'est-ce pas?

— Votre voix était toujours si ravissante au téléphone. C'est un plaisir de pouvoir lui associer un visage. Vous êtes déjà allée à Oxford?

— Non.

— Dans le Norfolk?

— Hélas, non.

Ils arrivèrent sur la crête d'une colline. Au même instant, les nuages s'entrouvrirent et la lune se montra de nouveau. Sous ses rayons, elle vit la voie ferrée dans la vallée et le groupe de maisons qui constituait Saint-Maurice.

— Dommage, dit-il. J'ai beaucoup chassé, par là-bas. Du côté de Sandringham, où le roi a sa maison de campagne. Un endroit charmant.

— Il vous manque?

— Pas vraiment. Mais je fais semblant, pour pouvoir continuer le cirque. Je veux dire, qu'est-ce que je ferais sans tout ça? Sentez-moi! Beau, non? Parlez-moi du retour à la nature!

— Que faisiez-vous avant?

— Avant la guerre, vous voulez dire? J'enseignais la littérature anglaise dans un lycée plutôt minable.

— Et vous aimez mieux ça, maintenant?

— Ah oui, je fais l'éclaireur pour les partisans et tout..

Dans la vie, mademoiselle Trevaunce, les douleurs les plus aiguës ne sont pas provoquées par les épines de rose mais par les pétales fripés, ne croyez-vous pas ?

— Je crois que je n'ai pas très bien compris.

— C'est exactement ce que me disaient mes élèves.

Ils entraient dans le village, et Grand Pierre ralentit.

— Voici la gare de marchandises.

Ils franchirent une grande grille et cahotèrent sur les pavés de la cour jusqu'à une maison, dans l'angle. Le camion s'arrêta. Une porte s'ouvrit, quelqu'un passa la tête. René sauta du plateau à ridelles. Geneviève lui emboîta le pas.

— Merci beaucoup, dit-elle.

— Contenter le client, c'est notre devise, répondit Grand Pierre avec le sourire. Les pétales de rose fripés. N'oubliez pas.

Il démarra ; Geneviève suivit René à l'intérieur.

Elle s'assit devant le miroir dans la petite chambre, les valises d'Anne-Marie sur le lit, son sac à main ouvert, ses papiers sur la couverture à côté. Il y avait sa carte d'identité française, l'*Ausweis* allemand, les tickets de rationnement et un permis de conduire. Elle se mit à appliquer le mascara avec soin, la porte s'ouvrit et Mme Dubois entra. C'était une petite femme au teint jaune dont le visage était rongé par les soucis. Elle portait une robe de chambre grise élimée, il y avait des trous dans ses bas et ses chaussures paraissaient prêtes à rendre l'âme.

Elle n'approuvait pas du tout, Geneviève le remarqua aussitôt : les lèvres de la femme du chef de gare se pincèrent à la vue de la toilette étalée sur le lit : tailleur bleu marine de Paris, avec jupe plissée, bas de soie, corsage de satin gris perle.

Se rappelant son personnage, Geneviève lui lança d'un ton sec :

— Une autre fois, frappez avant d'entrer. Que voulez-vous ?

Mme Dubois haussa les épaules, aussitôt sur ses gardes.

— Le train, mademoiselle. Il vient d'arriver. Mon mari m'a envoyée vous prévenir.

— Bien. Dites à René d'aller chercher la voiture. Je descends tout de suite.

Mme Dubois se retira. Geneviève s'appliqua un peu de rouge à lèvres, hésita, puis se rappela les conseils de Michael, le coiffeur de Cold Harbour, et en mit davantage. Elle s'habilla rapidement : dessous, bas, corsage, jupe — les affaires d'Anne-Marie. A chaque vêtement qu'elle ajoutait, elle avait l'impression d'enlever une autre couche de sa vraie personnalité.

Quand elle enfila la veste et se regarda dans le miroir, elle n'avait pas peur. Elle se sentait à la fois parfaitement de sang-froid et terriblement excitée. Le fait est qu'elle avait belle allure, à n'en pas douter. Elle referma la valise d'un coup sec, jeta sa cape de worsted bleu sur ses épaules et sortit.

Elle trouva Henri Dubois dans la cuisine avec sa femme. C'était un petit bonhomme au visage terne, le plus ordinaire qui soit, la dernière personne que l'on puisse imaginer mêlée à ce genre d'affaire.

— René va arriver avec la voiture, mademoiselle.

Elle prit l'étui d'argent et d'onyx dans son sac à main et choisit une Gitane.

— Descendez mes bagages.

— Oui, mademoiselle.

Il sortit. Elle alluma la cigarette et se dirigea vers la fenêtre, consciente du regard de la femme sur elle, hostile, désapprobateur. Peu importait. Rien n'importait plus, hormis le travail à faire.

La Rolls-Royce sortit de l'un des entrepôts de la gare de marchandises et s'avança vers la maison. René descendit et Geneviève ouvrit la porte. Il resta en bas des marches, impassible, dans son uniforme de chauffeur. Il lui ouvrit la portière de la voiture sans un mot et elle s'assit sur la banquette arrière.

Dubois apparut avec les valises. Il les rangea dans le

coffre, puis se dirigea vers la glace baissée tandis que René se mettait au volant.

— Présentez mes respects à Mme la comtesse, je vous prie.

Geneviève ne répondit pas. Elle remonta la glace et tapa du bout de l'index sur l'épaule de René. Lorsqu'ils sortirent de la cour, elle aperçut son regard dans le rétroviseur — et de nouveau elle y reconnut une lueur de frayeur.

« C'est à présent que tout commence vraiment », se dit-elle. Elle se pencha en arrière, plus agitée et impatiente que jamais, et prit une autre Gitane.

Chemin faisant, elle reconnut le paysage, les champs verdoyants et la forêt, les hauteurs sur sa gauche, la rivière qui scintillait sous le soleil matinal, au fond de la vallée. Un berger vêtu d'une veste de peau de mouton accompagnait ses moutons vers les collines.

— Les collines de l'enfance, René. Rien ne change.

— Ou tout change, mademoiselle.

Il avait raison, bien entendu. Elle s'emmitoufla dans sa cape, car il faisait plutôt froid. Ils descendirent vers un hameau dont elle se rappela aussitôt le nom : Pougeot. Elle se pencha vers l'avant.

— Quand nous étions enfants, vous arrêtiez souvent la voiture ici, devant un café sur la place, pour que nous puissions acheter des glaces. C'était le vieux Danton qui tenait la boutique avec sa fille. Il est toujours là ?

— Il a été fusillé l'an dernier pour ce que les Boches appellent des activités terroristes. Sa fille est en prison à Amiens. Leurs biens ont été réquisitionnés puis revendus. C'est Comboult qui a racheté.

— Papa Comboult ? Je ne comprends pas.

— C'est très simple. Comme tant d'autres, il collabore avec eux. Il fait des affaires, il amasse une petite fortune. Ils s'engraissent avec le sang de la France, ces gens-là. Je vous l'ai dit, mademoiselle, tout a changé.

Elle vit des femmes travailler dans les champs et,

quand ils traversèrent le village, elle trouva les rues étrangement vides.

— Il n'y a pas grand-monde.

— La plupart des hommes valides ont été envoyés dans des camps de travail en Allemagne. Ce sont les femmes qui tiennent les fermes. Ils auraient même emmené un vieux chien comme moi, avec un seul œil, si Mme la comtesse n'était pas intervenue.

— Et elle ne pouvait rien faire pour les autres ?

— Ce qu'elle peut, elle le fait, mademoiselle, mais en France en ce moment, les choses ne sont pas faciles. Vous vous en apercevrez très vite par vous-même.

A la sortie d'un virage, ils virent une Mercedes noire sur le bas-côté. Le capot était soulevé et un soldat allemand s'affairait sur le moteur. Un officier attendait près de la portière en fumant une cigarette.

— C'est Reichslinger ! s'écria René, comme l'officier se retournait et levait la main. Qu'est-ce que je fais ?

— Vous vous arrêtez, bien entendu, répondit Geneviève calmement.

— Elle n'éprouvait que du mépris pour celui-ci, mademoiselle, et elle le montrait.

— Ce qui le poussait à solliciter d'autant plus sa sympathie ?

— Exactement.

— Bien. Voyons comment nous allons nous en tirer.

Elle ouvrit son sac à main, en sortit le Walther que Craig lui avait donné et le glissa dans sa poche de droite. La voiture s'arrêta et elle baissa la glace. Reichslinger s'avança.

Il était exactement comme sur sa photo. Cheveux blonds, des yeux porcins sous sa casquette à visière, un air foncièrement méchant. L'uniforme, avec les runes SS sur le col, n'arrangeait évidemment rien.

Il sourit, ce qui le fit paraître plus antipathique que jamais.

— Mademoiselle Trevaunce. J'ai vraiment de la chance, dit-il en français.

— Ah bon ? s'étonna Geneviève d'un ton glacé.

Il montra sa voiture.

— La pompe à essence fait des siennes et cet imbécile de chauffeur est apparemment incapable de la réparer.

— Eh bien ?

— Dans ces circonstances, je suis obligé de vous prier de m'emmener.

Elle le laissa en suspens pendant un moment, le fit attendre jusqu'à ce que ses joues jaunâtres rougissent lentement, puis elle dit :

— La race des seigneurs exerce ses droits. Comment pourrais-je refuser ?

Elle se pencha en arrière et remonta la glace. Il contourna la voiture en trottant, monta gauchement à côté d'elle, et René démarra.

Elle prit une autre cigarette et il se hâta de sortir son briquet.

— J'espère que votre séjour à Paris a été agréable ?

Son français était assez bon, mais il avait un accent horrible.

— Pas vraiment, répondit-elle. Le service est devenu abominable, et l'on est constamment arrêté et fouillé, ce qui est très déplaisant. Mais il faut bien que les soldats s'amusent à quelque chose, je suppose.

— Mademoiselle, je peux vous assurer que tout cela est absolument nécessaire. Mes camarades SS de Paris ont eu beaucoup de succès contre les terroristes.

— Vraiment ? Je m'étonne qu'avec tous ces soldats les mouvements de résistance existent encore.

— Vous ne comprenez pas les difficultés.

— Pour vous dire la vérité, je n'en ai pas envie. Aucun intérêt.

Il était furieux, mais elle lui accorda un des beaux sourires pour lesquels sa sœur était célèbre, et elle eut la satisfaction de le voir avaler sa salive.

— Comment va le général ? demanda-t-elle. En bonne santé, j'espère ?

— Autant que je sache.

— Et le major Priem ?

— Standartenführer depuis hier

— Colonel ? C'est formidable, lança-t-elle en riant. Il se prend très au sérieux, mais il faut reconnaître qu'il est très efficace.

Reichslinger ricana et ne put s'empêcher de répondre :

— Avec d'autres pour faire le travail à sa place.

— Oui, ce doit être très ennuyeux pour vous. Pourquoi ne demandez-vous pas à être muté ailleurs ? La Russie vous conviendrait à merveille, j'imagine. Beaucoup d'honneurs et de gloire, là-bas.

Elle y prenait un plaisir immense, à présent. Parce que cela marchait, parce qu'il l'avait totalement acceptée en tant qu'Anne-Marie Trevaunce. Elle comprit qu'être ainsi tombée sur lui par hasard se révélait une chance inouïe.

— Je suis content d'aller où le Führer m'envoie, répondit-il, très raide.

A la sortie d'un virage, René dut donner un coup de volant pour éviter une vieille femme qui conduisait une vache au bout d'une corde, au milieu de la route. Geneviève fut projetée dans un coin, Reichslinger contre elle, et elle s'aperçut qu'il lui avait posé la main sur le genou.

— Vous allez bien, mademoiselle ?

Il avait la voix rauque, et la main remonta un peu.

— Je vous prie d'enlever votre main, Reichslinger, dit-elle d'une voix glaciale, sinon je vais être obligée de vous demander de descendre de ma voiture.

Ils entraient dans le village de Dauvigne, et René, devinant des ennuis, commença à se ranger le long de la route. Reichslinger, qui était allé trop loin pour reculer, glissa la main un peu plus haut.

— Où est le mal ? demanda-t-il. Je ne suis pas digne, c'est ça ? Mais je peux vous prouver que je suis meilleur que Priem dans n'importe quelles circonstances.

— Sûrement pas, dit-elle. Parce que le colonel est un gentleman et que vous ne le serez jamais. Pour être parfaitement sincère, Reichslinger, je vous trouve juste un peu trop au-dessous de moi.

— Espèce de garce arrogante, je vais vous montrer...

— Rien du tout.

Elle sortit la main de sa poche, avec le Walther. Elle abaissa la sécurité du geste naturel que Craig lui avait enseigné et elle lui enfonça le canon dans les côtes.

— Sortez de cette voiture !

René freina. Reichslinger s'écarta d'elle, le regard fou. Il ouvrit la portière et sortit à reculons. Elle referma et René démarra aussitôt. Elle se retourna : Reichslinger était debout sur le bas-côté, visiblement désemparé.

— Ai-je bien fait ? demanda-t-elle à René.

— Votre sœur aurait été fière de vous, mademoiselle.

— Bien.

Elle se pencha en arrière et alluma une autre Gitane.

Ils montèrent une côte, puis elle aperçut à huit cents mètres de là, niché au pied des collines parmi les arbres, le château de Voincourt, tout gris sous le soleil du matin. Une de ces demeures de la noblesse qui ont survécu à tous les désastres, guerres de religion et révolutions. Comme chaque fois qu'elle revenait dans ces lieux depuis son enfance, elle éprouva à sa vue un sentiment de calme. De bonheur total.

Le château disparut pendant un moment lorsque la route s'enfonça sous les pins, puis réapparut à deux cents mètres quand ils montèrent la colline, pareil à une forteresse avec ses murs de pierre. Il l'attendait comme il l'avait toujours fait.

Les grilles étaient ouvertes, mais l'allée était bloquée par une barrière à bascule. Il y avait une guérite de bois juste à l'intérieur, avec une sentinelle armée d'un pistolet-mitrailleur. Ce n'était qu'un gamin en dépit de son uniforme de SS ; il se pencha et demanda en mauvais français, d'une voix mal assurée :

— Papiers ?

— J'habite ici, répondit-elle, complètement médusée. Vous ne me reconnaissez pas ?

— Je suis désolé, mademoiselle, mes ordres sont stricts. Il faut que je voie vos papiers.

— Très bien, dit-elle. Je me rends. Je suis un agent anglais venu faire sauter le château.

Une voix calme intervint, en allemand. Elle ne comprit pas un mot mais la sentinelle courut aussitôt soulever la barrière. Elle se tourna vers l'homme qui venait de sortir du poste de garde : c'était un colonel SS en uniforme gris de parachutiste, la Knecht Kreuz autour du cou, la tête de mort sur sa casquette, étincelante sous le soleil. Elle n'avait nul besoin de demander à René qui était cet homme.

— Max, comme c'est gentil !

Max Priem ouvrit la portière et monta.

— Roulez, dit-il à René. A propos, ce garçon n'est ici que depuis trois jours.

Il lui baisa la main.

— Je ne comprendrai jamais le plaisir que vous prenez à taquiner mes soldats. C'est mauvais pour le moral. Et cela exaspère Reichslinger.

— Pas en ce moment, commenta-t-elle. Il a autre chose en tête.

Les yeux bleu pâle prirent un éclat plus vif.

— Expliquez.

— Sa voiture est tombée en panne près de Pougeot. Je l'ai pris avec moi.

— Ah bon ? Je ne le vois pas.

— Je l'ai débarqué à l'entrée de Dauvigne. Je ne sais pas où il a reçu son éducation militaire, mais on n'y donnait pas de leçons sur la façon de se conduire en compagnie d'une dame.

La bouche de Priem souriait, mais pas ses yeux.

— Et il est descendu sans protester ? Reichslinger ? Vous voulez me faire croire ça ?

— Avec l'encouragement de mon nouvel ami.

Elle lui montra le Walther. Il le lui prit des mains.

— Le modèle de l'armée allemande. D'où le sortez-vous ?

— Un barman à la coule, à Paris. On trouve facilement ce genre de jouets au marché noir, et en ce moment une jeune femme a bien besoin de protection, n'est-ce pas ?

— A Paris, dites-vous ?

— Vous ne vous attendez tout de même pas à ce que je vous indique le nom du bar ?

Il soupesa le pistolet dans sa main pendant un instant puis le lui rendit, et elle le glissa dans son sac à main.

— Votre voyage vous a plu ?

— Pas vraiment. Paris n'est plus ce qu'il était.

— Et le train ?

— Abominable.

— Ah bon ?

Il y avait manifestement de l'ironie dans sa voix, et elle le regarda à la dérobée, à travers ses cils, vaguement déconcertée sans comprendre pourquoi. Ils s'arrêtèrent devant le perron conduisant à l'entrée principale. Priem descendit et lui tint la portière ; René se dirigea vers le coffre et sortit les valises.

— Je vais les porter, dit Priem.

— Est-ce votre jour de mortification ? lança-t-elle. Un colonel SS avec une valise dans chaque main comme un portier d'hôtel ? Je regrette de ne pas pouvoir faire de photo. Ils n'en croiraient pas leurs yeux, à Paris. A propos, félicitations pour votre promotion.

— Vous connaissez notre devise : pour un SS, rien d'impossible.

Il monta les marches.

— Rien d'autre, mademoiselle ? demanda René à haute voix, puis il murmura entre ses dents : Vous êtes dans la chambre rose, n'oubliez pas. A côté de Mme la comtesse.

Il n'avait nul besoin de le lui rappeler, car ils avaient

discuté longuement de la répartition des chambres du château, à Cold Harbour. Mais il avait peur, à présent, et cela se voyait. De la sueur perlait à son front.

— Rien, merci René, dit-elle.

Elle se retourna et monta sur le perron à la suite de Priem.

Il y avait une sentinelle de chaque côté de la porte, mais, en dehors de cela, le vestibule était exactement comme dans son souvenir, même la décoration et les tableaux aux murs. Ils montèrent l'escalier de marbre côte à côte.

— Comment va le général ? dit-elle.

— Sa mauvaise jambe est un peu raide, à cause de toute la pluie que nous avons eue... Je l'ai vu se promener dans le jardin, ce matin à l'aurore.

Ils s'engagèrent dans le couloir. Elle s'arrêta devant la chambre rose et attendit. Il soupira, posa une valise et ouvrit la porte.

Elle avait souvent dormi dans cette chambre pendant son enfance. Elle était claire et aérée, avec des doubles portes vitrées donnant sur un balcon. Il y avait des rideaux de velours rouge mais l'ameublement n'avait pas changé. Acajou verni. Le lit, la coiffeuse, l'armoire. Tout.

Priem referma la porte, traversa la pièce, posa les valises sur le lit et se retourna. Il avait sur les lèvres un sourire vague, étrange, presque grave, comme s'il attendait une réaction qui ne venait pas.

— Eh bien ? dit-elle.

— C'est à vous qu'il faut poser la question... Pauvre Anne-Marie, Paris était-il si affreux ?

— J'en ai peur.

— Alors nous allons faire l'impossible pour compenser, répondit-il en claquant les talons. Mon devoir m'appelle. Nous ferons un tour d'horizon ensemble plus tard.

Quand la porte se referma sur lui, elle prit conscience d'un immense soulagement. Elle lança sa cape sur le lit, ouvrit la porte-fenêtre et sortit sur le balcon. Il dominait seulement une partie des jardins. L'entrée principale se trouvait sur la droite, le balcon de sa tante donnait sur l'autre façade.

Il y avait un vieux rocking-chair en hêtre sculpté à la main dont elle se souvenait très bien. Elle s'y assit et se balança doucement, tandis que le soleil lui réchauffait le visage. Combien de fois Anne-Marie avait-elle fait la même chose ?

Priem longea le corridor et s'arrêta en haut de l'escalier de marbre en entendant claquer les bottes des sentinelles SS dans le vestibule. Un instant plus tard, Reichslinger entra.

— Reichslinger ! appela Priem.

Reichslinger leva les yeux.

— Colonel ?

— Dans mon bureau. Tout de suite.

Reichslinger parut traqué, il traversa le vestibule et disparut dans le couloir. Priem descendit lentement l'escalier, s'arrêta en bas pour allumer une cigarette, puis traversa le vestibule. Quand il entra dans son bureau, le jeune Hauptsturmführer était debout au milieu de la pièce. Priem referma la porte.

— J'ai appris que vous vous êtes encore livré à vos jeux de vilain.

Reichslinger le regarda d'un air buté.

— Je ne vois pas ce que vous voulez dire.

— Je veux parler de Mlle Trevaunce. J'ai l'impression que vous ne saurez jamais vous conduire en gentleman.

— Elle avait un pistolet, Standartenführer. Un Walther.

— Et vous l'avez incitée à s'en servir ?

— Tout civil en possession d'une arme à feu est passible de la peine de mort, le colonel ne l'ignore pas.

— Reichslinger, lui dit Priem d'un ton patient, la situation ici ressemble à un labyrinthe. Beaucoup de choses dont vous ne savez rien. En d'autres termes, occupez-vous de vos affaires.

Incapable de contenir sa colère, Reichslinger lança d'un ton acerbe :

— Et cette fille est votre affaire personnelle, je ne le comprends que trop bien, Standartenführer.

Priem se figea, le visage impassible, et Reichslinger eut soudain très peur. Le colonel s'avança lentement et reboutonna un bouton défait de la tunique du capitaine.

— Vous manquez de soin, Reichslinger. Ça ne peut pas durer. Je ne peux pas permettre qu'un de mes officiers donne un si mauvais exemple à la troupe.

Il passa derrière son bureau et prit un document sur le classeur *Correspondance*.

— Une dépêche de Berlin. Assez déprimante. Les bataillons SS de Russie ont un urgent besoin d'officiers. On nous demande de restreindre nos cadres.

— Standartenführer, balbutia Reichslinger, la bouche sèche.

— Peu importe l'endroit. De toute manière, l'armée bat partout en retraite.

— Je suis désolé, colonel, dit Reichslinger. Je n'avais pas l'intention de...

— Je sais très bien quelle était votre intention.

Soudain Priem parut être le diable en personne.

— Si vous me parlez de nouveau sur ce ton, si vous faites un seul pas de travers...

Il lui montra la dépêche. Le visage de Reichslinger devint livide.

— Oui, colonel.

— Et maintenant, sortez.

Le jeune SS se précipita vers la porte et l'ouvrit.

— Reichslinger !

— Standartenführer ?

— Si vous importunez de nouveau Mlle Trevaunce en quelque manière, je vous ferai fusiller sans remords.

Assise dans le rocking-chair sur le balcon de la chambre rose, Geneviève se souvint, sans raison précise, d'un incident de son enfance. Elle avait quatorze ans. Accroupie sur le palier dans le noir, elle épiait les invités à l'un des bals d'Hortense, alors qu'elle aurait dû être couchée avec sa sœur. Anne-Marie avait découvert que le plus beau garçon de la soirée était aussi l'un des plus riches de France.

— Je l'épouserai quand je serai grande, si je m'aperçois que je n'ai pas assez d'argent. Nous formerons un couple parfait. Il est si blond et je suis si brune.

Geneviève l'avait crue sans réserve. La voix retentit de nouveau par-delà les années, et elle comprit soudain qu'Anne-Marie *devait* avoir changé dans une certaine mesure, puisque tout dans la vie avait évolué. La fillette de son enfance et la jeune femme qu'elle n'avait pas vue depuis quatre ans — car la scène de Hampstead n'entrait pas en ligne de compte — devaient être différentes. C'était forcé. En un sens, il fallait qu'elle repense toute la situation.

Elle avait toujours eu peur d'être écrasée par Anne-Marie, et elle avait toujours eu l'impression étrange qu'elle n'aurait jamais dû naître. Puis elle se rappela qu'il avait toujours existé un lien très bizarre entre elles. Comme si elles s'en voulaient mutuellement de l'existence de l'autre.

Bizarre aussi qu'un endroit aussi paisible fasse remonter à la surface ce genre de pensées. Puis elle prit conscience d'un mouvement dans la chambre. Elle se leva et rentra. Robe noire, tablier blanc, bas et souliers noirs, la parfaite femme de chambre. Maresa était penchée au-dessus des valises.

— N'y touchez pas, lui ordonna Geneviève.

Sa voix était furieuse, parce qu'au fond d'elle-même elle avait peur. Encore une autre personne à convaincre, quelqu'un qui la connaissait intimement.

— J'ai envie de dormir. Le train a été affreux. Vous pourrez défaire les valises plus tard.

Pendant un instant elle lut de la haine dans le regard de la servante et elle se demanda ce qu'Anne-Marie avait bien pu faire pour la mériter.

— Mademoiselle désire-t-elle que je lui fasse couler un bain chaud ? demanda Maresa.

— Plus tard, ma petite.

Elle referma la porte derrière Maresa et s'appuya au chambranle. Ses mains tremblaient. Elle avait franchi une autre haie. Elle regarda sa montre. Midi passé. L'heure d'affronter la lionne dans son antre. Elle tira sur sa jupe, ouvrit la porte et sortit.

11

QUAND Geneviève entra dans le salon de sa tante, ce fut comme si elle pénétrait dans un autre monde. Un mur était entièrement recouvert d'une fresque qu'un peintre chinois célèbre avait réalisée pour elle. Une œuvre délicate aux détails fort complexes, merveilleusement dessinés : arbres verdoyants, personnages étranges et temples insolites. Des rideaux de soie bleue pendaient du plafond jusqu'au sol, et elle se mit à genoux sur la chaise de repos près de la fenêtre donnant sur le jardin.

Lors de sa précédente visite, il était luxuriant et beau dans la chaleur du début de l'été, les roses grimpaient sur la statue de Vénus. Pas de fleurs, à présent, mais les choses les plus importantes étaient encore là, par exemple la vaste fontaine de pierre du milieu de la pelouse, avec l'enfant chevauchant un dauphin.

Le général Ziemke était assis sur le banc, près du grand mur de droite. Il avait les cheveux couleur d'argent, plus blancs que sur les photos, et de loin son visage semblait plus imposant, ce qui lui donnait l'air d'un homme encore dans la force de l'âge. Il avait drapé autour de ses épaules une capote au col de fourrure énorme, et il fumait une cigarette au bout d'un long fume-cigarette en or. Il semblait perdu dans ses pensées, mais il frottait de temps à autre sa jambe blessée comme pour lui rendre sa vitalité.

— Qu'est-ce que vous voulez ?

Geneviève se retourna : c'était la femme de chambre, toujours identique depuis la fois précédente.

— Chantal... Vous m'avez fait peur.

Le visage laid et sévère ne se détendit nullement.

— Qu'est-ce que vous voulez ? répéta-t-elle.

— Voir ma tante, bien sûr. Pas d'objections ?

— Elle se repose. Je ne vous laisserai pas la déranger.

Elles l'appelaient « Face-de-Hache ». Toujours aussi sinistre et implacable. Jamais personne n'avait pu la manœuvrer.

— Pour une fois, Chantal, faites ce qu'on vous dit, répliqua Geneviève. Allez demander gentiment à Hortense si elle veut me voir. Sinon, j'entrerai de toute manière.

— Il faudra me passer sur le corps.

— Je suis sûre que c'est faisable. Ne soyez donc pas si agaçante, bon Dieu !

Elle sentit la moutarde lui monter au nez. Anne-Marie prenait le dessus. Les yeux de Chantal s'assombrirent. Sans doute à cause du blasphème car elle était bigote.

— Vous irez en enfer, glapit-elle.

— Ce sera parfait si vous n'y êtes pas.

La porte derrière elle était légèrement entrebâillée. Au moment où Geneviève se retourna, elle entendit la voix, si familière malgré les années. Sa bouche devint sèche, son cœur battit un peu plus vite.

— Si elle est si impatiente de me voir, c'est qu'elle a terriblement envie de quelque chose. Faites-la entrer.

Au moment où Chantal ouvrit la porte, Geneviève put voir, par-dessus l'épaule de la servante, Hortense assise dans son lit au milieu des coussins, en train de lire un journal.

— Merci, chère Chantal, dit-elle avec un sourire mielleux.

Mais dès qu'elle fut à l'intérieur de la pièce, elle se sentit complètement perdue. « Que faut-il que je dise ? se demanda-t-elle. Que dirait Anne-Marie ? » Elle respira à fond et s'avança.

— Pourquoi la supportez-vous ? lança-t-elle en s'affalant près de la cheminée, sur un fauteuil tourné vers le lit.

Elle prit alors conscience d'un sentiment nouveau : le désir de se jeter dans les bras de sa tante et de lui dire que c'était elle, Geneviève, revenue après toutes ces années.

— Depuis quand vous en souciez-vous ? demanda la voix désincarnée derrière le journal.

Puis le journal se baissa et Geneviève eut l'un des plus grands chocs de sa vie. C'était encore Hortense, mais infiniment plus âgée que lors de sa dernière visite.

— Donnez-moi une cigarette, ordonna la voix.

Geneviève ouvrit son sac à main, en sortit son briquet et l'étui en onyx et argent, qu'elle lança sur le lit.

— C'est nouveau, dit Hortense en ouvrant l'étui. Très joli.

Elle alluma une Gitane. Geneviève reprit l'étui, le rangea dans son sac, et tendit la main vers le briquet. La manche ample de son corsage de soie remonta sur son bras. Hortense hésita, le regard vide, puis le lui donna.

— Paris était barbant, lui dit Geneviève.

— Ça ne m'étonne pas... Chantal pense que je ne devrais pas fumer. Si je demande un paquet de cigarettes, elle fait semblant d'oublier.

Elle tira longuement sur sa Gitane.

— Débarrassez-vous d'elle, répondit Geneviève.

Hortense se détourna un instant, ce qui permit à Geneviève de se reprendre. La dernière fois qu'elle avait vu sa tante, celle-ci ne paraissait pas avoir plus de quarante ans, mais il en avait été ainsi d'aussi loin qu'elle se souvenait. En fait, elle n'était pas vieille, mais elle avait vieilli beaucoup plus que les quatre années de leur séparation.

— Vous avez besoin de quelque chose ? dit Hortense.

— Pourquoi cette question ?

— C'est souvent le cas.

Elle prit une autre bouffée de sa cigarette puis la tendit à sa nièce.

— Finissez-la. Chantal sera contente.

— Elle ne vous croira pas. C'est un dragon, cette bonne femme.

— C'est un jeu que nous jouons, répondit Hortense en haussant les épaules.

— Et le général Ziemke ?

— Carl est très bien à sa manière. En tout cas c'est un gentleman, et l'on ne peut pas en dire autant des autres, au rez-de-chaussée. La racaille comme Reichslinger, par exemple. Ils croient qu'il suffit de hurler pour trouver le bon ton.

— Et Priem ?

— J'ai appris qu'il avait monté vos valises. Serait-il amoureux de vous ?

— C'est à vous de me le dire. Après tout, vous faites autorité en la matière.

Elle s'appuya à ses coussins, regarda Geneviève, et plissa les yeux.

— Je sais une chose. C'est un homme. Au sens fort.

— Ah bon ?

— Personne ne peut espérer gagner en jouant au plus fin avec lui. A votre place, je le tiendrais à distance.

— Est-ce une suggestion ou un ordre ?

— Faire ce qu'on vous dit n'a jamais été votre point fort, n'est-ce pas ? Mais je ne vous ai jamais prise pour une idiote. Vous savez qu'en général je ne me trompe jamais pour ce genre de choses.

Geneviève se trouvait maintenant en position difficile. Hortense était la seule personne qui puisse tout lui dire sur ce qui se passait dans la maison, mais elle avait peur de l'impliquer ; en tout cas, elle ne lui révélerait jamais la vérité sur elle-même. Dans l'intérêt même de sa tante, il valait mieux qu'elle reste complètement en dehors.

— Et si je vous disais pourquoi je suis ici ?

— Vous mentiriez probablement, répliqua sa tante.

— Un banquier suisse, fou d'amour pour moi ?

— Enfin le grand amour ? Vous, Anne-Marie ?

— Vous ne croyez jamais un mot de ce que je vous dis, n'est-ce pas ?

— N'est-ce pas toujours plus sûr ? Et maintenant, dites-moi ce que vous avez derrière la tête, et donnez-moi une autre de ces cigarettes.

Elle saisit le sac à main de Geneviève et l'ouvrit avant que celle-ci puisse l'en empêcher. Elle fouilla à l'intérieur, puis se figea pendant un instant. Elle sortit le Walther.

— Attention, dit Geneviève.

Elle tendit la main, et la manche remonta de nouveau sur son bras. Hortense lâcha le pistolet et lui saisit le poignet droit, d'une main si ferme qu'au moment où elle tira Geneviève tomba à genoux près du lit.

— Un jour, à l'âge de huit ans, vous vous êtes amusée à patauger dans la fontaine du jardin d'en bas — celle avec l'enfant à la trompette. Vous m'avez dit plus tard que vous aviez grimpé pour boire l'eau qui sortait de l'embouchure.

Geneviève secoua la tête, paralysée. La poigne de sa tante se resserra.

— Un des doigts de bronze de l'enfant était brisé. Quand vous avez glissé, vous vous êtes griffé le bras. Plus tard, ici dans cette chambre, vous vous êtes assise sur mes genoux pendant que le Dr Marais réparait les dégâts. Combien de points de suture a-t-il posés ? Cinq ?

— Non, s'écria Geneviève en essayant de se libérer. Vous vous trompez. C'était Geneviève.

— Précisément.

Hortense passa le doigt sur la mince cicatrice blanche, nettement visible à l'intérieur de son avant-bras droit.

— Je vous ai vue arriver, ma chérie, dit-elle. Par la fenêtre.

Elle lâcha la main et lui caressa les cheveux.

— Dès l'instant où vous êtes descendue de la voiture. Dès cet instant. Vous pensiez vraiment que je ne vous reconnaîtrais pas ?

Geneviève sentit des larmes perler dans ses yeux. Elle se jeta au cou de sa tante. Hortense l'embrassa tendrement sur le front, la serra dans ses bras pendant un moment, puis lui dit à mi-voix :

— Et maintenant, ma chérie, la vérité.

Quand elle eut terminé, elle resta à genoux près du lit. Après un long silence, Hortense lui caressa la main.

— Je crois que j'ai besoin d'un verre de cognac. Là, dans la vitrine chinoise en laque.

— Est-ce sérieux ? demanda Geneviève. Votre santé...

— Que me racontez-vous là ? s'étonna Hortense.

— On m'a dit que vous aviez des problèmes de cœur. Le général Munro parlait de mauvais état de santé.

— Quelle sottise ! Ai-je l'air malade ?

Elle était presque en colère.

— Non, sincèrement vous avez une mine superbe. Je vous apporte le cognac.

Elle ouvrit la vitrine. Encore un mensonge de Munro, se dit-elle, pour la pousser un peu plus dans la direction qu'il voulait lui faire prendre. Et Craig Osbourne s'y était prêté. Sa main tremblait légèrement quand elle emplit de Courvoisier le verre de cristal.

Hortense le vida d'un trait et demeura songeuse, les yeux fixés sur le verre vide.

— Pauvre Carl !

— Pourquoi dites-vous ça ?

— Vous croyez que je vais supporter qu'il me touche, après ce qu'ils ont fait à Anne-Marie ?

Elle posa le verre sur la table de chevet.

— Nous vivions en état de conflit armé, Anne-Marie et moi. Elle était égoïste, totalement sans scrupules quand elle désirait obtenir quelque chose, mais c'était ma nièce, mon sang. Une de Voincourt.

— Et tous ces derniers mois, elle a agi comme une de Voincourt.

— Oui. Nous devons faire l'impossible pour que ses efforts ne soient pas perdus.

— C'est pour cela que je suis ici.

Hortense claqua des doigts.

— Donnez-moi une autre de vos cigarettes, et dites à Chantal de me faire couler mon bain. Je vais tremper pendant une heure, et réfléchir un peu. Etudier ce que nous pourrons faire pour rendre à ces salauds du rez-de-chaussée la monnaie de leur pièce. Allez faire un tour, ma chérie, et revenez dans une heure.

A Cold Harbour, il pleuvait. Craig Osbourne entra dans la cuisine à la recherche de Julie. Elle remarqua l'uniforme, l'imperméable.

— Vous partez ?

— Pour quelque temps. Le plafond s'est dégagé à Croydon. Je pars avec Munro dans le Lysander. Vous allez bien ?... Vous ne semblez plus vous-même, demanda-t-il en posant le bras sur les épaules de la jeune femme.

Elle lui adressa un sourire forcé.

— Je sais que vous ne prenez pas mes tarots au sérieux, Craig, mais je possède vraiment le don. Je reçois des impressions. Je suis certaine que la situation n'est pas celle que nous croyons.

— Expliquez-vous.

— Geneviève... Sa sœur... Il y a dans tout cela plus qu'il n'y paraît. Je pense que Munro n'a pas dit toute la vérité, il s'en faut.

Craig la crut, et il sentit son estomac se nouer.

— Geneviève, murmura-t-il, tandis que ses mains se crispaient sur les épaules de Julie.

— Je sais, Craig. J'ai peur.

— Ne vous en faites pas. Je vais tirer cela au clair, répondit-il en souriant. Vous pouvez vous confier à Martin. Parlez-lui. Dites-lui que j'ai l'intention de fouiner un peu dès mon arrivée à Londres... Faites-moi confiance, ajouta-t-il en l'embrassant sur la joue. Vous savez que je deviens un fauve quand je me mets en rogne.

Ils décollèrent. Craig était assis à côté de Munro, qui sortit aussitôt des documents de sa serviette et se mit à les étudier. A ce stade, toute attaque directe serait vouée à l'échec et Craig le savait.

— Elle doit être en plein dans le bain à l'heure qu'il est, dit-il.

Munro leva les yeux.

— Qui ? De qui parlez-vous ?

— De Geneviève. Elle doit être arrivée depuis longtemps au château de Voincourt.

— Oh, ça..., acquiesça Munro. Il faudra voir ce qu'il en sortira. Elle n'a pas d'expérience professionnelle, ne l'oublions pas.

— Cela n'a pas paru vous troubler jusqu'ici, lui dit Craig.

— Il n'était pas question de la décourager, pas vrai ? Ce que je veux dire, c'est qu'il ne faut pas trop attendre de cette opération. Les deux tiers des agents féminins que nous avons envoyés là-bas ont eu une mauvaise fin.

Il se replongea dans ses dossiers, imperturbable. Craig réfléchit. Julie avait absolument raison : il y avait autre chose. Il essaya d'analyser la situation phase par phase, tous les facteurs en jeu, l'ordre dans lequel les événements s'étaient déroulés. Au centre du tableau, Anne-Marie, bien sûr. Si ce qui lui était arrivé ne s'était pas produit, si Munro n'avait pas jugé aussi essentiel de la rencontrer en personne... Craig songea à l'état de la jeune femme, la dernière fois qu'il l'avait vue, et ne put réprimer un frisson. Une épave, dans la cellule de Hampstead... Baum à qui elle était confiée et qui ne pouvait même pas se résoudre à la regarder.

Il se redressa sur son siège. Etrange, cela. Très étrange. Un docteur qui a peur de s'approcher d'une de ses malades. Il fallait trouver une réponse à cette question-là.

Le vol se déroula sans histoire. Quand ils se dirigèrent vers la limousine qui les attendait à Croydon, Craig demanda à Munro :

— Vous aurez besoin de moi, ce soir ?

— Non, mon cher. Amusez-vous bien. Pourquoi pas ?

— C'est ce que je vais faire, répondit Craig en lui ouvrant la portière. J'essaierai peut-être le Savoy.

— Les conférences se tiennent toujours dans la bibliothèque, dit Hortense. Le reste du temps, Priem s'en sert comme bureau principal. Et il y dort, sur un lit de camp. Il a un autre bureau à côté de celui de Reichslinger, mais il ne l'utilise que pour les affaires courantes.

— Quelle conscience professionnelle de sa part ! répondit Geneviève. Je veux dire : le lit de camp.

— Tous les papiers importants se trouvent dans le coffre de la bibliothèque.

— Derrière le portrait d'Elisabeth, la onzième comtesse ?

— Vous vous souvenez ?

— Mais comment pouvez-vous être certaine de ce que vous avancez ?

— Ma chérie, tous les hommes de ma vie me confient leurs secrets tôt ou tard, c'est une habitude que j'ai toujours encouragée. Il en va de même pour Carl, je vous le garantis. Vous savez, il n'est pas nazi, Dieu nous en préserve. Il n'approuve pas, et dès qu'il se met en colère, il bavarde. Cela le soulage.

— Vous savez que Rommel viendra ici après-demain ?

— Oui, pour discuter de leur système de défense des côtes.

— Le mur de l'Atlantique ?

— Et c'est pour cela que vous êtes venue ?

— Pour recueillir à ce sujet tous les renseignements possibles.

— Ce qui suppose que vous désirerez voir le contenu du coffre.

— Qui garde la clé ? Le général ?

— Non, Priem. Et Carl a parfois des difficultés à obtenir qu'il l'ouvre. Il s'en plaint tout le temps. A leur arrivée, j'ai été obligée de leur remettre la clé.

— N'aviez-vous pas un double ?

— Ils l'ont demandé aussi. Ils sont très méticuleux, les Allemands. D'un autre côté...

Elle ouvrit le tiroir de la table de chevet, en sortit une boîte à bijoux et souleva le couvercle. Elle fourragea parmi les colifichets qui s'y trouvaient et pêcha une clé.

— Je ne leur ai pas donné celle-ci. Le double du double, si l'on peut dire.

— C'est merveilleux.

— Ce n'est qu'un commencement. S'il manque des documents, ils s'en apercevront très vite.

— J'ai un appareil photo.

Geneviève prit l'étui d'onyx et argent pour lui montrer l'ouverture du volet dissimulant l'objectif.

— Ingénieux, approuva Hortense. Bref, la conférence doit avoir lieu dans l'après-midi. Dans la soirée, réception et bal, ensuite Rommel retournera à Paris. Ce qui signifie que si vous voulez voir le contenu du coffre, il faudra l'ouvrir pendant le bal.

— Mais comment ?

— Je trouverai bien un moyen, ma chérie. Vous pouvez y compter, répondit Hortense en lui caressant la joue. A présent, laissez-moi un peu. J'ai besoin de repos.

— Bien sûr.

Geneviève l'embrassa et se dirigea vers la porte. Au moment où elle posait la main sur le loquet, Hortense ajouta :

— Une dernière chose.

— Laquelle ? demanda Geneviève en se retournant.

— Bienvenue au château. Bienvenue au château.

A son retour dans sa chambre, elle se rendit compte qu'elle était vraiment fatiguée. Sa tête semblait prête à éclater, au point qu'elle en avait des nausées. Elle ferma les rideaux et s'allongea tout habillée sur le lit. Donc Munro lui avait menti. En un sens, elle comprenait ses motifs. Mais Craig Osbourne... D'un autre côté, cela lui avait valu de revenir auprès d'Hortense. Et elle leur en était reconnaissante.

Quand elle se réveilla, Maresa la secouait doucement par l'épaule.

— Je me suis dit que Mademoiselle désirerait prendre un bain avant le dîner.

— Oui, merci, répondit-elle.

La gentillesse du ton déconcerta manifestement

Maresa, et Geneviève se rendit compte aussitôt qu'elle ne jouait pas son personnage.

— Eh bien, remuez-vous, ma petite ! lança-t-elle sèchement.

— Oui, mademoiselle.

Maresa disparut dans la salle de bains et Geneviève entendit le bruit de l'eau qui coulait. Quand la femme de chambre revint, elle lui dit :

— Vous pouvez défaire les valises et ranger pendant que je prendrai mon bain.

Elle passa dans la salle de bains et laissa ses vêtements en tas dans un coin comme sa sœur le faisait depuis l'âge de quatre ans. Elle n'avait guère confiance en Maresa, et elle se demanda si la servante ne surveillait pas Anne-Marie Trevaunce pour le compte de quelqu'un. La jeune fille était belle malgré son côté lourd et passif; elle ne manquait sûrement pas d'intelligence. Placide et toujours correcte en apparence, mais Geneviève se rappela la haine qu'elle avait lue dans ses yeux à son arrivée.

Elle se prélassa dans l'eau chaude jusqu'à ce qu'on frappe à la porte.

— Il est six heures et demie, mademoiselle. Le dîner est à sept heures, ce soir.

— Si je suis en retard, je serai en retard. Ils m'attendront.

Pendant un instant, elle songea à prolonger le répit en restant dans sa chambre, sous le prétexte de la fatigue, mais il fallait tenir compte du général : plus tôt elle le rencontrerait, mieux ce serait.

Elle sortit du bain à regret, prit le peignoir de soie derrière la porte et revint dans la chambre. Elle s'assit devant la coiffeuse et Maresa se mit aussitôt à lui brosser les cheveux — ce que Geneviève trouvait toujours extrêmement agaçant, mais elle se força à le supporter comme Anne-Marie l'aurait fait.

— Comment Mademoiselle va-t-elle s'habiller, ce soir ?

— Dieu seul le sait. Je vais jeter un coup d'œil.

C'était la seule solution rationnelle, car les penderies

étaient pleines à craquer de toilettes de toutes sortes. Sa sœur avait de la classe, à n'en pas douter, et les goûts dispendieux qui en forment le cortège. Pour finir, elle choisit un vêtement en mousseline bleu pastel et gris, à la ligne vague et élégante. Les chaussures la serraient un peu, mais il faudrait qu'elle s'y habitue. Elle regarda la pendule. Sept heures cinq.

— Il est temps de descendre, je pense.

Maresa lui ouvrit la porte. Au moment où elle passa, Geneviève eut l'impression que la servante souriait, contente d'elle.

Chantal montait l'escalier avec un plateau.

— Que se passe-t-il ? demanda Geneviève.

— Mme la comtesse a décidé de dîner dans sa chambre ce soir, grogna-t-elle sur son ton bourru habituel. « Il » est là.

Geneviève lui ouvrit la porte. Hortense était assise dans un des grands fauteuils Voltaire, devant la cheminée du salon. Elle portait une somptueuse robe d'intérieur chinoise, noir et or. Le général Ziemke s'appuyait au dossier du fauteuil, resplendissant dans son grand uniforme. Il avait vraiment de l'allure. Quand il se retourna et aperçut Geneviève, ses traits s'éclairèrent d'un sourire qui semblait sincère.

— Enfin ! s'écria Hortense. Je vais peut-être avoir un peu de paix. J'ai parfois l'impression de n'être entourée que par des idiots.

Ziemke baisa la main de Geneviève.

— Vous nous avez manqué.

— Allez ! Sortez d'ici, lança Hortense en faisant signe à Chantal de lui donner le plateau. Que m'avez-vous apporté ?

Ziemke sourit.

— Tout bon général doit savoir quand il a intérêt à battre en retraite. Je soupçonne que c'est le moment.

Il ouvrit la porte, et s'inclina devant Geneviève au moment où elle sortit.

Il y avait une vingtaine de personnes autour de la table, des hommes pour la plupart. Deux femmes en robe longue qui avaient l'air de secrétaires, et deux jolies filles en uniforme, avec sur la manche gauche un écusson représentant le zigzag d'un éclair. Le personnel féminin de la salle de radio. René lui en avait parlé. Très sollicitées par messieurs les officiers, avait-il expliqué. Au premier regard, Geneviève comprit très bien pourquoi.

La place de Max Priem se trouvait en face d'elle, et elle remarqua que Reichslinger était relégué au bout de la table avec plusieurs autres officiers SS. Il jeta un coup d'œil vers elle, et elle remarqua dans son regard une lueur de haine qui, curieusement, lui rappela Joe Edge. Elle s'était déjà fait un ennemi dans la place, c'était certain.

Deux ordonnances en grand uniforme et gants blancs vinrent servir le vin, et elle se rappela soudain qu'Anne-Marie avait le vin rouge en horreur. Elle remarqua aussi que c'était du sancerre, le joyau de la cave de sa tante — qui devait être à présent complètement mise à sac.

Le gros rire de Reichslinger domina pendant un instant le brouhaha des conversations. Aux grimaces que firent ses voisins de table, Geneviève comprit qu'il n'était pas aimé.

Ziemke se pencha vers elle.

— J'espère que la comtesse se montrera plus charmante demain.

— Vous connaissez ses sautes d'humeur aussi bien que moi.

— Après-demain, nous recevrons la visite du maréchal Rommel en personne. Nous lui offrirons bien entendu une réception suivie d'un bal, et si la comtesse devait avoir une de ses migraines...

— Je vous comprends parfaitement, général, répondit Geneviève en posant la main sur la manche de son uniforme. Je ferai de mon mieux.

— Je serais vraiment navré d'avoir à lui ordonner d'être présente. En fait, avoua-t-il, cela me ferait très peur. Vous n'étiez pas ici ce jour-là, mais quand nous sommes arrivés, Priem et moi... Mon Dieu, elle nous a subjugués. N'est-ce pas, Priem ?

— Je suis tombé amoureux d'elle sur-le-champ, dit le colonel.

— C'est arrivé à d'autres, répliqua Geneviève.

Elle trouva le sourire de Priem si inquiétant qu'elle dut se détourner du regard bleu pénétrant. Elle sentit son cœur battre plus vite. Il semblait lire dans ses pensées à livre ouvert.

— Le jour de notre arrivée, vous étiez au village, si je me souviens bien, continuait le général. Votre tante nous a barré la porte pendant un bon moment. Quand elle nous a enfin laissés entrer, il y avait des vides sur les murs à la place de certains tableaux.

— Etes-vous descendus à la cave ?

Il éclata de rire de bon cœur, et fut d'excellente humeur jusqu'à la fin du repas. Quant à Geneviève, la tension d'avoir à jouer un rôle commençait à se faire sentir, et elle s'aperçut qu'elle devenait de plus en plus nerveuse.

— Nous prendrons le café dans le salon, je pense ? proposa enfin le général.

Tout le monde se leva en même temps et, dans la confusion, elle sentit Priem près de son épaule.

— Puis-je vous dire un mot ?

Mais c'était vraiment un homme à éviter, en tout cas pour l'instant.

— Une autre fois, peut-être, répondit-elle en se dirigeant vers le général.

— Ma chère amie, dit celui-ci, permettez-moi de vous présenter un de vos compatriotes qui sert maintenant dans la brigade SS Charlemagne. Il est passé ce soir pour apporter des dépêches.

L'officier s'inclina devant elle. Il sourit et porta la main de Geneviève à ses lèvres comme seuls les Français savent le faire. Elle remarqua l'écusson tricolore sur son blouson. Blond aux yeux bleus, il faisait plus allemand que quiconque dans la pièce. Quel contraste avec Max Priem, à quelques pas de lui !

— Enchanté, dit-il.

L'uniforme lui allait à merveille, et Geneviève se demanda ce qui se passerait si le maquis rencontrait au coin d'un bois ce Français en tenue de SS.

Ziemke l'entraîna vers les portes-fenêtres et ils sortirent sur la terrasse.

— On est bien mieux, dit-il. L'air frais. Une cigarette?

Elle l'accepta.

— Vous semblez préoccupé par cette conférence. Est-ce si important?

— Rommel en personne, chère amie. Cela ne suffit pas?

— Non. Il y a autre chose, dit Geneviève. Vous n'êtes pas d'accord avec eux... Je veux dire, vous ne l'êtes plus. Est-ce la raison?

— Ce n'est pas si compliqué. Nous discuterons des défenses, et je sais ce que pensent la plupart des autres.

C'était justement pour ce genre de conversation qu'elle était venue.

— Et vous n'êtes pas d'accord?

— Non.

— C'est sans doute une conférence préliminaire?

— Oui, mais dans l'ensemble ses conclusions seront retenues. Sauf si le Führer prend la décision soudaine de tout chambouler.

— Il vous a conduits de victoire en victoire, dit-elle d'un ton léger.

— Nous perdrons cette guerre.

Il lui prit la main et se tourna vers les jardins dans l'ombre, apparemment perdu dans ses pensées. Ce geste, curieusement, ne la gêna pas. Un homme bon qui était malheureux. Elle le trouva sympathique, bien que cela ne fît pas partie du scénario. Elle entendit des pas et s'écarta.

— Désolé de vous déranger, Herr General, dit Max Priem. Un appel de Paris.

Ziemke inclina sèchement la tête, puis baisa la main de Geneviève.

— Bonsoir, chère amie.

Il retourna dans le salon. Max Priem ne bougea pas.

— Fraülein, dit-il d'un ton guindé.

Geneviève ne lut pas seulement de l'ironie dans son regard, mais autre chose, qui la surprit. De la colère.

12

ELLE dormit bien, d'un sommeil sans rêves, et reprit conscience si brusquement que ce ne pouvait être naturel ; figée sur son lit, elle essaya de deviner la cause de son réveil. Puis elle entendit les coups de feu et elle sortit du lit très vite, saisit sa robe de chambre et se précipita sur le balcon.

Une voix cria en allemand, un objet s'envola en tourbillonnant puis parut exploser. Elle baissa les yeux. Juste au-dessous, Priem rechargeait un fusil de chasse, il fit placer les canons en position. Derrière lui, une ordonnance était accroupie par terre à côté d'une boîte. Priem tirait aux pigeons d'argile.

Il cria, le soldat lâcha le ressort et un autre disque tourbillonna dans le ciel bleu. Les canons du fusil remontèrent, suivirent... Il appuya sur la détente. Elle regarda le disque d'argile exploser, une main au-dessus de ses yeux pour les protéger du soleil.

— Bonjour, lança-t-elle.

Il était en train de recharger ; il s'arrêta au milieu de son geste et leva les yeux.

— Vous ai-je réveillée ?

— On peut le dire !

Il tendit le fusil à son ordonnance.

— Petit déjeuner dans la salle à manger dans dix minutes. Vous vous joignez à nous ?

— Non, je crois que ce matin je vais faire monter un plateau dans ma chambre.

— A votre guise.

Il souriait. Elle se retourna, le souffle court, et rentra dans la pièce.

Quand Hortense la fit demander par Chantal, elle venait de finir son petit déjeuner. Sa tante était encore dans son bain.

— J'ai décidé d'aller à la messe ce matin. Vous pouvez m'accompagner.

— Mais j'ai déjà mangé.

— Quel manque de prévenance de votre part. Vous viendrez, de toute façon, il le faut.

— Pour le salut de mon âme éternelle ?

— Non, pour donner à cette petite souillon de Maresa une bonne occasion de fouiller votre chambre. Chantal a entendu Reichslinger lui donner des instructions dans ce sens, hier soir tard.

— Soupçonne-t-il quelque chose ?

— Et pourquoi ? Vous vous êtes fait un ennemi, c'est tout. Sans doute le début de sa contre-attaque. Tous les coups sont permis. Un tract de propagande de la RAF lui suffirait : il vous dénoncerait comme une ennemie du Reich. Nous devons faire en sorte que ses petites combines lui retombent sur le nez.

— Comment cela ? demanda Geneviève.

— A notre retour, vous ferez la désagréable découverte que vos pendants d'oreilles de diamants ont disparu. Et ils auront disparu, puisque Chantal les aura dissimulés dans une cachette banalement stupide, dans la chambre de Maresa. Bien entendu, vous vous mettrez dans une colère noire. Vous vous plaindrez directement à Priem. Après tout, il est responsable de la sécurité.

— Et ensuite ?

— Oh, c'est un homme très astucieux. Il trouvera très vite les boucles d'oreilles dans la chambre de Maresa. Elle protestera de son innocence, mais les faits parleront d'eux-mêmes. A ce moment-là, cette petite imbécile se mettra à pleurer...

— ...et avouera qu'elle agissait sur les ordres de Reichslinger ?
— Exactement.
— Vous battriez le diable en personne au poker. Je suppose que vous le savez ?
— Bien entendu.
— Priem va-t-il la croire ?
— Je crois que nous pouvons l'escompter. Pas de scandale public, pas d'esclandre. Il s'occupera sans doute de Reichslinger à huis clos, mais il lui réglera son compte. C'est un homme dur, votre colonel, quand il le juge nécessaire.
— *Mon* colonel ? Pourquoi dites-vous ça ?
— Pauvre Genny !
Personne ne l'avait appelée ainsi depuis des années.
— Depuis que vous aviez l'âge de grimper sur mes genoux, j'ai toujours pu lire dans vos pensées comme dans un livre ouvert. Cet homme vous met mal à l'aise, n'est-ce pas ? Dès que vous vous approchez de lui, l'excitation vous retourne l'estomac.
Geneviève respira à fond pour essayer de se reprendre, puis se leva.
— Je ferai de mon mieux pour résister à la tentation, je crois que vous pouvez y compter. Avez-vous tout dit à Chantal ?
— Seulement qu'Anne-Marie est plongée jusqu'au cou dans des activités subversives. Vous vous apercevrez sans doute qu'elle vous sourira avec plus de chaleur, à présent. Son frère Georges est dans un camp de travail en Pologne.
— Et le plan de campagne pour demain ? demanda Geneviève.
— Tout est réglé. Nous en discuterons plus tard. Soyez gentille, dites à Maresa de prévenir René que j'ai besoin de la Rolls.
Geneviève se sentit redevenir enfant. Comme autrefois, elle suivit scrupuleusement les ordres. Rien n'avait changé.

Le premier choc se produisit quand elles sortirent sur le perron. Aucun signe de René, ni de la Rolls. Seulement Max Priem et une Mercedes noire. Il les salua sans sourire.

— Votre voiture ne semble pas en état de rouler, ce matin, madame la comtesse. J'ai demandé à nos mécaniciens de faire ce qu'ils pourront. En attendant, je suis entièrement à votre service. Vous désirez vous rendre à l'église, je crois ?

Hortense hésita, puis haussa les épaules et monta. Geneviève la suivit.

Il prit lui-même le volant, et Geneviève se trouva derrière lui, les yeux fixés sur sa nuque, extrêmement mal à l'aise. Hortense faisait comme s'il n'existait pas. Elle regarda sa montre.

— Nous sommes en retard. Peu importe, le curé m'attendra. Il a plus de soixante-dix ans, vous savez. C'est le premier homme dont je suis tombée amoureuse. Un beau ténébreux, et une foi si vive... Vous savez que la foi est pleine d'attrait, chez un homme ? Jamais je ne suis allée à autant de services.

— Et maintenant ? demanda Geneviève.

— Il a les cheveux blancs, et quand il sourit sa peau se plisse tellement qu'on ne voit plus ses yeux.

Geneviève s'aperçut, de plus en plus gênée, que Priem l'observait dans le rétroviseur. Ses yeux riaient. Hortense riait aussi.

— On dit que les SS ne croient pas en Dieu, colonel, dit-elle sèchement.

— J'ai cependant appris d'une source bien informée que le Reichsführer Himmler a la foi.

Priem arrêta la voiture devant l'entrée de l'église, descendit et leur ouvrit la portière.

— Je vous en prie, mesdames.

Hortense marqua un temps, puis prit la main qui s'offrait et sortit.

— Vous savez, Priem, vous me plaisez beaucoup. Quel dommage...

— ... Que je sois allemand, madame la comtesse ? Ma grand-mère maternelle était originaire de Nice. Est-ce que cela peut aider ?

— Considérablement.

Elle se tourna vers Geneviève.

— Vous n'avez pas besoin d'entrer. Allez présenter vos respects à votre mère. Je n'en ai pas pour longtemps.

Elle baissa sa voilette et remonta l'allée vers le porche de l'église, entre les tombes.

— Une femme remarquable, dit Priem.

— Je le pense aussi.

Tout parut s'arrêter. Il était campé devant elle, les mains croisées derrière le dos, et son uniforme splendide lui donnait un air irréel. Elle regarda la croix autour de son cou.

— Si vous voulez bien m'excuser, j'aimerais me rendre auprès de ma mère.

— Mais bien entendu.

Elle entra dans le cimetière. La tombe se trouvait au plus bel endroit, dans l'angle du fond, à l'ombre d'un cyprès. La pierre était d'une beauté toute simple, comme l'avait souhaité Hortense, et il y avait des fleurs fraîches dans le vase de pierre.

— Hélène Claire de Voincourt Trevaunce, dit Priem en passant de l'autre côté.

Puis il fit une chose étrange. Il salua. Un salut bref, purement militaire, pas du tout nazi.

— Eh bien, Hélène Claire, dit-il doucement, vous avez une fille très belle. Je crois que vous seriez fière d'elle.

Geneviève lui demanda :

— Votre famille ?

— Mon père est mort pendant l'autre guerre, ma mère quelques années plus tard. J'ai été élevé par une tante à Francfort, une institutrice. Elle a été tuée l'an dernier au cours d'un bombardement.

— Nous avons donc quelque chose en commun.

— Voyons ! Votre père anglais, médecin en Cornouailles ? Cette sœur dont vous parlez si rarement ? Geneviève, n'est-ce pas ?

Elle prit peur. Il en savait trop. Elle se sentit en équilibre instable au bord d'un précipice. Une averse soudaine la sauva. Dès les premières gouttes, il la prit par la main.

— Venez, il faut courir.

A leur arrivée sous le porche de l'église, elle remarqua qu'il avait du mal à respirer. Il se laissa tomber sur le banc de pierre.

— Vous ne vous sentez pas bien ? demanda-t-elle.

— Ce n'est rien, je vous assure.

Il se força à sourire et lui tendit un étui à cigarettes en argent.

— Cigarette ?

— Vous avez été blessé en Russie ?

— Oui.

— On dit que la campagne d'hiver a été horrible.

— Une expérience inoubliable, c'est certain.

— Reichslinger et les autres..., commença-t-elle. Vous habitez un univers différent. Vous êtes...

— Un Allemand dont le pays est en guerre. C'est vraiment très simple. Très regrettable, peut-être, mais très simple.

— Je suppose.

Il soupira, son visage s'adoucit un peu.

— Depuis mon enfance, dit-il, j'ai toujours adoré la pluie.

— Moi aussi, avoua-t-elle.

Il lui sourit.

— Vous voyez, nous avons quelque chose en commun après tout.

Ils attendirent Hortense sous le porche et la pluie redoubla. Hortense avait raison, comme d'habitude, songea-t-elle. Jamais elle ne s'était sentie aussi excitée de toute sa vie.

A Londres, Craig Osbourne sonnait à la porte de l'appartement de Munro, Haston Place. La porte s'ouvrit et il monta ; Jack Carter l'attendait sur le palier.

— Il est là, Jack ?

— Malheureusement non. On l'a convoqué au ministère de la Guerre. Mais vous tombez à pic, j'allais envoyer les chiens de garde à votre recherche. Vos supérieurs ont essayé de vous joindre.

— L'OSS ? Pourquoi ?

— Eh bien, dans la précipitation, vous n'avez pas rendu compte de la mission Dietrich. Ils sont furieux que Munro ait fait appel à l'autorité d'Eisenhower pour vous accaparer, mais ravis de la façon dont vous avez réglé les choses. Je pense qu'il y a une autre médaille en perspective.

— J'ai assez de médailles, dit Craig.

— Oui, mais soyez gentil, passez donc Cadogan Place, ne serait-ce que pour leur faire plaisir. De toute manière, que désiriez-vous ?

— J'ai promis à Geneviève de m'occuper de sa sœur. Je suis donc allé à la clinique, mais les gardes m'ont refusé l'entrée.

— Oui, les mesures de sécurité ont été renforcées pour diverses raisons, répondit Carter en souriant. Je vais téléphoner à Baum. Pour lui dire de vous attendre.

— Parfait, dit Craig. Je vais voir ce qu'on me veut au quartier général de l'OSS.

Il redescendit l'escalier quatre à quatre.

Dans un film d'espionnage que Geneviève avait vu, le héros avait placé un cheveu sur le battant d'une porte pour apprendre si quelqu'un était entré dans sa chambre. Elle avait employé la même ruse pour deux tiroirs de sa coiffeuse. Ce fut la première chose qu'elle vérifia à son retour de l'église. Tous les deux avaient été ouverts.

Maresa n'était pas à l'étage, parce que Geneviève lui avait signalé avant son départ qu'elle n'aurait pas besoin d'elle avant le déjeuner. Elle alluma une cigarette, juste pour laisser passer quelques minutes, puis elle partit à la recherche de Priem. Elle le trouva à son bureau, dans la bibliothèque. Reichslinger, à ses côtés, vérifiait une liste.

Ils levèrent les yeux en même temps.

— Vraiment, colonel, cela dépasse les bornes ! Que vos hommes fouillent de temps en temps nos chambres quand nous avons le dos tourné, il faut malheureusement s'y attendre. Mais je ne suis pas prête à admettre la disparition d'une paire de boucles d'oreilles, des pendants de valeur en diamants et perles montées sur or blanc, un bijou de famille. Je vous serais infiniment obligée de me les faire rendre.

— Votre chambre a été fouillée ? dit Priem calmement. Comment pouvez-vous en être certaine ?

— A des dizaines de détails... Des objets déplacés... Et les pendants d'oreilles, bien sûr.

— Votre femme de chambre a peut-être rangé, tout simplement. Lui avez-vous parlé ?

— Impossible, répliqua Geneviève d'un ton impatient. Je lui ai donné sa matinée avant de partir à l'église.

Il se tourna vers Reichslinger.

— Vous êtes au courant de quelque chose ?

Le visage de Reichslinger devint très pâle.

— Non, Standartenführer.

Priem hocha la tête.

— Il n'est pas question que vous entrepreniez ce genre de fouille sans mon ordre, n'est-ce pas ?

Reichslinger garda le silence.

— Eh bien ? demanda Geneviève.

— Je vais m'en occuper, lui répondit Priem, et je vous tiendrai au courant.

— Merci, colonel.

Elle sortit d'un pas furieux. Priem alluma une cigarette et leva les yeux vers Reichslinger.

— Alors ?

— Standartenführer ?

Le visage de Reichslinger était déjà couvert de sueur.

— La vérité, tout de suite. Vous avez cinq secondes. Je vous avais prévenu.

— Standartenführer, écoutez-moi, je vous en prie. Je n'ai fait que mon devoir. Ce Walther... J'étais inquiet. Je me suis dit qu'il y aurait peut-être autre chose.

— Vous avez donc forcé la femme de chambre de Mlle Trevaunce à fouiller la chambre de sa maîtresse, et cette petite imbécile a chapardé des bijoux ? Merci de votre aide, Reichslinger ! Vous en convenez ?

— Standartenführer, que pourrais-je dire ?

— Rien, répondit Priem d'un ton las. Trouvez cette Maresa et amenez-la-moi.

Geneviève attendit dans sa chambre, assise près de la fenêtre du balcon. En dépit de sa nervosité, elle essaya de lire. Mais Hortense, après tout, ne s'était pas trompée. Un peu plus d'une heure après sa visite au colonel dans la bibliothèque, on frappa à la porte, et Priem entra.

— Vous avez un instant ?

Il traversa la pièce, lui montra les pendants et les déposa sur ses genoux.

— Qui ? demanda-t-elle.

— Votre femme de chambre. Vous voyez, j'avais raison.

— La sale petite ingrate ! Vous en êtes certain ?

— Hélas, répondit-il, impassible.

Geneviève se demanda ce qui s'était passé entre Reichslinger et lui.

— Dans ce cas, je la renvoie dans sa ferme.

— Sans doute la tentation, l'impulsion du moment plus que toute autre chose. C'est une fille stupide, qui a persisté à affirmer son innocence bien que j'aie retrouvé les pendants dans sa chambre. De toute manière, elle ne pouvait espérer s'en tirer.

— Me suggérez-vous de lui accorder une seconde chance ?

— Il faudrait pour cela un peu de charité, et c'est une denrée rare par les temps qui courent... Vous avez une vue très agréable, dit-il en se tournant vers le balcon. Je ne m'en étais pas rendu compte.

— Oui, dit Geneviève.

Il lui sourit.

— Bon. Il y a beaucoup à faire si nous voulons être prêts pour la visite du maréchal, demain. Voulez-vous m'excuser ?

— Bien entendu.

La porte se referma derrière lui. Elle attendit deux minutes puis sortit à son tour.

— Maresa a une liaison avec un des soldats, lui dit Hortense. Chantal vient de me l'apprendre.

Elle foudroya du regard sa vieille servante.

— Vous pouvez la faire entrer, maintenant.

— Que complotez-vous ? demanda Geneviève.

Hortense consentit à sourire.

— Le soldat de Maresa est de garde spéciale, ce soir et demain soir, sur la terrasse devant la bibliothèque. Ça ne plaît pas à la donzelle. Elle pense que c'est de votre faute.

— Je ne comprends pas, s'étonna Geneviève.

— Le soldat à la grille quand vous êtes arrivée, expliqua sa tante. Vous avez refusé de lui montrer vos papiers. Quand l'incident a été signalé à Reichslinger, on a prétendu que le jeune homme s'était montré grossier et discourtois. Son capitaine, craignant que cela ne lui retombe sur le dos, a préféré sévir en le mettant de garde Maresa était furieuse contre vous, à en croire Chantal.

— Vous comptez l'utiliser à nos fins, n'est-ce pas ? C'est la raison de toutes ces manigances ?

— Bien entendu. Si vous allez dans la bibliothèque, il faudra que ce soit pendant le bal. Vous trouverez un prétexte pour vous éclipser un instant. L'espagnolette de la troisième fenêtre ne ferme pas depuis trente ans. Si vous poussez assez fort, elle cédera. Combien vous faudra-t-il de temps pour ouvrir le coffre et vous servir de votre appareil ? Cinq minutes ? Dix ?

— Mais le garde, dehors, sur la terrasse ?

— Oui, le galant de Maresa. Eric, si je me souviens bien. Je crois que nous pouvons compter sur elle pour l'entraîner dans les buissons, pendant un bon moment. D'ailleurs, tout le monde sera en train de s'amuser.

Geneviève soupira.

— Vous êtes sûre qu'il n'y a pas du sang des Borgia dans la famille ?

Maresa arriva quelques minutes plus tard, escortée par Chantal. Elle avait le visage gonflé et enlaidi par les pleurs.

— Je vous en supplie, mademoiselle, s'écria-t-elle. Ce n'est pas moi qui ai volé vos boucles d'oreilles, je le jure.

— Mais vous avez fouillé ma chambre sur les ordres de Reichslinger, non ?

La jeune fille resta bouche bée, manifestement trop secouée pour tenter de le nier.

— Vous voyez, nous savons tout, petite sotte. Comme le colonel Priem, dit Hortense. Il vous a forcée à avouer la vérité, puis il vous a ordonné de ne la révéler à personne ?

— Oui, madame la comtesse, balbutia Maresa en tombant à genoux. Reichslinger est un homme horrible. Il m'a dit qu'il me ferait envoyer dans un camp de travail si je ne lui obéissais pas.

— Levez-vous, petite, pour l'amour de Dieu... Voulez-vous que je vous renvoie à la ferme ? continua Hortense quand Maresa fut debout. Quelle honte pour votre mère !

— Non, madame la comtesse, je vous en supplie. Je ferai n'importe quoi pour me racheter si vous me gardez au château.

Hortense prit une cigarette et adressa à Geneviève un sourire glacé.

— Vous voyez...

Craig Osbourne avait été immobilisé au quartier général de l'OSS presque toute la journée. Le soir tombait quand il en sortit, et il devait être sept heures lorsqu'il se présenta à la clinique de Hampstead. Le gardien lui parla à travers les barreaux, sans ouvrir la grille.

— Que désirez-vous, monsieur ?

— Je suis le major Osbourne. Le docteur Baum a été prévenu de ma visite.

— Je crois qu'il est sorti, monsieur, mais je vais vérifier.

Le gardien rentra dans son bureau et revint au bout d'un instant.

— J'avais raison, monsieur. Il est parti il y a une heure, juste avant que je prenne ma garde.

— Zut ! grommela Craig en se retournant.

— Est-ce urgent, monsieur ? demanda le gardien.

— Très urgent, à vrai dire.

— Je crois que vous le trouverez au Grenadier, monsieur. C'est un pub de Charles Street. Au coin de la rue, par là, vous ne pouvez pas le manquer. Il y va presque tous les soirs.

— Merci, répondit Craig, et il s'éloigna à grands pas.

Les officiers organisaient une petite réception au château ce soir-là pour préparer la grande soirée, et Ziemke avait demandé à Geneviève d'y assister, d'autant qu'Hortense avait de nouveau signifié son intention de dîner dans sa chambre.

— J'ai promis de paraître pour votre Rommel, avait-elle lancé au général, cela devrait vous suffire.

Juste avant sept heures, Geneviève renvoya Maresa. Elle était habillée et prête à descendre quand elle entendit des coups très légers frappés à sa porte. Elle l'ouvrit et trouva René Dissard, un plateau à la main.

— Le café que Mademoiselle a demandé, dit-il gravement.

Elle n'hésita qu'une fraction de seconde.

— Merci, René.

Elle s'écarta et referma la porte derrière lui. Il posa le plateau et se retourna vivement.

— Je n'ai qu'un instant, mademoiselle. Je viens d'être

convoqué par un de nos contacts les plus importants dans la Résistance.

— A quel sujet ?

— Un message de Londres, peut-être.

— Vous pouvez quitter le château sans problème ?

— Ne vous en faites pas pour moi. Je sais ce que je fais... Tout va bien ?

— Parfait jusqu'ici.

— Je reprendrai contact avec vous demain dans la journée. Maintenant, il faut que je parte, mademoiselle. Bonne soirée.

Il ouvrit la porte et sortit. Pour la première fois elle se sentit réellement contractée. Sans raison, bien sûr. C'était stupide. Elle se servit une tasse du café qu'il avait apporté et alla s'asseoir près de la fenêtre pour le boire.

Ils avaient décidé d'utiliser l'ancienne salle de musique pour danser. Le piano à queue se trouvait dans l'ombre, sur sa petite estrade. Elle se rappela la dernière fois qu'elle avait joué — pour Craig Osbourne — et espéra que personne ne la prierait de se mettre au clavier.

Anne-Marie avait toujours été une pianiste plus accomplie, elle avait travaillé plus dur. Elle aurait pu devenir professionnelle, mais elle s'était appliquée à rester juste au niveau inférieur. Les gens n'attendaient pas d'une de Voincourt qu'elle devienne pianiste de concert, prétendait-elle. Et elle avait probablement raison, comme d'habitude.

Geneviève joua l'aristocrate jusqu'au bout des ongles — excellent moyen de tenir à distance des gens qu'elle était censée connaître. Quelqu'un ouvrit la fenêtre de la terrasse, et une bouffée d'air frais entra. Il y avait beaucoup de monde. Dans l'après-midi, un général SS nommé Seilheimer était arrivé avec son épouse et ses deux filles, ainsi qu'un colonel de l'infanterie dont le bras était en écharpe et que les jeunes officiers semblaient tenir en haute estime. Un héros de la guerre, à voir la façon dont on l'entourait. La présence de Ziemke et du général contribuait à maintenir une ambiance tendue. Peut-être le remarquèrent-ils, car ils se retirèrent de bonne heure pour discuter. Aussitôt la musique devint plus animée.

Deux jeunes officiers passèrent la première heure à faire marcher le phonographe, mais ils laissèrent bientôt la place à des ordonnances et tentèrent leur chance avec les filles de Seilheimer. Elles ne devaient avoir que seize ou dix-sept ans, et semblaient tout émoustillées par les attentions qu'elles recevaient.

Elles attendaient le grand bal avec impatience, bien sûr, ainsi que l'occasion de voir le grand Erwin Rommel. La plus jeune, entre deux gloussements agaçants, avoua qu'elle n'avait jamais vu autant de si beaux garçons dans la même pièce. Et que pensait donc Geneviève du ténébreux colonel des Waffen-SS ? Elle parlait français. Tous les Allemands présents faisaient un effort méritoire pour bavarder dans la langue de la maîtresse de maison.

La jeune fille avait clamé ses impressions un peu trop fort. Max Priem, qui parlait justement au colonel d'infanterie, un verre de cognac à la main, garda un visage impassible, mais quand il croisa pendant un instant le regard de Geneviève, il y avait une lueur d'amusement dans ses yeux bleus.

Elle observa pendant un moment cet homme qui ne ressemblait pas du tout à ce à quoi elle s'attendait. Tous les Allemands devaient être des brutes nazies comme Reichslinger. Il fallait qu'elle le croie, parce qu'elle était censée agir en fonction de cet article de foi.

Priem était si différent des hommes qu'elle avait connus ! Quand elle le regardait, elle comprenait aussitôt ce que signifiait l'expression « soldat de naissance ». Un fait restait pourtant indéniable : ce que cet homme et ses pareils avaient fait. Elle en avait vu quelques exemples au cours de ces derniers jours, et il y en avait d'autres, beaucoup plus sinistres. Les camps, par exemple. Elle frissonna légèrement. Ces pensées étaient stupides. Elle était venue dans un but précis et elle devait se raccrocher à ça.

La musique formait un étrange pot-pourri. Tout n'était pas allemand. Il y avait des airs français et même des boogies américains. Demain, rien ne sera pareil, se dit-elle. Des lumières vives et de la musique guindée, un orchestre. Ils boiraient du punch dans les bols d'argent des de Voincourt, et beaucoup de champagne. Ils seraient servis par des soldats en gants blancs et uniformes d'apparat.

Un jeune officier s'avança et l'invita à danser d'un air si timide qu'elle le gratifia de son plus étincelant sourire et lui répondit qu'elle en serait ravie. C'était un beau cavalier, probablement le meilleur danseur de la salle et, quand elle lui en fit le compliment, il rougit.

Pendant que l'on retournait le disque, elle resta au milieu des danseurs qui bavardaient, et une voix lui dit :

— A mon tour maintenant.

Reichslinger se glissa entre Geneviève et le jeune lieutenant, et celui-ci dut s'écarter.

— J'ai l'habitude de choisir mes partenaires, lança-t-elle.

— Moi aussi.

Il lui saisit fermement la taille et lui prit la main. La musique venait de recommencer. Il souriait sans cesse, ravi de sa puissance temporaire, sachant que la jeune femme ne pourrait pour ainsi dire rien faire avant la fin du disque.

— La dernière fois que nous nous sommes rencontrés, vous m'avez dit que je n'étais pas un gentleman. Il faut donc que j'apprenne à améliorer mes manières.

Il éclata de rire comme s'il venait de lancer un bon mot, et Geneviève comprit qu'il était déjà plus qu'à moitié ivre. Au moment où le disque s'arrêta, ils se trouvaient devant la porte-fenêtre de la terrasse. Il la poussa dehors.

— Ça suffit, maintenant, dit-elle.

— Oh non, pas encore.

Il lui prit les deux bras et la plaqua contre le mur. Elle se débattit et il se mit à rire, car il n'utilisait même pas la moitié de sa force. Puis elle lui donna un coup de talon aiguille sur le pied.

— Espèce de garce !

Il leva la main pour la frapper, mais son épaule se trouva soudain tirée en arrière.

— Personne ne vous a jamais dit que cela ne fait pas partie des bonnes manières ? lui dit Max Priem.

Reichslinger vacilla sur place, les yeux fous, et Priem se campa devant lui, les mains sur les hanches, étrangement menaçant.

— Vous êtes de garde à dix heures, n'est-ce pas ?

— Oui, balbutia Reichslinger.

— Alors je vous suggère d'aller remplir vos fonctions.

Reichslinger lança à Geneviève un regard de haine.

— C'est un ordre, dit Priem. Pas une suggestion.

La discipline de fer des SS l'emporta. Les talons de Reichslinger claquèrent machinalement.

— Zu Befehl, Standartenführer.

Il lui adressa un salut nazi parfait et s'éloigna.

— Merci, dit Geneviève, d'un ton qui sonna faux.

— Vous ne vous défendiez pas si mal. Vous a-t-on enseigné cela à l'Institut pour jeunes filles ?

— Les disciplines étaient très variées.

Un autre disque se fit entendre. Elle reconnut la voix et cela lui causa un choc : c'était Al Bowlly, le chanteur préféré de Julie.

— Moi aussi, lui dit Priem, j'aime choisir mes partenaires. Voulez-vous m'accorder cette danse ?

Ils franchirent la porte-fenêtre et s'avancèrent sur le parquet. C'était un excellent danseur, et soudain la soirée fut vraiment agréable. Elle demeurait cependant une espionne, entourée par l'ennemi. S'ils découvraient la vérité, que lui feraient-ils ? La conduiraient-ils dans les caves de la Gestapo, à Paris, où Craig Osbourne avait été torturé ? Difficile de concilier ces faits avec les rires autour d'elle, et les conversations joyeuses.

— A quoi pensez-vous ? murmura-t-il.

— A rien de spécial.

C'était assez merveilleux de se laisser entraîner ainsi, à la dérive. La lumière semblait nager dans une brume de fumée. La musique palpitait, puis elle prit conscience des paroles. Bowlly chantait *Little Lady Make-Believe*.

Un choix curieux. La dernière fois qu'elle avait entendu cette chanson, c'était pendant le Blitz de Londres. Infirmière stagiaire, avec quelques heures de liberté et trop fatiguée pour pouvoir dormir. Elle était allée dans une boîte avec un pilote américain de l'escadrille des Aigles. Al Bowlly venait d'être tué par une bombe nazie, et l'Américain avait ri quand elle lui avait dit que c'était une voix d'outre-tombe. Elle avait essayé de se croire amoureuse de lui, simplement parce que tout le monde, partout, semblait amoureux. Puis il avait brisé son rêve romantique de jeune fille de dix-huit ans en lui demandant de coucher avec lui.

— Vous remarquerez peut-être que la musique s'est arrêtée.

— Ce qui montre à quel point je suis fatiguée. Je crois que je vais monter dans ma chambre. J'ai passé une soirée que l'on peut qualifier d'intéressante. Souhaitez bonne nuit au général pour moi.

Une ordonnance apparut avec un message pour Priem. Il prit la feuille et la lut. La curiosité incita Geneviève à rester, au cas où ce serait important. Pas un muscle ne bougea sur son visage. Il replia le message et le rangea dans sa poche.

— Bonne nuit, dit-il.

— Bonne nuit, colonel.

Elle se sentit congédiée et eut l'étrange impression que le message contenait une chose qu'elle avait intérêt à apprendre. Quelle ironie, si Rommel ne venait pas ! Tout serait annulé. Non, ce ne serait pas un désastre, ce serait merveilleux. Elle resterait au château. Ils continueraient à dériver ainsi jusqu'à la fin de la guerre, et elle pourrait alors revenir auprès de son père. Elle n'avait pas pensé à lui depuis bien longtemps, et elle en eut un peu honte.

Elle monta l'escalier et longea le corridor vers sa chambre. Lorsqu'elle entra, elle sentit pour la première fois la présence d'Anne-Marie, une présence sombre, et elle dut sortir, au moins sur le balcon. Il n'y avait pas de vent, tout semblait figé par la fraîcheur du soir.

Elle s'assit sur le rocking-chair, dans le noir, et se rappela Anne-Marie et ce qui lui était arrivé. Finalement, ses bourreaux étaient des Waffen-SS exactement comme Max Priem. Non, elle s'égarait. Il était différent.

Elle entendit des pas furtifs au-dessous et aperçut une silhouette d'homme découpée par la lumière de la pièce qu'il venait de quitter. La forme s'immobilisa, et Geneviève s'aperçut qu'elle avait cessé de se balancer. C'était à peine si elle respirait.

Combien de temps resta-t-elle ainsi, à l'abri des ténèbres ? Il ne bougeait absolument pas, et cela créait entre eux une sorte d'harmonie d'autant plus magnétique qu'il était inconscient de la présence de la jeune femme. Il se retourna, la lumière de la fenêtre d'une chambre tomba sur son visage, et il regarda vers le balcon.

— Bonsoir, dit-elle depuis son coin d'ombre.

Il resta longtemps sans répondre et elle laissa le silence s'écouler paisiblement.

— Vous n'avez pas froid ? demanda-t-il.

Quelque part du côté de la clôture, un chien de garde hurla, déchirant le silence, et tous les autres se mirent de la partie. Priem s'avança vers le parapet et s'accouda, le corps raide, visiblement tendu. Le caractère surnaturel du premier aboiement avait disparu. Les chiens étaient on ne peut plus réels. Elle entendit des bruits sourds venant des jardins, puis des voix, et aperçut le rayon d'une lampe torche.

Un projecteur de poursuite s'alluma et son faisceau lumineux se mit à ramper sur le sol comme un serpent jaune. Il rejoignit la queue de la chasse, cinq ou six bergers allemands, puis le gibier lui-même : un homme qui bondissait devant eux. Ils le rattrapèrent près de la fontaine. Il tomba, et les chiens se jetèrent tous sur lui. Un instant plus tard, les gardes survinrent pour les écarter.

Geneviève, glacée d'horreur, les vit relever l'homme. Il était couvert de sang. Priem cria quelque chose en allemand ; un jeune sergent se retourna et traversa la pelouse en courant pour rendre compte. Quelques instants plus tard, le sergent repartit auprès du groupe de la fontaine, puis l'on entraîna les chiens qui grondaient et le prisonnier.

— Un braconnier du coin à la recherche d'un faisan, expliqua Priem sans hausser la voix. Il a commis une erreur grossière.

Aussitôt elle le détesta sans réserve, à cause de ce qu'il représentait : la brutalité de la guerre, la violence qui pouvait si facilement atteindre la vie des gens ordinaires. Mais n'était-elle pas une de Voincourt ? Membre d'une famille qui, en un autre siècle, aurait coupé la main de ce braconnier en échange du faisan ?

Elle respira à fond pour stabiliser sa voix.

— Je crois que je vais me coucher, à présent. Je vous souhaite une bonne nuit, colonel Priem.

Elle recula dans l'ombre. Il demeura où il était, le visage dans la lumière, tourné vers le balcon. Il ne se retourna et ne s'éloigna qu'au bout d'un long moment.

13

Le Grenadier se trouvait à l'angle de Charles Street et d'une impasse pavée. C'était un pub typique de Londres : tables de marbre, feu de charbon dans une petite cheminée, bar d'acajou, bouteilles rangées devant un immense miroir. Quand Craig entra, il n'y avait pas trop de monde. Deux hommes de la milice civile, en uniforme, jouaient aux dominos devant l'âtre. Quatre ouvriers en tenue de travail discutaient autour de chopes de bière. Derrière le bar, une blonde entre deux âges, aux rondeurs maternelles serrées dans un corsage de satin, leva les yeux du magazine qu'elle lisait. A la vue de l'uniforme de Craig, ses yeux s'éclairèrent.

— Qu'est-ce que je vous sers, mon chou ?

— Scotch, dans un grand verre.

— Oh, vous alors, les Amerlos, vous rêvez, je vous jure. Vous avez jamais entendu parler des restrictions ? Enfin, je suppose que je pourrai tout de même vous en dénicher une goutte, ajouta-t-elle aussitôt en souriant.

— J'espérais trouver ici un de mes amis, le docteur Baum.

— Le petit médecin étranger de la clinique, au bout de la rue ?

— C'est ça.

Elle versa le scotch dans le verre derrière le comptoir, pour que les autres clients ne le voient pas.

— Il est dans le petit salon. La porte vitrée à droite,

mon chou. Comme presque tous les soirs. Il aime la solitude.

— Merci.

Craig paya et prit son verre.

— Il n'y va pas de main morte, depuis quelques jours... Avec la gnôle, je veux dire. Vous devriez lui dire de modérer un peu.

— C'est un de vos habitués ?

— On peut le dire. Depuis qu'il dirige la clinique, et ça va faire maintenant trois ans.

Comprenant qu'il y avait des renseignements à glaner auprès d'elle, il sortit son paquet de cigarettes et lui en offrit une.

— Il ne buvait pas tant au début, je pense ?

— Il s'en faut de beaucoup. Il venait s'asseoir tous les soirs sur le tabouret du bout du bar, il lisait le *Times*, buvait un verre de porto et s'en allait.

— Que s'est-il passé ?

— Ah... Sa fille est morte, vous savez.

— C'était il y a longtemps, avant la guerre.

— Oh non, mon chou, vous faites erreur. C'était il y a à peu près six mois. Je m'en souviens très bien. Tout chamboulé, il était. Il est entré dans le petit salon et il s'est appuyé au bar, la tête entre les mains. Il pleurait, quoi. Je lui ai servi un grand scotch, et je lui ai demandé ce qui n'allait pas. Il m'a répondu qu'il venait de recevoir une mauvaise nouvelle. Il avait appris que sa fille était morte.

Craig demeura impassible.

— J'avais donc mal compris. Peu importe. Je vais lui parler, dit-il en vidant son verre. Apportez-en un autre, et un verre de ce que boit le docteur.

Il ouvrit la porte aux vitres de verre dépoli, et se trouva dans une petite salle plus intime. Autrefois, seules les femmes y étaient admises. Il y avait des bancs de cuir le long du mur et une autre cheminée. Baum était assis près du feu, le verre à la main. Il avait l'air miteux et négligé, ses vêtements pendouillaient autour de lui. Ses yeux étaient injectés de sang, et il paraissait mal rasé.

— Bonjour, docteur.

Baum leva les yeux, surpris. Il avait la voix légèrement pâteuse. L'alcool commençait manifestement à faire effet.

— Major Osbourne. Comment allez-vous ?

— Bien.

Craig s'accouda au bar et la patronne blonde apporta les boissons.

— Ah, Lily, pour moi ? dit Baum. Comme c'est gentil.

— Ne le sifflez pas d'un trait, docteur, bougonna-t-elle en retournant dans la grande salle.

— Jack Carter m'a dit qu'il vous téléphonerait. Il devait vous prévenir de mon passage à la clinique. J'ai promis à Geneviève Trevaunce d'aller voir sa sœur.

Baum passa la main sur son visage, plissa le front, puis acquiesça.

— Oui, le capitaine Carter m'a téléphoné.

— Comment va Anne-Marie ?

— Pas très bien, major, dit-il en soupirant. Pauvre fille !

Il prit le verre de porto à la main mais ne le porta pas à ses lèvres.

— Et Mlle Geneviève ? demanda-t-il. Avez-vous déjà reçu des nouvelles ?

— Des nouvelles ?

— De là-bas. De l'autre côté.

— Vous êtes au courant de ça ?

Baum prit un air matois et posa l'index sur le côté de son nez.

— Il n'y a pas grand-chose que je ne sache pas. Bateau rapide, traversée de nuit. Il faudra qu'elle déploie tous ses talents d'actrice.

Craig le laissa dire.

— Lily m'a appris que votre fille était morte il y a six mois...

Baum hocha la tête ; des larmes lui montèrent aux yeux.

— Ma belle Rachel, gémit-il. Une chose terrible.

— Mais si elle était en Autriche, comment l'avez-vous appris ? Par la Croix-Rouge ? demanda Craig doucement.

— Non, répondit Baum machinalement. Par notre

mouvement. La résistance juive clandestine. Vous les connaissez ? Les Amis d'Israël ?

— Bien sûr, dit Craig.

Baum parut soudain inquiet.

— Pourquoi me posez-vous cette question ?

— Simplement, j'avais cru comprendre que votre fille était morte avant la guerre, quand vous vous êtes réfugié dans ce pays.

— Eh bien vous vous trompiez.

Baum ne paraissait plus du tout ivre. Il se leva brusquement.

— Il faut que je parte. J'ai du travail.

— Et Anne-Marie ? J'aimerais la voir.

— Peut-être une autre fois. Bonne nuit, major.

Baum passa dans la salle principale et Craig le suivit.

— Il est sorti comme une fusée, lança Lily.

— Ah bon ?

— Un autre verre, mon chou ?

— Non merci. Ce dont j'ai besoin, c'est d'une longue promenade pour m'éclaircir les idées. Peut-être à plus tard.

Il lui fit un sourire charmeur et sortit. Un des hommes de la milice civile s'avança vers le bar.

— Deux chopes, Lily. Merde, t'as vu sa ribambelle de médailles, à l'Amerlo ?

— Un vrai plastron.

— C'est que du bidon, dit l'homme. Là-bas, ils les distribuent comme aux comices agricoles.

Il était neuf heures et demie quand Craig se présenta Haston Place. Il sonna à l'appartement du sous-sol.

— C'est Craig, Jack, dit-il dans l'interphone.

La porte s'ouvrit, il entra dans l'immeuble et suivit le couloir jusqu'à l'escalier du sous-sol. Jack l'attendait au pied des marches.

— Ça s'est bien passé à l'OSS ?

— Ils m'ont retenu presque toute la journée.

— Entrez, lui dit Carter en le précédant dans l'appartement. Vous prendrez bien quelque chose ?

— Non, merci. Mais une cigarette me ferait plaisir, si vous permettez... Et merci d'avoir téléphoné à Baum, dit-il après avoir allumé sa cigarette.

— Vous l'avez vu ? demanda Carter en se versant un scotch.

— Oui, façon de parler. Pas à la clinique, au bistrot du coin. Il a la descente facile depuis quelque temps.

— Je ne le savais pas.

— Il a apparemment commencé il y a six mois, quand les Amis d'Israël lui ont appris la mort de sa fille entre les mains des Allemands.

— Je pense que c'est une raison suffisante, non ? lança Carter sans réfléchir.

— Il y a quand même une erreur dans le tableau. Si j'ai bien compris, Baum a quitté l'Autriche sur les chapeaux de roues juste avant la guerre, après que les nazis eurent tué sa fille. C'est Munro lui-même qui me l'a dit un soir, à Cold Harbour. Je m'intéressais à la clinique Rosedene, parce que j'y ai séjourné et à cause d'Anne-Marie.

— Continuez, lui dit Carter calmement.

— Munro m'a appris que Baum avait offert ses services aux Renseignements. Il désirait se venger. Ils ont vérifié ses antécédents et décidé qu'il était utilisable sur le terrain.

— Oui, je crois que c'est exact, dit Carter.

— Qu'est-ce qui est exact ? Sa fille est morte en 1939 ou il y a six mois ?

— Ecoutez, Craig, il y a dans cette affaire beaucoup de choses que vous ignorez.

— Mettez-moi à l'épreuve. Ou plutôt non, c'est moi qui vais vous raconter. Que pensez-vous de cette possibilité ? Les nazis détiennent la fille de Baum et lui suggèrent qu'il peut lui sauver la vie en allant en Angleterre se faire engager par les services secrets, tout en continuant de travailler pour eux.

— Vous avez lu trop de romans d'espionnage, mon cher.

— Puis le mécanisme se détraque. La fille meurt dans les camps. Les maîtres qui tirent les ficelles de Baum se gardent bien de le lui apprendre, mais la Résistance juive le lui annonce. Baum était au départ un brave père tranquille, il n'agissait que pour sauver sa fille, désormais il ne songe plus qu'à se venger.

— Et comment procède-t-il ?

— Il va voir Munro et lui avoue tout. Pas question de sanctions, il est trop précieux comme agent double.

Carter ne répondit pas, et Craig secoua la tête.

— Ce n'est pas tout : Anne-Marie et Geneviève, la situation réelle n'est pas ce qu'elle paraît. Quelle est-elle, Jack ?

Carter soupira puis alla ouvrir la porte.

— Mon cher Craig, vous êtes vanné. Vous en avez trop fait. Prenez l'appartement du rez-de-chaussée et offrez-vous une bonne nuit de sommeil. Vous vous sentirez mieux demain matin.

— Vous êtes un brave type, Jack, un homme bon. Exactement comme Baum, dit Craig en secouant de nouveau la tête. Mais le bonhomme, là-haut, m'inquiète vraiment. Il croit réellement que la fin justifie les moyens.

— Ce n'est pas votre avis ?

— Absolument pas. Si c'était le cas, nous serions aussi ignobles que nos adversaires. Bonne nuit, Jack.

Il s'engagea dans l'escalier. Carter décrocha aussitôt le téléphone intérieur, à côté de la porte, et appela Munro à son appartement.

— Général, il faut que je vous voie. Craig Osbourne a reniflé quelque chose. L'affaire Baum... D'accord, je monte.

La porte était restée entrebâillée. Dans l'ombre du couloir, au-dessus, Craig avait tout entendu. Dès que Carter monta l'escalier, il gagna la porte d'entrée sur la pointe des pieds et sortit sans bruit.

Il pleuvait fort quand Craig retourna à la clinique de Hampstead, peu après dix heures. Il s'arrêta un moment au bout de la rue, à l'abri d'un sycomore, pour surveiller la grille. Inutile d'essayer de ce côté-là. Baum, effrayé, avait dû donner l'ordre de lui refuser l'entrée, cela tombait sous le sens.

Il s'engagea dans un chemin voisin qui desservait plusieurs maisons banlieusardes. Au fond de l'impasse s'élevait un bâtiment sur deux niveaux qui ressemblait à un atelier. Un escalier de fer s'accrochait au mur décrépit. Il monta sans bruit jusqu'au palier supérieur. Le mur de clôture de la clinique se trouvait à moins d'un mètre. Enjamber le garde-fou du palier, poser le pied sur le haut du mur et sauter dans le jardin se révéla d'une simplicité enfantine.

Il se dirigea vers le bâtiment en évitant la porte d'entrée. Il y avait deux lumières faibles au premier, mais tout le rez-de-chaussée était plongé dans le noir. Il passa vers l'arrière : de la lumière filtrait entre les rideaux tirés d'une pièce donnant sur la terrasse.

Il monta l'escalier et jeta un coup d'œil par la fente : il vit un bureau tapissé de livres. Baum était assis devant la table, la tête entre les mains, une bouteille de scotch et un verre devant lui. Très doucement, Craig essaya le loquet de la porte-fenêtre, mais le verrou était tiré. Il réfléchit un instant, puis frappa vivement à la vitre. Baum leva les yeux, surpris.

— Docteur Baum, appela Craig en gommant autant que possible son accent américain. C'est le gardien de l'entrée.

Il recula et attendit. Un instant plus tard, la porte-fenêtre s'ouvrit et Baum passa la tête.

— Johnson, c'est vous ?

Craig s'élança, saisit Baum à la gorge pour l'empêcher de crier et le repoussa à l'intérieur. Il le jeta sur le fauteuil. Les yeux du médecin semblaient lui sortir de la tête.

— Vous êtes fou ? lança-t-il quand Craig desserra son étreinte.

— Non.

Craig s'assit sur le bord de la table et alluma une cigarette.

— Je ne suis pas fou, dit-il, mais je crois que des choses folles se sont passées ici, et nous allons jouer aux questions-réponses, vous et moi.

— Je n'ai rien à dire, balbutia Baum. Vous n'avez plus votre bon sens. Si le général apprend ça, vous perdrez vos épaulettes.

— Excellent, répondit Craig. Cela me laissera libre de me lancer dans un métier plus honnête.

Il mit sa main gauche sous les yeux de Baum.

— Vous voyez comme elle est tordue ? C'est la Gestapo qui m'a fait ça à Paris. Ils m'ont cassé les doigts l'un après l'autre, puis ils m'ont arraché les ongles avec des tenailles. Ils ont également essayé la torture de l'eau : on vous enfonce dans une baignoire et, quand vous êtes sur le point de vous noyer, on vous ranime et on recommence. Ils m'ont donné tellement de coups de pied dans l'aine que j'ai eu une déchirure de vingt centimètres.

— Mon Dieu ! murmura Baum.

— Malheureusement, votre Dieu devait se balader ailleurs. Je m'y connais, Baum : je suis passé par tout ça et j'ai perdu mes scrupules depuis belle lurette.

Il prit Baum sous le menton et serra.

— Geneviève Trevaunce est infiniment plus importante que vous, c'est aussi simple que ça. Je suis prêt à faire tout ce qu'il faudra pour que vous parliez, alors ne vous compliquez pas inutilement la vie. Répondez à mes questions comme un enfant sage.

Baum était complètement terrifié.

— Oui, bredouilla-t-il. Ce que vous voudrez.

— Vous n'avez pas échappé aux nazis. Ils ont pris votre fille en otage et vous ont ordonné de réclamer l'asile politique, de prétendre qu'elle était morte, et d'offrir vos services aux Renseignements anglais.

— Oui, gémit Baum. C'est vrai.

— Comment communiquiez-vous avec eux ?

— J'avais un contact à l'ambassade d'Espagne. Il

envoyait des messages par la valise diplomatique. Les dégâts des bombardements, les mouvements des troupes, ce genre de choses. Pour les urgences, il y avait un autre agent, une femme qui habite au village de Romney Marsh. Elle a une radio.

— Et ça a marché... Vous avez continué jusqu'à ce que la Résistance juive vous apprenne il y a six mois que votre fille était vraiment morte ?

Baum hocha la tête et essuya la sueur de son front.

— Vous êtes allé voir Munro et vous lui avez craché le morceau ?

— Oui, acquiesça Baum. Il m'a demandé de continuer comme si rien ne s'était passé. Ils ont même laissé en place la femme de Romney Marsh.

— Son nom ?

— Fitzgerald. Ruth Fitzgerald. Une veuve, mariée autrefois à un médecin irlandais, mais d'origine sud-africaine. Elle déteste les Anglais.

Craig se leva et fit le tour du bureau.

— Et Anne-Marie Trevaunce ? Quelle est la vérité ?

Baum détourna la tête, affolé, et Craig prit sur le bureau une lourde règle d'acajou.

— Les doigts de votre main gauche pour commencer, Baum. Un à la fois. C'est très désagréable.

— Mais, bon Dieu, je n'y suis pour rien ! Je lui ai simplement fait la piqûre, comme me l'ordonnait Munro.

Craig se figea.

— Quel genre de piqûre ?

— Une sorte de sérum de vérité. Ils ont eu l'idée d'essayer la drogue sur tous les agents qui rentrent de là-bas. Juste en cas, vous comprenez. C'est excellent quand ça marche.

— Et pour Anne-Marie, ça n'a pas marché ? dit Craig d'un ton sombre.

Quand Baum répondit, sa voix n'était qu'un murmure.

— Un effet secondaire imprévisible. Les dégâts au cerveau sont irréversibles. La seule chose positive, c'est qu'elle risque de mourir d'un moment à l'autre.

— Ce n'est pas tout.

— Non, répondit Baum d'un ton rageur. J'ai reçu l'ordre de dénoncer les Trevaunce aux Allemands.

Craig le regarda dans les yeux.

— Munro vous a ordonné ça ?

— Oui. J'ai fait passer le message à la femme de Romney Marsh il y a de cela trois jours, pour qu'elle les prévienne par radio au sujet de Geneviève.

La porte de la pièce s'ouvrit sans bruit dans le dos de Craig, mais Baum ne s'en aperçut pas.

— Il veut qu'elle se fasse prendre, major. Je ne sais pas pourquoi, mais il veut que les Allemands l'arrêtent.

— Eh bien, nous avons la langue bien pendue, dit Dougal Munro.

Craig se retourna. Le général était sur le seuil, les mains dans les poches de sa capote de cavalerie. Jack Carter, près de lui, s'appuyait sur sa canne, un browning dans l'autre main.

— Salaud, dit Craig.

— Mon cher ami, il faut parfois sacrifier un agneau. Les hasards de la guerre ont voulu que, cette fois, l'agneau soit Geneviève Trevaunce.

— Mais pourquoi ? dit Craig. La conférence sur le mur de l'Atlantique, Rommel, tout n'était que mensonges ?

— Absolument pas, mais comment pouvez-vous imaginer un instant qu'un agent novice tel que Geneviève ait une seule chance de recueillir ce genre de renseignements ? Non, Craig. Overlord est proche. Bientôt le jour J, et le grand jeu des illusions qui a commencé. Il est essentiel que les Allemands s'attendent à nous voir débarquer à un endroit où nous ne débarquerons pas. Patton est en East Anglia à la tête d'une armée inexistante dont l'objectif apparent est un débarquement dans le Pas-de-Calais. Plusieurs autres opérations analogues renforceront cette impression.

— Ensuite ? demanda Craig.

— Ensuite, j'ai eu l'idée assez brillante qui constitue la vraie raison pour laquelle j'ai demandé à Anne-Marie de venir. Quand Geneviève l'a remplacée, nous avons conservé le même plan. Je lui ai laissé voir, par hasard, une carte sur mon bureau de Cold Harbour. C'était la carte du Pas-de-Calais, et elle portait le titre : Objectifs préliminaires — Jour J. Le génie de mon petit coup, c'est qu'elle ne connaît pas l'importance de ce renseignement. Il n'en paraîtra que plus authentique quand ils le lui extorqueront sous la torture, ce qui ne manquera pas de se produire. Elle ne risque rien pour l'instant, bien entendu. Priem ne touchera pas à un seul de ses cheveux. Il voudra voir ce qu'elle mijote, c'est ce que je ferais à sa place. Après tout, où pourrait-elle s'enfuir ?

— Vous aviez l'intention de faire la même chose avec Anne-Marie ? lança Craig. Vous l'auriez trahie elle aussi ?

Le visage de Craig exprimait une rage froide. Il fit un pas vers Munro, et Carter braqua le browning.

— Restez où vous êtes, Craig.

— Vous êtes vraiment capable de tout, pas vrai ? cria l'Américain à Munro. Vous avez beaucoup de points communs avec la Gestapo.

— Nous sommes en guerre. Certains sacrifices sont parfois nécessaires. Vous avez assassiné le général Dietrich la semaine dernière. Vous saviez par avance que cela coûterait la vie à des innocents, mais vous l'avez tué tout de même. Combien de cadavres ? Dix otages fusillés ?

— Pour sauver un plus grand nombre de vies, se défendit Craig.

— Exactement, mon cher ami, alors pourquoi discuter ?

Craig ne desserra pas les poings, et Munro soupira.

— Accompagnez-le à la cave, Jack, dit-il. Mettez-le sous clé et prévenez Arthur de redoubler d'attention. Nous discuterons demain.

Il tourna les talons et sortit.

— Eh bien, Jack, dit Craig, vous êtes toujours aussi ravi de travailler pour lui ?

Le visage de Carter trahissait sa confusion.

— Venez, mon vieux, ne me faites pas d'ennuis.

Craig passa devant lui et descendit l'escalier du sous-sol. Tout était silencieux, aucun bruit ne venait de la cellule d'Anne-Marie. Arthur le sourd, en blouse blanche, lisait un livre comme si rien ne s'était passé depuis la fois précédente.

Carter le conduisit devant la porte d'une autre cellule, en gardant toujours ses distances.

— Entrez, soyez gentil.

Craig obéit. Arthur posa son livre et se dirigea vers eux. Carter lui parla en tournant son visage vers lui pour qu'il puisse lire les mots sur ses lèvres.

— Vous veillerez sur le major, Arthur. Je reviendrai demain matin avec le général. Méfiez-vous, c'est un homme dangereux.

Arthur, qui était bâti comme un mur de briques, fit jouer ses biceps.

— Ne sommes-nous pas tous dangereux ? dit-il d'une voix curieusement métallique en refermant la porte à clé.

Il n'y avait pas de volet devant la grille, et Craig regarda à travers les barreaux.

— Dormez bien, Jack, lança-t-il. Si vous pouvez.

— Je ferai de mon mieux, mon cher.

Il s'éloigna.

— Un petit détail, Jack.

— Oui ?

— René Dissard ? Quel est son rôle, au juste ?

— Nous lui avons dit qu'Anne-Marie faisait une dépression nerveuse et que l'histoire du viol était nécessaire pour donner une motivation à Geneviève. Le général a convaincu Dissard qu'il était vital de raconter cette histoire.

— Donc, même son fidèle René l'a laissée tomber.

— Bonne nuit, Craig.

Les pas de Carter s'éloignèrent et Craig se retourna pour inspecter sa cellule. Un lit de camp avec un matelas, rien d'autre. Pas de fenêtre, pas même un seau pour faire ses besoins, pas de couverture. La porte était solide. Aucun moyen de sortir.

Il alla s'asseoir sur le lit, qui s'enfonça de façon

inquiétante. Il souleva le matelas et découvrit que les gros ressorts avaient rouillé au fil des années. Cela lui donna une idée. Il prit un canif dans la poche de sa tunique et se mit au travail.

Il était presque six heures du matin quand Anne-Marie se mit à hurler. Craig, allongé sur le lit, attendait toujours, plein d'espoir, la ronde qu'Arthur n'avait pas faite. Il se leva et se dirigea vers la porte, un ressort à la main. Par la grille, il pouvait apercevoir la chaise d'Arthur. Elle était vide. Le gémissement affreux continua. Cinq minutes s'écoulèrent, puis il entendit un bruit de pas. Il regarda dans l'autre direction : Arthur revenait, un quart émaillé à la main.

Craig passa une main par les barreaux. Arthur se retourna et le regarda.

— J'ai besoin d'aller aux toilettes. Je n'ai pas pu y aller de toute la nuit.

Arthur s'éloigna sans répondre. Craig perdit tout espoir. Mais, au bout de quelques minutes, le sourd réapparut, la clé dans une main et un vieux revolver d'ordonnance Webley dans l'autre.

— D'accord. Tu sors et tu fais gaffe, dit-il de son étrange voix. Un geste de travers et je te casse le bras droit.

— Pas si bête, répondit Craig en passant dans le couloir.

Le ressort s'abattit sur la main qui tenait le revolver. Arthur poussa un cri et lâcha l'arme. Le ressort vola de nouveau et le toucha sur le côté de la tête. Craig saisit le poignet droit du gardien, le tira vers l'arrière en une prise classique de combat rapproché, puis le projeta dans la cellule la tête la première. Il claqua la porte et fit tourner la clé. Comme il s'éloignait dans le couloir, Arthur se mit à crier, mais aussitôt, dans la cellule du fond, les gémissements d'Anne-Marie se muèrent en hurlements et couvrirent les appels du gardien. Craig referma la porte capitonnée au bout du couloir pour amortir les bruits.

Que faire ensuite ? La maison était silencieuse. Il

s'arrêta dans le vestibule pour écouter, puis se glissa dans le bureau de Baum et referma la porte sans bruit. Il se mit au bureau, décrocha le téléphone et demanda à la standardiste de lui donner le numéro de Grancester Abbey. La sonnerie résonna longtemps, puis on décrocha et ce fut Julie qui répondit, d'une voix ensommeillée.

— Ici, Craig. Désolé de vous tirer du lit, mais c'est urgent.

— Qu'y a-t-il ? demanda-t-elle, alarmée.

— Vous aviez raison, c'est un coup tordu. Et tordu à un point que vous ne pourriez pas imaginer, même dans vos rêves les plus fous. Ecoutez-moi bien...

Quand il eut terminé, elle lui demanda :

— Qu'allez-vous faire ?

— Explique la situation à Martin Hare. Dites-lui que j'ai besoin de passer rapidement en France. Je pense qu'il ne refusera pas quand il connaîtra les faits. J'arriverai le plus tôt que je pourrai.

— Comment ferez-vous ? Vous avez des ailes ?

— Vous savez que vous venez de me donner une idée ? A tout à l'heure.

Il raccrocha, prit son portefeuille et vérifia qu'il avait sa carte de sécurité du SOE. Il sourit. Toujours efficace d'attaquer bille en tête. De toute façon, il n'avait rien à perdre. Il sortit par la porte-fenêtre, traversa la terrasse et les jardins jusqu'au mur, se hissa en haut et sauta sur le palier de l'escalier de fer. Un instant plus tard, il quittait les ruelles et s'élançait dans la rue principale. Il eut de la chance : au carrefour suivant, un chauffeur de taxi qui commençait sa journée l'aperçut et vint à sa hauteur.

— Où vous allez, patron ? dit-il en riant. Je parie que vous avez eu une bonne nuit. Ah, vous, les Ricains !...

— Baker Street, dit Craig, et il monta.

Il lui fallait prendre des risques, jouer sur le fait que sa dispute avec Munro n'était encore connue de personne. Il renvoya le taxi, monta vers l'entrée du quartier général du SOE, Baker Street, montra son laissez-passer et attendit que la sécurité lui donne le feu vert. Il y avait déjà de l'animation dans les bureaux, mais il faut dire qu'à l'instar des cinémas permanents le spectacle ne cessait jamais. Il monta l'escalier, du fond quatre à quatre et entra au service des Transports. Deuxième coup de chance, l'officier de nuit, de service jusqu'à huit heures, était un major d'infanterie à la retraite du nom de Wallace, rappelé au service actif à cause de la guerre, et que Craig connaissait depuis ses débuts au SOE.

— Salut, Osbourne, lança Wallace, surpris. Qu'est-ce qui vous amène tout fringant à une heure aussi matinale ?

— Grand branle-bas. Munro veut descendre à Cold Harbour. Je dois le retrouver à Croydon. Donnez-moi les autorisations habituelles pour la RAF, puis téléphonez à Croydon pour leur demander de nous attendre. Nous aurons besoin d'un Lysander.

— On essaie de gagner la guerre en vitesse, hein ?

Wallace ouvrit un dossier, prit les formulaires nécessaires et se mit à les remplir.

— Franchement, dit Craig en s'asseyant nonchalamment sur le coin du bureau, la cigarette aux lèvres, franchement, je préférerais aller à la pêche... Oh, et n'oubliez pas la feuille pour le garage.

— A votre service.

Wallace lui remit les documents.

— Merveilleux, dit Craig. J'ai intérêt à me remuer. Vous appelez Croydon ?

— Bien sûr.

Il décrocha avant que Craig ait franchi la porte.

A Croydon il pleuvait, mais la visibilité était bonne. Craig franchit la grille principale sur le siège arrière de la Jeep de service, qui le conduisit directement au point de départ habituel où le Lysander attendait déjà. Craig renvoya son chauffeur et entra dans le baraquement, où il trouva Grant en tenue de vol, qui prenait une tasse de café avec l'officier de service.

— Salut, vieux ! lança Grant. Je comptais sur vingt-quatre heures de perme. Où est le général ?

— Changement de plan, lui dit Craig. Il descendra plus tard. Voici votre autorisation.

Il la tendit à l'officier de service qui la vérifia.

— Parfait, tout est en ordre.

— Eh bien, ne nous attardons pas, dit Grant.

Ils sortirent et coururent sous la pluie vers le Lysander.

Il était neuf heures trente. Arthur n'était pas monté prendre son petit déjeuner dans la cuisine, et Baum descendit au sous-sol pour en découvrir la raison. Pris de panique, il s'enferma dans son bureau. Dix heures sonnèrent avant qu'il rassemble assez de courage pour téléphoner à l'appartement d'Haston Place, la sueur au front.

Munro, qui avait travaillé presque toute la nuit sur des dossiers en retard, était en train de prendre un petit déjeuner tardif ; Carter lui tenait compagnie, debout près de la fenêtre, sa tasse de thé à la main.

— Qu'avez-vous l'intention de faire, au sujet de Craig Osbourne, général ?

— Si ce jeune fou ne veut pas entendre raison, je le ferai enfermer jusqu'à la fin de la guerre, répondit Munro calmement en beurrant sa tartine de pain grillé. Ça n'a pas l'air de vous plaire, Jack ?

— C'est une sale affaire.

Le téléphone sonna.

— Prenez-le, dit le général.

Carter décrocha, écouta, puis posa l'appareil contre sa poitrine, et un sourire vague se peignit sur son visage.

— Baum, général. En fin de compte, Arthur ne faisait pas le poids en face de Craig. Il est en cavale.

— Bon sang, ce garçon est pire qu'Houdini.

— Que faisons-nous ?

Munro jeta sa serviette sur la table.

— Dites à Baum que je m'en occupe.

Carter parla au téléphone et Munro se leva.

— Une chose est certaine, il faut éviter le scandale. Nous ne pouvons pas nous le permettre.

— Absolument.

— Faites venir la voiture, Jack. Je me change et nous allons Baker Street.

La cantine de Baker Street servait un excellent petit déjeuner, et Wallace était encore dans l'immeuble. Il descendait l'escalier au moment où Munro et Carter arrivèrent.

— Bonjour, général, dit-il. Changement de plans ?

— Que me racontez-vous là ?

Et Wallace lui raconta.

Joe Edge, près du hangar de Cold Harbour, regarda le Lysander décoller dans le brouillard. Grant repartait à Croydon. Le téléphone se mit à sonner dans le petit bureau de verre.

— Je le prends ! cria Edge aux mécaniciens, et il décrocha. Oui ?

— C'est vous, Edge ? Ici, Munro.

— Oui, général.

— Des nouvelles d'Osbourne ?

— Oui, général, il a atterri il y a une demi-heure. Grant vient de décoller pour rentrer à Croydon.

— Où se trouve Osbourne en ce moment ?

Devinant des problèmes, Edge se hâta de répondre.

— Hare est venu le chercher avec une des Jeeps. Julie était avec lui. Ils sont descendus à l'auberge.

— Ecoutez-moi bien, Edge. Je suis à peu près certain qu'Osbourne a l'idée insensée de persuader Hare de faire une traversée non autorisée en France. Vous devez l'en empêcher.

— Comment, général ?

— Bon Dieu, Edge, par tous les moyens ! Faites preuve d'initiative. Dès que Grant aura refait le plein, nous arrivons.

Il coupa la communication. Edge raccrocha, le sourire aux lèvres — mais pas un sourire aimable. Puis il ouvrit un tiroir et prit sa ceinture de la Luftwaffe. Le Walther était à l'intérieur de l'étui. Il sortit rapidement, monta dans sa Jeep et descendit vers le village. Il s'arrêta à une cinquantaine de mètres de l'auberge, passa par la cour de derrière et jeta un coup d'œil par la fenêtre de la cuisine. Elle était vide. Il ouvrit la porte sans bruit et entra.

L'équipage du *Lili Marlene,* appuyé au bar, écoutait ce que disait Hare.

— Vous connaissez maintenant les faits, et tout ce que vous avez besoin de savoir. Mlle Trevaunce ne peut pas se trouver dans une situation plus dangereuse, et cela à cause de Munro. Le major et moi avons décidé d'entreprendre quelque chose pour elle, mais nous n'avons aucune autorisation. Si l'un de vous estime qu'il ne peut pas venir, qu'il le dise tout de suite. Je ne lui en tiendrai pas rigueur.

— Bon sang, patron, pourquoi perdre du temps ? lança Schmidt. Il faut se préparer.

— Il a raison, Herr Kapitän, dit Langsdorff sur un ton flegmatique. En partant à midi, nous arriverons à Gros-Nez vers six heures, si vous voulez utiliser de nouveau la jetée de la carrière.

Craig et Julie étaient assis derrière le bar. De la cuisine, Joe Edge pouvait tout entendre clairement.

— Une traversée de jour, dit Hare, les risques sont plus grands...

— Ce ne sera pas la première fois, lui rappela Langsdorff.

Schmidt sourit.

— Rien n'est impossible aux vaillants héros de la Kriegsmarine.

Hare se tourna vers Craig.

— Allons-y.

— Je raccompagne Julie au manoir, dit Craig. J'ai besoin de différents accessoires pour l'uniforme. Et elle pourra s'occuper du message radio pour Grand Pierre.

Edge était déjà sorti par l'arrière et courait vers sa Jeep. Il se mit au volant et démarra en trombe tandis que les marins sortaient de l'auberge. Au moment où Craig et Julie montèrent dans l'autre Jeep, Hare leur fit une grimace.

— Et voici ma carrière fichue...

— Quelle carrière ? lui lança Craig en riant, et il démarra.

Dans les réserves de costumes de Julie, il choisit l'uniforme noir d'un Standartenführer de la brigade Charlemagne des Waffen-SS. Julie entra.

— Voici la carte d'identité SS que vous vouliez. Je l'ai faite au nom d'Henri Legrande. Pour vous porter chance.

Craig plia l'uniforme.

— Je préfère le noir quand ça risque de tourner mal. Le noir flanque une sainte trouille à tout le monde.

— Que dois-je dire à Grand Pierre ?

— Rendez-vous à la jetée de Gros-Nez à six heures ce soir, et il faut qu'il me trouve un véhicule militaire convenable. Une Kubelwagen, par exemple.

— D'accord, je m'en occupe.

Craig lui sourit.

— Vous savez que Munro vous fera fusiller, ou pire, quand il arrivera ici ?

— Qu'il aille au diable.

La porte grinça et ils se retournèrent. Edge apparut, le Walther braqué.

— En fait, mon cher, vous n'irez nulle part. Je viens d'avoir le général Munro au téléphone et il m'a donné l'ordre strict de vous arrêter.

— Ah bon ? dit Craig.

Il lança la tunique SS sur la main qui tenait le Walther, puis il fit claquer le bras de Joe Edge contre le mur afin qu'il lâche son arme. En même temps il lui assena un direct à la mâchoire, très fort.

Le pilote se plia en deux. Craig le saisit au collet et le traîna vers la grande table de travail.

— Passez-moi une paire de menottes, Julie.

Elle ouvrit un tiroir et les lui tendit. Il attacha Edge, les deux bras autour d'un des pieds de la table.

— Laissez-le comme ça jusqu'à l'arrivée de Munro et de Jack Carter.

Elle se haussa sur la pointe des pieds pour l'embrasser.

— Veillez bien sur vous, Craig.

— Je ne pense qu'à ça.

Il sortit, la porte claqua, et un instant plus tard elle entendit la Jeep qui démarrait. Elle soupira, laissa Edge où il était et se dirigea vers la salle des communications.

Une demi-heure plus tard, elle se rendit au fond du jardin, à l'endroit d'où elle avait une belle vue sur l'ensemble du village. Du brouillard remontait de la mer. La traversée serait mauvaise. Sous ses yeux, le *Lili Marlene* sortit du port. Le drapeau rouge et noir de la Kriegsmarine flottait à son mât, éclatant, puis la brume engloutit le bateau comme un fantôme.

14

A l'instant précis où le *Lili Marlene* quittait Cold Harbour, le maréchal Erwin Rommel arrivait au château de Voincourt. Geneviève l'attendait sur le perron pour lui souhaiter la bienvenue, en compagnie de sa tante et de Ziemke entouré de ses officiers, dont Max Priem.

Le cortège était remarquablement simple, étant donné l'importance du visiteur. Trois voitures et quatre gendarmes à motocyclette. Rommel se trouvait dans une Mercedes ouverte : il paraissait de petite taille dans sa capote de cuir, avec son écharpe blanche négligemment nouée autour du cou et, remontées au-dessus de la visière de sa casquette, les célèbres lunettes du désert qu'il portait avec affectation. Geneviève le regarda saluer et serrer la main des généraux Ziemke et Seilheimer, puis Ziemke le présenta à la comtesse et ce fut le tour de Geneviève.

— C'est un honneur, mademoiselle.

Son français était excellent. Il la regarda droit dans les yeux comme pour la jauger, et elle prit conscience de la puissance de cet homme et de sa volonté colossale. Il inclina la tête et porta la main de la jeune fille à ses lèvres. Ils entrèrent dans le vestibule.

— Nous allons vous laisser, général, dit Hortense de Voincourt à Ziemke. Vous avez des questions importantes à discuter, à n'en pas douter. Maréchal... nous vous reverrons ce soir, je crois ?

— Ce sera un plaisir, madame la comtesse.

Rommel les salua avec élégance. Elles montèrent au premier.

— En 1942, dit Geneviève à sa tante, un sondage a demandé aux Anglais de désigner le général le plus remarquable de la guerre. La majorité a choisi notre ami Rommel.

— Vous comprenez à présent pourquoi, répliqua Hortense. Je voudrais vous parler, mais pas à l'intérieur. Près de l'ancien pavillon d'été, dans un quart d'heure.

Elle entra dans sa chambre. Quand Geneviève ouvrit sa porte, Maresa finissait de faire le lit.

— Je vais faire un tour, lui dit Geneviève. Trouvez-moi quelque chose de chaud, le fond de l'air est frais.

Maresa ouvrit la garde-robe et lui tendit une veste de chasse à col de fourrure.

— Ceci vous plaira, mademoiselle ?

— Parfait.

La jeune fille, très pâle, avait les yeux cernés et enfoncés dans leurs orbites.

— Il y a quelque chose ? Vous n'avez pas l'air bien.

— Oh, mademoiselle, j'ai tellement peur.

— Moi aussi, j'ai peur, lui répondit Geneviève. Mais je ferai ce que j'ai à faire. Et vous aussi.

Elle la prit par les épaules et ne la lâcha pas. Maresa finit par répondre, d'une voix sans timbre :

— Oui, mademoiselle.

— Bien, dit Geneviève. Vous pouvez préparer la robe du soir blanche. C'est celle que je porterai ce soir.

Elle sortit et la femme de chambre resta plantée au milieu de la chambre, plus désemparée que jamais.

Il faisait bon dans le jardin, on sentait un souffle de printemps dans l'air, l'herbe était verte sous les arbres et le soleil filtrait à travers les jeunes feuilles en formant d'étranges motifs, auréolés d'or. Une impression de paix inattendue. Geneviève passa sous une porte romane dans le mur de pierres grises et trouva Hortense assise sur le rebord de la fontaine, devant le pavillon d'été blanc. Il y avait de la mousse sur les murs et plusieurs fenêtres étaient brisées.

— J'ai été heureuse ici, dit Geneviève. Quand nous étions petites, vous nous faisiez souvent servir le goûter dans ce pavillon.

— Tout passe.

— Je sais. C'est très triste.

— Donnez-moi une cigarette, dit Hortense en regardant le pavillon. Je crois que je le préfère dans sa décadence. Cette mousse, par exemple. Vert foncé sur blanc. Cela crée une atmosphère qu'il n'y avait pas auparavant, le sens des choses perdues.

— L'âge vous porte à la philosophie ?

Les yeux de sa tante pétillèrent.

— Faites-moi taire si je recommence.

Un des gardes de ronde passa à quelques pas d'elles, un pistolet-mitrailleur à la bretelle. Son berger allemand tirait au bout de la chaîne d'acier.

— Vous avez entendu ce qui s'est passé la nuit dernière ?

— Je l'ai vu, répondit Geneviève.

— Une sale affaire. Philippe Gamelin, du village. Il braconne sur nos terres depuis des années. J'ai demandé à Ziemke de se montrer clément, mais il tient absolument à faire un exemple, dans l'intérêt de la sécurité à venir.

— Que vont-ils lui faire ?

— Oh, ils l'enverront dans un de leurs camps de travail, je suppose, répondit-elle avec un frisson de dégoût. La vie devient de plus en plus déplaisante chaque jour. Que les Alliés se dépêchent de débarquer, bon Dieu, depuis le temps qu'ils nous le promettent... Et pour ce soir, vous savez exactement ce que vous allez faire ?

— Je crois.

— Il ne faut pas croire, ma petite. Il faut être sûre.

Hortense porta la main à son front pour faire de l'ombre à ses yeux, et regarda la façade de la maison sur laquelle donnait la chambre rose.

— De votre balcon à la terrasse, quelle distance ? Six mètres ? Vous êtes certaine d'y arriver ?

— Je le faisais quand j'avais dix ans, lui assura Geneviève, et dans le noir. Les briques à côté de la colonne dépassent du mur et forment comme des marches.

— Très bien. Le bal est censé commencer à sept heures. Ils ne veulent pas que ce soit trop tard, parce que Rommel doit retourner à Paris en voiture pendant la nuit. Je descendrai juste avant huit heures. Je vous suggère de vous éclipser dans votre chambre le plus tôt possible après mon arrivée.

— Maresa compte retrouver Eric ici, dans le pavillon, à huit heures.

— Quels que soient ses charmes, je ne crois pas qu'elle puisse le retenir plus de vingt minutes, dit Hortense. Chantal vous attendra dans votre chambre pour vous aider à vous changer.

— Si tout se passe bien, je devrais entrer dans la bibliothèque, prendre les photos et ressortir en moins de dix minutes, dit Geneviève. Je retournerai au bal vers huit heures et demie, le coffre sera refermé derrière moi, rien ne manquera et personne n'en saura jamais rien.

— Sauf nous, répondit Hortense avec un sourire froid. Et je trouve cela particulièrement réjouissant, ma chérie.

Il était presque six heures, le soir tombait. Le *Lili Marlene* s'avança droit vers la jetée déserte de Gros-Nez. Il y avait un léger brouillard, mais la mer était calme et le drapeau de la Kriegsmarine pendait le long du mât. Langsdorff était à la barre, Hare inspectait la côte avec ses jumelles.

— Oui, ils sont là, dit-il à Craig en souriant. A vous de jouer, maintenant. Il a amené deux véhicules, on dirait une Kubelwagen et une conduite intérieure noire. Et ils sont en uniforme.

Il tendit les jumelles à Craig qui les braqua sur la jetée. Il y avait effectivement trois hommes en uniforme allemand près de la Kubelwagen. Grand Pierre fumait une cigarette, appuyé au capot.

— Il a de la classe, le gars, il faut le reconnaître, dit Craig. Je ferais bien de descendre me changer.

Il sortit de la timonerie. Hare ordonna à Langsdorff de ralentir au maximum, puis descendit sur le pont où l'équipage se trouvait déjà aux postes de combat, toutes les pièces d'artillerie prêtes à tirer. Quand il entra dans sa petite cabine, Craig était en train de boutonner sa tunique de Waffen-SS. Hare alluma une cigarette.

— Vous vous sentez d'attaque?

— Dans tous les bouquins que j'ai lus quand j'étais adolescent, le héros revenait sur ses pas pour sauver l'héroïne. C'est sans doute ce qui a conditionné ma façon de penser. En fait, cela ne me laisse aucun choix.

Il était prêt : le Walther dans l'étui à la ceinture dont la boucle SS en argent brillait. Il mit sa casquette.

— Ça ira?

— Quel gendarme sur le bord de la route, quelle sentinelle de garde devant un barrage oserait mettre votre parole en doute, avec un uniforme comme celui-ci?

Ils sortirent. Au moment où le bateau accosta à la jetée basse, Grand Pierre descendit l'escalier à leur rencontre, aussi loqueteux qu'à son habitude. Il sourit.

— Bon Dieu, ça me rappelle nos soirées costumées d'Oxford! Vous avez une allure splendide dans cet uniforme, Osbourne.

— Mettons les choses bien au clair, dit Craig. Il s'agit d'une affaire personnelle. Nous sommes venus aider cette jeune femme de notre propre initiative.

— Economisez votre salive, vieux. Julie Legrande m'a mis au parfum. En toute sincérité, les gars n'étaient pas très chauds pour entrer dans le bain. Je veux dire : la vie d'une bonne femme, agent anglais ou non, ne pèse pas lourd pour eux. Ils sont habitués à compter les cadavres par dizaines, parfois même dans leur propre famille. Mais je conserve des arguments de persuasion. J'ai pu réunir une jolie Mercedes, une Kubelwagen et trois de mes gars en uniforme pour vous escorter. Le détail authentique, n'est-ce pas ? Ils fileront quand vous serez au château.

— Vous comptez rester dans les parages ? demanda Craig.

— Oh, oui. Dans les bois avec mes lascars. Le bateau attend ?

Hare se tourna vers Langsdorff.

— Un ennui de moteur à réparer, je crois ?

— De toute façon, il va faire nuit tout de suite, Herr Kapitän, acquiesça Langsdorff.

— Dieu seul sait quand nous reviendrons, dit Craig.

— Nous serons là.

Hare sourit. L'équipage attendait en silence, Craig leur adressa un salut dans les règles.

— Matelots, dit-il en anglais, servir avec vous a été pour moi un honneur.

Tous les hommes sur le pont se mirent au garde-à-vous. Seul Schmidt répondit.

— Je vous dis « merde », patron. En France ça porte bonheur. Et écrasez-moi tous ces salauds.

Ils montèrent l'escalier et s'avancèrent vers les voitures.

— D'accord, sales brutes, dit Grand Pierre en français aux trois hommes en uniforme allemand. Veillez sur lui. Et si vous cafouillez, je ne veux pas vous revoir.

Ils sourirent et montèrent dans la Kubelwagen. Craig se mit au volant de la Mercedes. Grand Pierre se pencha vers lui.

— Attention, hein ? Vous allez tomber dans un sacré panier de crabes. A propos, ils donnent un bal ce soir, marrant. J'aimerais bien vous accompagner, mais j'ai oublié mon smoking.

La Kubelwagen s'éloigna, Craig lança le moteur de la Mercedes et suivit. Grand Pierre devint de plus en plus petit dans le rétroviseur, puis disparut quand la route monta la colline.

La robe était vraiment belle, une sorte de jersey de soie blanc qui mettait particulièrement son corps en valeur.

Maresa aida Geneviève à l'enfiler, puis posa une serviette sur ses épaules pour qu'elle termine son maquillage.

— Avez-vous vu René, aujourd'hui ? demanda-t-elle d'un ton léger.

— Je ne me souviens pas, mademoiselle. Il n'a pas dîné dans la salle des domestiques, ce soir. Voulez-vous que je demande à quelqu'un d'aller le chercher ?

— Non, c'est sans importance. Vous avez assez de choses à faire comme ça. Vous n'avez rien oublié, vous en êtes certaine ?

— Aller avec Eric au pavillon d'été à huit heures et le garder là-bas le plus longtemps que je pourrai.

— Ce qui signifie au moins vingt minutes, dit Geneviève en caressant la joue de la servante. Moins de vingt minutes serait une catastrophe. Ne soyez donc pas si inquiète, Maresa. Nous faisons une petite plaisanterie au général, c'est tout.

La femme de chambre n'en croyait manifestement rien, mais peu importait. Geneviève prit sa pochette du soir, lui adressa un sourire rassurant et sortit.

Le bal avait lieu dans la Grande Galerie, et ils avaient vraiment fait un effort, on ne pouvait en douter. Quand Geneviève entra, tout le monde semblait déjà là. Les lustres et les candélabres lançaient leurs feux, il y avait des fleurs, et un petit orchestre jouait une valse de Strauss. Pas trace de Rommel, mais le général Ziemke bavardait avec Seilheimer et son épouse. Dès qu'il vit Geneviève, il s'excusa et traversa la salle ; les danseurs s'écartèrent.

— Votre tante ? demanda-t-il, inquiet. Va-t-elle enfin descendre ? Tout va bien ?

— Autant que je sache. Et le maréchal ?

— Il était ici il y a un instant, mais on l'a appelé au téléphone. Berlin. Le Führer en personne, semble-t-il.

Il s'essuya le front avec un mouchoir.

— Nous avons invité de nombreuses personnes de votre connaissance, dit-il. Les Comboult, par exemple.

Ils étaient de l'autre côté de la salle. Maurice Comboult,

Papa Comboult pour ses employés, avec sa femme et sa fille. Cinq propriétés d'élevage, deux conserveries, une usine de matériel agricole. L'homme le plus riche du canton, que la collaboration avec les Allemands avait encore enrichi. Geneviève eut du mal à ravaler son mépris.

Le maréchal Rommel apparut sur le seuil, Priem à ses côtés.

— Excusez-moi un instant, dit Ziemke.

Le jeune lieutenant de la soirée précédente, celui qui était si bon danseur, s'avança pour lui demander la valse suivante. Il dansait aussi bien que la veille et, quand la musique s'arrêta, il proposa d'aller lui chercher une coupe de champagne.

Elle resta près d'une colonne, s'attendant à voir apparaître Hortense.

— Je n'aurais pas cru la chose possible, mais vous êtes encore plus ravissante ce soir, dit la voix de Priem derrière elle.

— Vous êtes gentil, répondit-elle, et elle s'aperçut qu'elle le pensait sincèrement.

L'orchestre se mit à jouer une autre valse, il lui prit le bras sans un mot et ils se mirent à danser. Par-dessus l'épaule de Priem, elle vit le jeune lieutenant, une coupe de champagne dans chaque main, lui lancer un regard de reproche.

La musique parut durer une éternité, tout prit soudain un air irréel — les sons assourdis comme si elle était sous l'eau. Ils n'étaient plus que tous les deux, les autres semblaient des automates. Enfin la valse s'arrêta, il y eut quelques applaudissements. Rommel avait disparu, mais Ziemke était encore là ; il fit signe à Priem, qui s'excusa et alla le rejoindre.

Ce fut à cet instant qu'Hortense fit son entrée. Son visage semblait sculpté dans le marbre, elle avait remonté ses cheveux d'or très haut sur sa tête. Sa robe de velours bleu nuit tombait jusqu'au sol, contraste parfait avec ses cheveux pleins d'éclat et ses yeux pétillants.

Les conversations cessèrent, tout le monde se retourna.

Ziemke traversa la galerie à grands pas dans toute sa longueur afin de l'accueillir, et s'inclina au-dessus de sa main. Puis il lui donna le bras et l'escorta vers un groupe de fauteuils Louis XIV stratégiquement placés.

Geneviève regarda sa montre. Il était exactement huit heures moins cinq. Quand l'orchestre se remit à jouer, elle traversa la foule, gagna la porte de la salle de musique et se glissa à l'intérieur.

C'était le chemin le plus court pour gagner le vestibule, mais, lorsqu'elle se retourna, elle eut le choc de sa vie : le maréchal Erwin Rommel était assis à côté du piano, en train de fumer un cigare.

— Ah, c'est vous, mademoiselle, s'écria-t-il en se levant. Vous en avez déjà assez ?

— Un peu de migraine, répondit-elle, le cœur battant, et sans réfléchir elle fit courir ses doigts sur les touches du piano.

— Vous jouez ? dit Rommel. C'est charmant.

— Un peu seulement.

Elle s'assit, parce que cela lui parut la chose la plus naturelle, et se mit à jouer la *Sonate au clair de lune*. Cela lui fit penser à Craig, à la soirée de Cold Harbour. Rommel se pencha en arrière dans son fauteuil, visiblement ravi.

Ce fut le destin qui la sauva. La porte s'ouvrit soudain et Max Priem apparut.

— Ah, vous êtes ici, maréchal. Encore le téléphone. Paris, cette fois.

— Vous voyez, mademoiselle, on ne me laisse jamais en paix, s'écria-t-il avec un sourire aimable. Peut-être continuerons-nous plus tard ?

— Bien entendu.

Il sortit. Priem adressa à Geneviève un sourire rapide et suivit le maréchal. Elle s'élança vers l'autre porte, se glissa dans le vestibule et monta le grand escalier quatre à quatre.

Quand elle arriva dans sa chambre, Chantal l'attendait. Elle avait posé sur le lit un chandail noir et un pantalon de flanelle sombre.

— Vous êtes en retard, grogna le dragon.

— Ce n'est pas le moment. Aidez-moi à sortir de cette robe.

La femme de chambre tira sur la fermeture Eclair et la splendide parure blanche glissa au sol en un tas de chiffon. Geneviève enfila le pantalon et fit passer le chandail par-dessus sa tête. Elle glissa dans une de ses poches la clé du coffre et l'étui à cigarettes en argent et onyx, puis mit sa lampe torche dans l'autre. Elle se retourna.

— A l'assaut, dit-elle.

Chantal lui donna un baiser sonore sur la joue.

— Filez, maintenant. Et faites ce que vous devez, Geneviève Trevaunce.

Geneviève la regarda fixement.

— Depuis combien de temps savez-vous ?

— Vous me prenez pour une imbécile, hein, madame la comtesse et vous ? Cette vieille idiote de Chantal. Je vous ai changé vos couches avant que vous ayez un an, ma petite. Et vous vous figuriez que je ne pourrais pas voir la différence entre vous et Anne-Marie ?

Ce n'était vraiment pas le moment d'en discuter. Geneviève sourit et se glissa entre les rideaux, dans la nuit. Sur le balcon, tout était parfaitement tranquille, les échos de la musique semblaient venir de très loin. Elle avait de nouveau douze ans et elle « faisait le mur » avec Anne-Marie pour monter à cheval dans le noir, parce que sa sœur l'avait mise au défi... Elle enjamba le garde-fou, assura sa prise sur les briques et se mit à descendre rapidement.

Elle passa la tête à l'angle du mur. La terrasse était silencieuse et déserte. Elle avança sans bruit jusqu'à la troisième porte-fenêtre, posa la main au centre, là où les deux portes se rejoignaient, et poussa. Elle rencontra une certaine résistance, il y en avait toujours eu, mais la porte finit par céder et les rideaux s'écartèrent.

La bibliothèque était très sombre, la musique un peu plus forte. Elle alluma sa torche et trouva le portrait d'Elisabeth, onzième comtesse de Voincourt. Elle lui lançait un regard glacé — elle ressemblait beaucoup à Hortense. Geneviève fit pivoter le portrait sur ses charnières. La clé tourna sans bruit dans la serrure et la porte du coffre s'ouvrit.

Il était plein à craquer de documents, comme il fallait s'y attendre. Geneviève sentit sa gorge se nouer et faillit se laisser aller à la panique. Puis elle vit la petite serviette de cuir qui portait simplement *Rommel* gravé à la feuille d'or.

Elle s'en empara aussitôt, ses mains tremblaient. La serviette ne contenait qu'un classeur, et quand elle l'ouvrit, les photostats d'emplacements de canons et de défenses sur les plages lui confirmèrent qu'elle avait trouvé ce qu'elle cherchait.

Elle remit la serviette dans le coffre, posa le classeur sur le bureau de Priem et alluma la lampe. Elle prit son étui à cigarettes. Au même instant, elle entendit distinctement la voix de Priem derrière la porte.

Jamais elle n'avait réagi aussi vite de sa vie. Elle poussa la porte du coffre, sans prendre le temps de la fermer à clé, et remit le tableau en place. Elle éteignit la lampe du bureau et prit la torche et le classeur.

Quand la clé tourna dans la porte du couloir, elle se faufilait déjà entre les rideaux. Elle finissait de tirer les portes-fenêtres derrière elle quand la lumière s'alluma. Par la fente entre les rideaux, elle vit Priem s'avancer dans la pièce.

Elle ne bougea pas, le temps de réfléchir. Mais elle n'avait pas le choix : elle se dirigea vers l'angle de la terrasse et remonta vers son balcon.

Chantal referma les rideaux derrière elle.

— Que s'est-il passé ? demanda-t-elle. Un incident ?

— Priem est entré. Il a failli me prendre sur le fait. Cela signifie que je n'ai pas eu le temps de photographier. Je vais le faire tout de suite.

Elle posa le classeur sur sa coiffeuse et rapprocha sa lampe de chevet pour augmenter la lumière.

— Et ensuite ?

— Je redescendrai. J'espère qu'il sera retourné au bal. Je pourrai tout remettre en place, personne ne s'apercevra de rien.

— Et Eric ?

— Nous devons faire confiance aux talents de persuasion de Maresa.

Elle prit l'étui à cigarettes, ouvrit le volet et se mit à prendre des clichés, exactement comme Craig Osbourne le lui avait montré. Chantal tournait les pages. Vingt photos, lui avait-il dit. Il y avait plus de pages que ça, mais il leur faudrait se contenter de vingt.

A peine avait-elle terminé qu'on frappa à la porte. Les deux femmes se figèrent.

— J'ai fermé à clé, chuchota Chantal.

On frappa de nouveau, puis on fit tourner le loquet. Geneviève comprit qu'il valait mieux parler.

— Qui est-ce ?

Pas de réponse. Elle poussa Chantal vers la salle de bain.

— Entrez là, et pas de bruit.

Geneviève rangea le dossier de Rommel dans le premier tiroir venu et prit en hâte sa robe de chambre. Une clé grinça dans la porte et repoussa la clé qui se trouvait à l'intérieur. La porte s'ouvrit et Max Priem entra.

Il s'assit sur le bord de la table, une jambe ballante. Il la dévisagea d'un air grave puis tendit la main.

— Donnez-le-moi.

— De quoi parlez-vous ?

— Du dossier que vous venez de prendre dans la serviette du maréchal Rommel. Je peux faire fouiller votre chambre, mais ce ne peut être que vous. Personne d'autre. Ajoutez à cela votre intéressant changement de toilette et...

— D'accord, coupa-t-elle d'un ton sec. Ouvrez ce tiroir et prenez votre dossier.

Il le posa sur la table à côté de lui.

— Je suis désolé que les choses se soient passées ainsi.

— Si c'est vrai, vous n'êtes pas à votre place.

Elle prit son étui et choisit une Gitane.

— Je n'ai pas choisi ma place, mais tirons les choses au clair, *Miss* Trevaunce. Je sais qui vous êtes.

Elle tira sur sa cigarette pour se donner une contenance.

— Je ne vous suis pas.

— C'est dans les yeux, Geneviève, dit-il doucement. Les yeux ne mentent pas. Exactement la même couleur qu'elle, mais la lumière intérieure est totalement différente. Comme tout le reste entre vous deux. Semblable sans jamais être vraiment identique.

Elle ne trouva rien à répondre. Elle attendit que le couperet tombe.

— Ils vous ont tout appris sur elle, n'est-ce pas ? Ils vous ont donné l'ami Dissard comme guide et mentor, mais au bout du compte ils vous ont laissée dans l'ignorance d'un fait essentiel — le plus important de tous. Celui qui m'a révélé dès le premier instant que vous ne pouviez pas être Anne-Marie Trevaunce.

Malgré elle, se sentant prise au piège, Geneviève posa la mauvaise question.

— Quel fait ?

— Voyons... Elle travaillait pour moi, bien entendu, répondit-il simplement.

Elle s'assit, curieusement calme étant donné les circonstances, parfaitement maîtresse d'elle-même — en tout cas c'est ce qu'elle se forçait à croire. Il écarta les rideaux et la pluie crépita contre la fenêtre avec des doigts de fantôme, comme si Anne-Marie, dehors, essayait d'entrer. Il continua de parler sans se retourner.

— Autre facteur qui ne vous a guère aidée, on m'a signalé votre identité avant même votre arrivée ici. Un de mes agents à Londres, une « taupe » que nous avons au sein du SOE depuis fort longtemps.

Elle eut l'impression de recevoir une gifle.

— Je ne vous crois pas.

— C'est pourtant la vérité, je vous assure. Mais nous y reviendrons plus tard. Parlons plutôt de votre sœur, dit-il en se retournant. Quand nous nous sommes installés ici, nous savions que nous attirerions l'attention, c'est bien normal, et j'ai donc décidé d'offrir à Londres un agent dans la place. Qui pouvais-je trouver de mieux qu'Anne-Marie Trevaunce?

— Et en échange elle pouvait continuer de mener l'existence fastueuse à laquelle elle était habituée, c'est ce que vous essayez de me dire?

Il referma les rideaux.

— Pas tout à fait. Elle n'a jamais été mesquine, quels que fussent par ailleurs ses autres défauts.

— Alors quoi?

Il ne répondit pas, mais continua simplement, de la même voix calme.

— Elle a fourni suffisamment de renseignements au SOE pour contenter tout le monde, des renseignements sans conséquence la plupart du temps, bien entendu. Elle avait comme agent de liaison un homme de la Résistance que nous connaissons bien, et nous ne l'avons pas inquiété. Je lui ai même permis d'entraîner Dissard dans le coup pour compléter le tableau. Puis Londres a découvert que nous tiendrions une conférence importante et pris une décision sans précédent : ils lui ont demandé d'aller là-bas, et j'ai estimé qu'elle devait le faire.

— Elle faisait toujours ce que vous lui disiez?

— Bien sûr. Nous tenions Hortense, voyez-vous? La seule faiblesse d'Anne-Marie, son seul point commun avec vous, je crois, c'était son amour pour votre tante.

Geneviève demeura impassible. Il secoua la tête.

— Sa seule raison d'agir depuis le début, ne comprenez-vous pas? Je crois que vous ne la connaissiez pas du tout, votre sœur jumelle.

La pluie crépitait plus fort que jamais. Geneviève ne

bougea pas, incapable de parler, si grande était son émotion.

— Sachant que vous jouiez au plus fin avec moi, il m'a semblé prudent de bavarder un peu avec Dissard.

— René ? murmura-t-elle.

— Oui, le message qui le convoquait d'urgence venait simplement de moi. A son arrivée au rendez-vous, Reichslinger et ses hommes l'attendaient.

— Où est-il, maintenant ? Qu'avez-vous fait de lui ?

— Il s'est tué, dit Priem. Tout de suite. Il s'est tiré une balle dans la tête avant que nous puissions le désarmer. Pour vous protéger, j'imagine. Il devait savoir qu'il ne tiendrait pas le coup longtemps entre les pattes de Reichslinger. Tout homme craque à un moment ou un autre, tôt ou tard. Non que ce fût important, notre homme de Londres nous avait fourni tous les renseignements nécessaires, notre « taupe » du SOE, le Dr Baum, vous devez le connaître. Le seul problème avec lui, c'est que je sais qu'il travaille aussi pour l'autre camp depuis un certain temps. Voyez-vous, j'ai une source encore plus fiable, à Londres.

— Vous mentez, dit Geneviève.

— Votre sœur est en ce moment même dans la cave d'une clinique à Hampstead, 101, Raglan Lane. Elle est devenue folle, si j'ai bien compris. Mais vous êtes bien sûr au courant.

Les mots jaillirent instinctivement de sa gorge, brûlants de rage :

— A cause de vous, espèce de porcs ! Elle était votre agent, mais c'est une patrouille de SS qui l'a violée. Ils ont brisé sa vie, ces sauvages. Vous le saviez ?

— C'est faux, dit-il, et ses yeux exprimèrent un sentiment qui ressemblait à de la pitié. Ce sont les Anglais qui l'ont rendue folle, personne d'autre.

La pièce parut soudain plus silencieuse, et Geneviève s'aperçut qu'elle avait horriblement peur.

— Que voulez-vous dire ? balbutia-t-elle. Qu'essayez-vous de me faire croire ?

— Ma pauvre Geneviève, dit-il. Je crois que vous devriez m'écouter.

Ce qu'il lui dit — mais elle l'ignorait — était en substance ce que Baum avait expliqué à Craig Osbourne. La vérité, la seule vérité sur sa sœur, sur le bon docteur, sur la clinique Rosedene et sur Munro.

Quand il eut terminé, elle resta agrippée aux accoudoirs du fauteuil pendant un certain temps, puis elle tendit la main vers son étui à cigarettes et prit une Gitane. Surprenant, mais ces maudites cigarettes vous aidaient à penser. Elle se dirigea vers la porte-fenêtre, l'ouvrit et regarda la pluie. Priem s'avança près d'elle, elle se retourna pour lui faire face.

— Pourquoi vous croirais-je ? Comment pouvez-vous savoir tout ça ?

— Les Anglais possèdent des agents doubles, mais nous aussi. C'est le jeu. Comme je vous l'ai dit, quand la Résistance juive a appris à Baum la mort de sa fille, le docteur a parlé à Munro. Pour que ses relations avec nous continuent de paraître normales, ils ne pouvaient pas se permettre d'arrêter Mme Fitzgerald, son contact. On lui a donc donné le choix : travailler comme agent double ou se balancer au bout d'une corde dans votre Tour de Londres. Naturellement, elle a choisi la solution la plus raisonnable, du moins en apparence.

— En apparence ?

— Mme Fitzgerald est une Hollandaise d'Afrique du Sud. Elle n'aime pas les Anglais. Son défunt mari était un Irlandais qui les détestait encore plus. Il avait servi dans l'IRA sous Michael Collins en 1921. Elle a fait ce que Munro lui a demandé, mais le bon général ignorait qu'elle conservait des contacts avec l'IRA à Londres — et l'IRA éprouve pour nous plus que de la sympathie. Elle nous a prévenus de la défection de Baum par leur intermédiaire il y a plusieurs mois, et nous savons donc qu'il travaille maintenant totalement pour l'autre camp. Il nous dit seulement ce qu'ils veulent que nous apprenions. Donc, pour en revenir à votre cas, ils voulaient que nous sachions qui vous étiez vraiment. Tout ce que Baum ne nous dit pas, Mme Fitzgerald nous le transmet par nos amis de l'IRA.

— Cela n'a pas de sens, dit Geneviève.

Pourtant, au fond d'elle-même, elle savait qu'il lui avait révélé la vérité.

— Quel était le but de votre mission ? La conférence avec le maréchal Rommel ? Les plans du mur de l'Atlantique ? Impossible, dit-il en secouant la tête. Ils vous ont envoyée ici pour que vous soyez trahie par Baum, car ils croient encore que nous lui faisons confiance.

— Dans quel but ?

— Les Reichslinger de ce monde savent se montrer très persuasifs. Ceux qui vous ont envoyée se sont dit que vous craqueriez. C'est ce qu'ils escomptent. Ils vous ont dit quelque chose, sans doute en feignant l'inadvertance, une indiscrétion quelconque, une chose dont vous ne vous souvenez peut-être même pas en ce moment. Une chose qui pourrait sembler d'une importance extrême.

Elle se souvint de Craig Osbourne à bord du *Lili Marlene,* elle sentit de nouveau ses mains posées sur ses épaules, et elle se débattit intérieurement pour refuser de croire l'évidence. Puis elle se rappela Munro dans son bureau de Cold Harbour, la carte étalée qu'il s'était hâté de replier après lui avoir permis de jeter un coup d'œil sur les secteurs de débarquement du jour J.

Priem l'avait observée intensément, il sourit.

— Vous avez trouvé, je vois.

Elle hocha la tête, soudain très lasse.

— Oui. Vous aimeriez savoir ?

— Me le diriez-vous ?

— J'essaierai de n'en rien faire, de peur de me tromper. Vous m'avez prouvé de façon très efficace qu'il y a dans mon camp des gens aussi pourris et aussi dénués de scrupules que vous, mais je préfère tout de même que ce soit mon camp qui gagne. Il y a des gens très bons dans l'endroit d'où je viens, et je n'aimerais pas du tout voir de SS à Saint-Martin.

— Très bien, dit-il. Je n'en attendais pas moins de vous.

Elle respira à fond.

— Et maintenant ? demanda-t-elle.

— Vous allez remettre votre robe blanche et retourner au bal.

Elle sentit ses pensées tourbillonner dans sa tête.

— Vous ne parlez pas sérieusement ?

— Oh, mais si. Le maréchal Rommel s'en ira avec son escorte dans une heure. Il doit retourner à Paris cette nuit. Vous serez parmi ceux qui lui souhaiteront bonne route avec le sourire. Vous échangerez quelques mots, c'est excellent pour les photographes de presse. Il partira sans encombre dans la nuit, et vous, ma chère Geneviève, continuerez de danser jusqu'au matin.

— L'âme de la soirée ?

— Bien entendu. Sans doute pourriez-vous essayer de filer à la première occasion, si mince soit-elle, mais ce serait abandonner la comtesse entre nos mains... Dommage, n'est-ce pas ? Vous suivez ma pensée ?

— Absolument.

— Il règne donc entre nous une confiance parfaite, dit-il en lui baisant la main. Je crois que je suis tombé un peu amoureux de vous. Juste un peu. Vous n'avez jamais été *elle,* Geneviève. Toujours seulement vous-même.

— Vous vous en remettrez.

— Bien sûr, répondit-il en posant la main sur la poignée de la porte. On se remet de tout avec le temps. Mais cela, vous le découvrirez vous-même.

Il ouvrit la porte.

— Vous pensez vraiment que vous la connaissiez, n'est-ce pas ?

Il se retourna, légèrement surpris.

— Anne-Marie ? Aussi bien que quiconque, je pense.

La rage de Geneviève était si violente qu'elle ne put se contenir.

— Le nom de Grand Pierre vous dit quelque chose ?

Il se figea.

— Pourquoi cette question ?

— Un chef très important de la Résistance, n'est-ce pas ? Je suis sûre que vous donneriez cher pour mettre la main sur lui. Vous surprendrais-je en vous disant que ma sœur était en relation avec lui ?

— En toute franchise, oui. Cela me surprendrait, dit-il, le visage très pâle.

— Vous n'êtes pas parvenu à arrêter l'assassin du général Dietrich, savez-vous pourquoi ?

— Non, mais j'ai l'impression que vous allez me le dire.

— Anne-Marie l'a escamoté sous les yeux de vos merveilleux SS en le cachant sous la banquette arrière de sa Rolls, lança-t-elle avec un sourire de fauve, fière de sa petite victoire. Vous voyez donc, colonel Priem, qu'elle n'a jamais été tout à fait ce que vous pensiez, au contraire.

Il la regarda un long moment, puis il se retourna, sortit et referma doucement la porte. Elle respira à fond, s'élança vers la salle de bains et dit :

— Restez là jusqu'après mon départ.

— D'accord, chuchota Chantal.

La pluie glissait sur les vitres et elle resta devant la fenêtre à l'écouter tomber. C'était donc ça, la fin du monde ? Comme l'avait dit le poète... Pas de grand cataclysme. Il fallait, ainsi que le lui avait rappelé Priem, songer à Hortense. Tout échappait à son contrôle, à présent, et elle n'avait aucun moyen de s'en sortir. Pis encore : aucune envie. Au bout du compte, la plus vaste ironie de tout, c'était que, les gants mis à part, Max Priem était Craig Osbourne et Craig Osbourne était Max Priem.

Elle se retourna brusquement et commença à s'habiller.

15

ELLE descendit le grand escalier au bras de Priem comme dans un rêve. Il salua aimablement d'un signe de tête un officier qu'ils croisèrent. Geneviève éclata de rire malgré elle et Priem la dévisagea, surpris, et lui serra le bras plus fort.

— Vous allez bien ?

— On ne peut mieux.

Ils traversèrent le vestibule et s'arrêtèrent à la porte.

— Préparez-vous à faire votre entrée, maintenant. Et souriez, souriez toujours. C'est ce que les gens attendent de vous.

Une ordonnance ouvrit la porte et ils entrèrent. L'orchestre ne jouait pas, mais il y avait des rires et des conversations animées, une ambiance joyeuse, des jolies femmes et des uniformes qui se reflétaient partout dans les grands miroirs de la galerie.

Hortense était assise dans un des grands fauteuils dorés, à l'autre bout de la pièce, et un colonel d'infanterie se penchait vers elle. Elle riait d'une chose qu'il venait de dire, puis ses yeux croisèrent le regard de Geneviève. Elle se figea, pendant une fraction de seconde seulement, puis afficha le même sourire étincelant et se tourna vers le colonel.

— Puis-je parler à ma tante ? demanda Geneviève à Priem.

— Certainement. Il vaut mieux qu'elle sache où en est

la partie, c'est dans l'intérêt de tout le monde. J'imagine que vous n'envisagez pas de nier qu'elle connaît la différence entre Geneviève et Anne-Marie ?

Geneviève traversa rapidement la foule. A son arrivée, Hortense lui sourit et lui tendit la joue.

— Vous vous amusez bien, ma chérie ?

— Bien sûr, répondit Geneviève en se perchant sur l'accoudoir du fauteuil.

Hortense tendit son verre vide au colonel.

— S'il vous plaît... Et demandez-leur de le faire un peu plus sec, cette fois.

Il claqua les talons et s'éloigna. Elle prit une cigarette dans l'étui de sa nièce et Geneviève alluma son briquet.

— Cela s'est mal passé, je le vois dans vos yeux. Qu'est-il arrivé ?

— Priem est arrivé au mauvais moment, il sait tout.

Hortense sourit, plus gaie que jamais, et adressa un signe de la main à quelqu'un, à l'autre bout de la salle.

— Que vous n'êtes pas Anne-Marie ?

Geneviève aperçut le colonel qui revenait au milieu des danseurs, un verre dans chaque main. Elle dit à mi-voix, avec un sourire gravé sur ses traits :

— Munro m'a envoyée ici avec l'intention de me trahir. C'était le but de la manœuvre. Je viens de l'apprendre de la bouche de Priem. Tout était pourri au départ. A propos, René est mort.

Cela toucha Hortense infiniment plus que le reste, et son sourire s'effaça brusquement. Geneviève lui prit la main.

— Reprenez-vous. Dites-vous que la soirée ne fait que commencer, et elle sera très longue.

Le colonel arrivait près d'elles. Il offrit galamment un cocktail à la comtesse. Geneviève caressa la joue de sa tante.

— Et soyez bien sage, lui lança-t-elle en riant.

Elle s'éloigna, prit machinalement une flûte de champagne sur un plateau que portait une ordonnance, mais presque aussitôt on la lui enleva de la main pour la poser sur une des consoles de marbre.

— Non, Geneviève. Ce serait une erreur, lui dit Priem. Vous devez garder la tête claire.

Elle ne se donna pas la peine de se retourner mais l'affronta dans le miroir. Il était réellement très beau, impeccable comme toujours, décorations rutilantes, la Knecht Kreuz autour du cou. Il attendait une réaction, un sourire calme et grave sur ses traits. Il s'était de nouveau établi entre eux une profonde intimité, et ce n'était pas normal.

— Donc, pas de douceurs ? demanda-t-elle.

La musique reprit, une valse, et il s'inclina légèrement devant elle.

— Vous permettez ?

— Pourquoi pas ?

Il la prit par la taille et ils valsèrent. Elle se rappela qu'il lui faudrait sourire au général quand ils passeraient près de lui. Elle remarqua le maréchal Rommel en conversation polie avec sa tante, et elle leva les yeux vers les portraits d'obscurs ancêtres depuis longtemps oubliés, qui la regardaient de haut.

— Strauss, dit-elle. Nous sommes loin d'Al Bowlly. Vous moquiez-vous de moi ou bien désiriez-vous me mettre en garde ? A moins que vous n'aimiez tout simplement cette chanson...

— Oh, répondit-il gravement, nous voici en terrain dangereux. Pour tous les deux, je pense.

— C'est vous qui le dites.

— Je le dis. Et pour le moment, nous en resterons à l'essentiel. A la fin de la soirée, après le départ du maréchal, vous serez raccompagnée à votre chambre comme d'habitude, ainsi que votre tante. La seule différence majeure, c'est que je posterai une sentinelle devant vos deux portes.

— C'est bien normal.

Du coin de l'œil, elle crut apercevoir une silhouette sombre, en bordure du réel, comme un souvenir insaisissable mais qui refuse de disparaître. Un mouvement de tête pour allumer une cigarette, très particulier et cependant horriblement familier. Mais c'était impossible — totalement impossible.

Puis elle le vit clairement. Il était adossé au mur, un nuage de fumée autour du visage, la cigarette à la main. Il lui adressa un sourire poli comme s'il la voyait pour la première fois. Craig Osbourne, magnifique dans l'uniforme noir d'un colonel de la brigade Charlemagne, l'unité française des Waffen-SS.

Ce qui n'avait pas le moindre sens. Car si ce que Max Priem lui avait dit était vrai, il n'y avait aucune raison au monde qui justifiât la présence de Craig Osbourne au château de Voincourt dans cet uniforme. Ils cessèrent de danser quand il s'avança, Priem se rembrunit légèrement.

— Anne-Marie, mais c'est merveilleux. J'espérais bien vous trouver ici, dit-il dans un français parfait. C'est vraiment formidable. Excusez-moi de vous interrompre, expliqua-t-il à Priem, mais Anne-Marie et moi sommes de vieux amis. Juillet 1939, le long été torride d'il y a mille ans.

Il lui baisa la main. L'expression de Priem avait changé. Il semblait s'amuser beaucoup, et Geneviève comprit qu'il la croyait prise au piège, obligée de jouer Anne-Marie avec un vieil ami dont elle ne pouvait pas connaître le nom.

— Henri Legrande, dit Craig naturellement. Colonel...

— Priem, répondit l'Allemand en claquant les talons. A vos ordres, Standartenführer.

Il se retira. Craig prit fermement Geneviève dans ses bras et ils se mirent à danser.

— Vous venez ici souvent ? lui demanda-t-il en souriant.

Etrange, étant donné qu'elle savait tout maintenant, mais sa première pensée fut pour les risques qu'il courait.

— Vous êtes fou.

— Je le sais, ma mère me le disait souvent. N'ayez pas l'air si inquiète. Affichez votre célèbre sourire étincelant, dit-il en la serrant plus fort. Daniel dans la fosse aux lions, c'est moi. La puissance du Seigneur. Je vais vous sortir d'ici et vous emmener avec moi. C'est pour cela que je suis venu. C'était un coup fourré, mon ange. Munro vous a envoyée à l'autel du sacrifice dans le rôle de l'agneau. Essayez de faire quoi que ce soit, et ils vous tomberont dessus.

— Vous ne m'apprenez rien, dit-elle. J'ai essayé quelque chose ce soir et j'ai été prise. Priem est au courant, Craig. Il m'a tout dit. Baum, Anne-Marie, toute cette révoltante affaire. Maintenant, il me tient en laisse, vous comprenez ? Il sait que je ferai exactement ce qu'il me dira à cause d'Hortense. Il surveille chacun de mes gestes.

Il s'arrêta de danser et la prit par le bras.

— Dans ce cas, donnons-lui matière à réflexion.

Il la pilota à travers la foule d'une main ferme et ils sortirent par les portes-fenêtres.

Il faisait frais dehors et, à cause de la pluie, ils restèrent sous la colonnade.

— Aimable et naturelle, dit-il. Un rire de temps en temps serait une bonne idée. Ainsi qu'une cigarette.

Elle leva les yeux au moment où la flamme jaillissait entre ses mains réunies et éclairait son visage carré.

— Pourquoi, Craig, pourquoi ?

— Que vous a appris Priem ? dit-il.

— Qu'Anne-Marie travaillait pour lui.

Il siffla entre ses dents.

— Ça, Munro va en tomber des nues. Cela signifie que de toute manière vous n'aviez absolument aucune chance au départ, même si Baum ne vous avait pas trahie.

— Vous voulez me faire croire que vous ne le saviez pas ? Allons donc ! Vous m'avez utilisée, Craig. Exactement comme vous avez utilisé Anne-Marie. Je connais la vérité, maintenant. Je sais ce que vous lui avez fait.

— Je vois. Et René ?

— Mort. Il s'est tué quand ils l'ont pris, pour me protéger.

Il ne répondit pas et le silence se prolongea. La pluie

tombait en un fin rideau de tulle dans la lumière qui venait de la porte-fenêtre ouverte.

— Croyez-moi ou non, dit-il enfin, voici comment les choses se sont passées. Cette piqûre à votre sœur a été un accident. Un nouveau produit qu'ils essayaient sur tous les agents à leur retour. Une contre-indication dans son cas. Je le sais depuis la nuit dernière, de la bouche de Baum. L'histoire qu'ils vous ont fait avaler, les atrocités des SS, était une idée de Munro. Bon pour la cause et cetera, simplement pour vous motiver. Ils m'ont raconté la même salade.

— Et Baum ?

— Je n'ai appris sa position et ses relations avec les Renseignements allemands que la nuit dernière. Ils m'avaient dit la même chose qu'à vous. Que vous veniez ici pour une seule raison : prendre la place de votre sœur et mettre la main sur tous les renseignements possibles concernant la conférence de Rommel sur le mur de l'Atlantique.

— Si c'est vrai, pourquoi Munro vous a-t-il autorisé à venir ici maintenant ?

— Il ne l'a pas fait. Je suis venu de mon propre chef. En ce moment, il doit être fou de colère.

Et soudain, avec un immense sentiment de soulagement, elle le crut. Elle le crut sans réserve.

— C'est le pauvre Baum qui a mangé le morceau. Il était ivre et il m'a avoué que sa fille était morte il y a seulement six mois.

— Priem m'a expliqué.

— Munro a confirmé ses paroles et m'a invité à prendre les choses du bon côté, comme un adulte. L'enfer de la guerre et tout le baratin. Puis il m'a bouclé à la cave pour que je réfléchisse. J'ai réussi à filer et à gagner Cold Harbour. Martin Hare et ses gars m'ont conduit ici avec l'E-boat. Julie a prévenu Grand Pierre par radio. Le bateau attend à Gros-Nez en ce moment. Avec cet uniforme, entrer au château n'a posé aucun problème. J'ai la désagréable impression qu'il me va bien.

— Idiot ! murmura-t-elle.

— Je vous avais bien dit que j'étais diplômé de Yale, non ? Et maintenant, quelle est la situation ici ?

Elle raconta ce qui s'était passé en quelques phrases brèves. Quand elle se tut, ils entendirent des pas sur la terrasse et le jeune lieutenant qui avait dansé avec elle s'avança vers la balustrade et regarda la pluie. Elle éclata de rire, accepta la cigarette que Craig lui tendait et se pencha quand il lui offrit du feu.

— Ils me surveillent à chaque instant, à présent. Partez, Craig, tant que vous en avez encore la possibilité.

— Jamais de la vie. Vous croyez que je vais vous laisser entre les mains de cette bande ? Vous finiriez dans les caves de la Gestapo, rue des Saussaies. J'y suis allé, ce qu'ils y font n'est pas gentil. Nous partirons ensemble ou pas du tout.

— C'est impossible. Je n'abandonnerai pas Hortense, même si j'étais libre de partir. Vous, vous avez encore une chance, saisissez-la.

— Que croyez-vous donc que je fais ici ? Vous étiez donc aveugle à Cold Harbour ? Vous avez cru que je voyais seulement Anne-Marie chaque fois que je vous regardais ?

Cela ne laissait à Geneviève qu'une seule solution. Dans l'intérêt de Craig. Peu importait le reste. Elle se détourna brusquement et rentra par la porte-fenêtre avant qu'il se rende compte de ce qui se passait.

Priem, debout près de la cheminée, fumait un cigare. Il le jeta dans les flammes et s'avança vers elle.

— Vous abandonnez déjà ce pauvre colonel ? dit-il, puis ses yeux se plissèrent légèrement. Quelque chose ne va pas ?

— Vous pouvez le dire. Un ancien amant de ma sœur qui a des intentions bien arrêtées. Si vous voulez le savoir, il est revenu de Russie à cause du souvenir qu'il gardait de moi.

— Les Français sont si romantiques, dit-il. Mais le

maréchal va s'en aller dans un moment. Il voulait vous parler. Vous êtes sûre que vous allez bien ?

— Mais oui.

— Vous êtes une femme remarquable, Geneviève, murmura-t-il en esquissant un sourire.

— Je commence à le savoir. Dans d'autres circonstances...

— Ne tombons pas dans le mélodrame.

— La vie n'est souvent qu'un mélodrame, mon cher. Et maintenant, je crois que j'ai mérité une coupe de champagne, non ?

Le maréchal Rommel quitta le château de Voincourt. Geneviève lui souhaita bonne route en souriant, à côté de sa tante, comme Priem le lui avait suggéré. Aucune trace de Craig Osbourne — ce qui était bon signe. Elle commença à sentir le froid. Elle n'avait plus envie de revenir dans la chambre de sa sœur.

La foule diminua soudain et Priem s'avança vers Hortense.

— C'est le moment de vous retirer, mesdames. La soirée a été longue.

— Comme il est prévenant, n'est-ce pas ? dit Hortense.

Geneviève lui offrit son bras et elles montèrent l'escalier, suivies par Priem et le lieutenant qui, remarqua-t-elle, portait maintenant un pistolet-mitrailleur Schmeisser.

— A la première occasion, vous filez d'ici, compris ? murmura Hortense.

— En vous laissant en otage ? Vous n'y pensez pas !

Elles arrivèrent dans le couloir du premier ; Priem fit un signe et le jeune lieutenant prit une chaise, qu'il plaça à un endroit d'où il pouvait surveiller les portes des deux chambres. Il semblait différent. Plus dur et résolu.

— Vous vous souciez vraiment de notre bien-être, ce soir, colonel, fit observer Hortense.

— Le lieutenant Vogel est à vos ordres, madame la comtesse, si vous avez besoin de lui. De même que l'homme placé par Reichslinger sous votre balcon. Je vous souhaite une nuit paisible.

Hortense hésita, lança un bref coup d'œil à sa nièce et entra. Priem se tourna vers Geneviève.

— Tout s'est bien passé, je pense. Le maréchal était content. Bien entendu, s'il avait appris qu'un dossier avait disparu de sa serviette, ne serait-ce que temporairement, il n'aurait pas été si ravi. Mais nous pouvons garder cela entre nous, je crois ?

— Naturellement. Cela ferait mauvais effet dans votre dossier, n'est-ce pas ? Et maintenant, puis-je me retirer ?

Il lui ouvrit la porte.

— Bonne nuit, mademoiselle Trevaunce, dit-il d'un ton guindé.

Elle eut envie de lui répondre d'aller au diable, mais à quoi bon ? Elle entra, referma la porte et s'appuya au mur. Elle entendit des murmures de voix, des pas qui s'éloignaient. Sa clé n'était pas dans la serrure, et elle remarqua qu'on avait enlevé le verrou. Bien entendu, le revolver avec lequel elle s'était entraînée au prix de tant d'efforts n'était plus là.

Elle ôta sa robe, remit son pantalon et son chandail, puis passa sur le balcon. Il pleuvait toujours et la nuit était très noire. Elle écouta les bruits de la sentinelle au-dessous, et au bout d'un moment entendit une toux. La corniche contournant l'angle du mur était si étroite que seul un alpiniste expérimenté aurait osé s'y risquer pour atteindre le balcon de sa tante.

Elle rentra dans la chambre, prit l'étui d'argent et l'ouvrit. Plus une seule cigarette, uniquement le rouleau de pellicule dans le compartiment secret, désormais inutile. Elle se sentit épuisée et glacée. Elle enfila la veste de chasse d'Anne-Marie et glissa l'étui à cigarettes dans la poche.

Elle enleva la couverture du lit, la drapa autour d'elle et alla s'asseoir dans le fauteuil près de la fenêtre, en laissant la lumière allumée comme une fillette qui a peur du noir.

Elle somnola ainsi un moment, puis reprit conscience, raide et endolorie. Les rideaux bougeaient. Ils s'écartèrent, et Craig Osbourne entra dans la chambre, un Walther dans la main droite. Il était encore en uniforme de SS. Il leva un doigt pour qu'elle ne dise rien.

— Nous emmènerons aussi votre tante. Ça va ?

Geneviève sentit son sang plus chaud soudain.

— Comment êtes-vous entré ?

— Par le balcon.

— Il y avait un homme en bas.

— Il n'y en a plus.

Il se dirigea vers la porte à pas de loup, écouta, puis interrogea Geneviève du regard.

— Un jeune lieutenant avec un pistolet-mitrailleur.

— Faites-le venir ici. Dites-lui que vous avez entendu des bruits suspects sur le balcon, n'importe quoi.

Il rangea le Walther dans son étui et prit quelque chose dans sa poche. Elle entendit un déclic et une lame jaillit, luisant à la lumière. Elle ne bougea pas, fascinée, et il dut la pousser doucement vers la porte. Elle frappa au battant puis ouvrit. Vogel traversa le couloir en un instant, le pistolet-mitrailleur à la main.

— Qu'y a-t-il ? demanda-t-il en mauvais français. Que désirez-vous ?

Elle avait la gorge si sèche qu'elle n'arrivait plus à parler, mais elle se força. Elle se retourna pour montrer les rideaux qui s'agitaient sous la brise légère.

— Dehors, sur le balcon. Je crois que j'ai entendu quelque chose.

Il hésita, puis avança. Craig Osbourne bondit, passa le bras autour de la gorge du lieutenant et lui enfonça un genou dans le dos. Vogel se cambra en arrière. Geneviève ne vit pas le couteau faire son œuvre. Elle entendit un gémissement étouffé et se détourna, écœurée, en se rappelant qu'il dansait si bien... Un bruit de chaussures qui raclaient le parquet : Craig traînait le cadavre dans la salle de bains. Quand il revint, il avait le Schmeisser à la main.

— Ça va ?

Elle avala sa salive.
— Oui. Oui, ça va, bien sûr.
— Alors, partons.

Hortense lisait un livre, assise dans son lit avec un châle sur les épaules. Elle ne trahit aucune surprise, complètement maîtresse d'elle-même comme toujours.
— Vous semblez avoir trouvé un ami, Geneviève.
— Mais il n'est pas ce qu'il paraît.
— Major Osbourne, madame.
— Vous êtes venu chercher ma nièce, je présume ?
— Vous aussi, madame. Elle refuse de partir sans vous.
Hortense prit une Gitane dans le coffret de la table de nuit et l'alluma avec son briquet d'argent. Geneviève sortit de sa poche son étui vide et le remplit avec les cigarettes du coffret.
— Vous devez connaître les œuvres du romancier anglais Charles Dickens, major Osbourne ? demanda Hortense. *Un conte de deux villes*, dans lequel un certain Mr Sidney Carton, en un geste de sacrifice suicidaire, va à la guillotine à la place d'un autre ? La tradition veut que Dickens ait pris pour modèle un membre de notre famille. Les de Voincourt ont toujours eu la passion du beau geste, dit-elle en soufflant un long jet de fumée. Même s'il est parfaitement déplacé, ajouta-t-elle en se tournant vers Geneviève.
— Nous n'avons pas beaucoup de temps, madame, dit Craig patiemment.
— Alors je vous suggère de partir, major, tant que vous le pouvez. Tous les deux.
Prise de panique, Geneviève prit la couverture et voulut tirer. Hortense lui saisit le poignet avec une force surprenante.
— Ecoutez-moi, lança-t-elle d'une voix d'acier. Vous savez que j'ai une maladie de cœur, vous me l'avez dit.
— Mais ce n'était pas vrai. Un de leurs mensonges pour me convaincre de venir.
— Non, Anne-Marie en était persuadée. Une de mes inventions pour expliquer certains étourdissements aux-

quels je suis de plus en plus sujette. J'ai gardé la vérité pour moi. On a sa fierté.

La chambre devint soudain tellement silencieuse que Geneviève entendit le tic-tac de la pendule sur la cheminée.

— Quelle est la vérité ? murmura-t-elle.

— Dans un mois, à présent. Peut-être deux, et ce sera très douloureux. Ça l'est déjà. Le Dr Marais ne m'a rien caché. C'est un trop vieil ami.

— C'est faux, lança Geneviève, furieuse. Complètement faux.

— Vous ne vous êtes jamais demandé de qui vous teniez vos yeux, ma chérie ? dit Hortense en lui prenant les deux mains. Regardez-moi.

Des yeux vert et ambre, avec des paillettes d'or — et pleins de tout l'amour du monde, plus d'amour que Geneviève n'avait imaginé qu'il puisse en exister. Oui, Hortense disait la vérité, à n'en pas douter. Geneviève sentit alors toute son enfance lui échapper, et elle éprouva un sentiment de désolation presque insupportable.

Hortense l'embrassa sur les deux joues.

— Pour moi, Geneviève. Fais-le pour moi. Tu m'as toujours donné ton amour, total et sans réserve. Ce fut la chose la plus précieuse de ma vie, je peux te le dire, à présent. Me refuserais-tu le droit de te donner la même chose ?

Geneviève recula. Ses mains tremblaient, elle était incapable de parler.

— Vous me laisserez une de vos armes, major, dit Hortense.

C'était un ordre, pas une prière. Craig prit son Walther et le posa sur le lit, à côté d'elle.

— Hortense ?

Geneviève tendit la main, mais Craig la prit par le bras.

— Partez, maintenant, dit la comtesse. Très vite, je vous en supplie.

Craig ouvrit la porte et entraîna Geneviève. Elle avait les yeux en feu, mais aucune larme n'en sortirait. La dernière image de ma tante, se dit-elle. Assise dans le lit, une main sur le Walther, elle souriait.

Ils descendirent le grand escalier sans un bruit. Le vestibule était envahi par les ombres. Rien ne bougeait.

— Où est Priem ? chuchota Craig.

— Dans la bibliothèque. C'est son bureau, mais il y dort.

Il y avait de la lumière sous la porte. Craig s'arrêta, le Schmeisser braqué, puis tourna la poignée très doucement et ils entrèrent.

Priem était encore en uniforme, assis près du feu. Il travaillait sur des dossiers à la lumière d'une lampe de bureau, complètement absorbé par ce qu'il faisait. Il leva les yeux, mais ne parut nullement surpris, calme et parfaitement maître de lui à son habitude.

— Ah, l'ancien amant. Pas tout à fait ce qu'il semblait.

— Prenez son pistolet, dit Craig à Geneviève en anglais.

— Américain, murmura Priem. Bien entendu, une rafale de ce Schmeisser réveillerait toute la maisonnée.

— Mais vous laisserait parfaitement mort.

— Oui, cette idée m'est venue aussi.

Il se leva et posa les mains sur le bureau. Geneviève passa derrière lui et sortit le Walther de son étui.

— Et maintenant, les documents, dit Craig. Tout ce qui concerne le mur de l'Atlantique. Dans le coffre derrière vous, sans doute ?

— Vous perdez vraiment votre temps, j'en ai peur, dit Priem en souriant. La dernière fois que je les ai vus, ils se trouvaient dans la serviette de Rommel. Ils sont en ce moment à mi-chemin de Paris, j'imagine. Vérifiez donc vous-même, je vous en prie.

— Inutile, Craig, dit Geneviève en sortant l'étui à cigarettes de sa poche. J'ai gardé ces documents cinq minutes dans ma chambre en début de soirée, avant que le colonel les reprenne. J'ai utilisé ceci comme vous me l'aviez montré. Les vingt clichés.

— Merveilleux, dit Craig. N'est-ce pas, colonel ?

Priem soupira.

— Je vous ai dit que vous étiez une femme remarquable, Geneviève... Et maintenant ? demanda-t-il en contournant le bureau.

— Nous sortons par la porte latérale, l'entrée de service. Puis nous ferons un petit tour vers la cour de derrière. J'ai remarqué que la Mercedes du général s'y trouvait. Cela nous conviendra parfaitement.

Priem se détourna de lui et s'adressa directement à Geneviève.

— Vous ne vous en sortirez jamais de cette façon-là. Reichslinger est de garde en personne à la grille, ce soir.

— Vous lui direz que Rommel a oublié des papiers importants, dit Craig. Au moindre mouvement de travers, je vous tue. Et si je n'en ai pas le temps, c'est Geneviève qui le fera. Elle sera couchée à l'arrière.

Priem sourit, comme s'il trouvait l'idée cocasse.

— Vous vous en croyez capable, Geneviève ? J'en doute.

Elle en doutait autant que lui. La seule pensée de tirer lui donnait la chair de poule, et ses doigts, autour de la crosse du Walther, se mirent à trembler, sa paume déjà moite de sueur.

— Plus un mot, dit Craig. Mettez votre casquette comme il se doit, et sortons.

Bientôt, ils marchaient sous la pluie, sur les pavés de la cour de derrière. Un silence surprenant. Le château semblait vide dans le noir. Rien ne bougeait, et la main droite de Geneviève se crispa sur la crosse du Walther, dans la poche de sa veste de chasse.

Ils arrivèrent près de la Mercedes. Elle ouvrit la portière arrière et s'accroupit devant la banquette, le pistolet braqué. Priem se mit au volant et Craig s'assit à côté de lui. Ils ne prononcèrent pas un mot. Le moteur se mit à tourner et ils démarrèrent. Peu après, la voiture ralentit et s'arrêta. Elle entendit le qui-vive de la sentinelle, puis le claquement de ses talons quand il se mit au garde-à-vous.

— Mes excuses, Standartenführer.

Priem n'eut pas besoin de prononcer un mot. Il se produisit un léger grincement : la barrière que l'on soulevait. Puis, brusquement, une autre voix se mit à crier dans le poste de garde. Reichslinger.

Geneviève retint son souffle. Des pas crissèrent sur le gravier. Peut-être n'avait-il pas reconnu Priem au premier abord, car la lumière tombant du poste de garde était trop faible. Il se pencha et prononça en allemand quelques paroles qu'elle ne comprit pas.

Priem lui répondit. Le seul mot qu'elle reconnut était Rommel, il jouait donc bien le jeu de Craig. Reichslinger répondit. Il y eut un bref silence, puis elle entendit de nouveau les bottes crisser sur le gravier et elle crut qu'il s'éloignait. Elle jeta un coup d'œil prudent. Horreur, le visage du SS, juste au-dessus d'elle, la regardait fixement à travers la glace.

A l'instant où Reichslinger bondit en arrière et porta la main à son pistolet, Craig leva le Schmeisser et tira à travers la glace. Une pluie de verre inonda Geneviève et Reichslinger recula en une danse démente. Aussitôt, il braqua le canon de l'arme sur la nuque de Priem.

Ils s'élancèrent dans la nuit. Priem se mit à zigzaguer dès que la sentinelle ouvrit le feu derrière la voiture. Puis la nuit les engloutit et ils disparurent.

— Ça va, derrière ? demanda Craig.

Elle avait du sang sur la joue droite : un éclat de verre. Elle l'essuya du dos de la main, machinalement. Aucune douleur, seulement l'air froid sur son visage et la pluie qui s'engouffrait par la glace brisée.

— Je vais très bien.

— Bravo.

Ils traversèrent Dauvigne, aussi silencieux qu'une tombe, et s'engagèrent dans les collines.

— Cela ne vous mènera à rien, dit Priem. Les postes de commandement ont déjà été alertés par radio à des kilomètres à la ronde. Dans moins d'une heure, il y aura un barrage à tous les croisements imaginables.

— Nous n'avons pas besoin d'aussi longtemps, lui répondit Craig. Conduisez et faites ce qu'on vous dit.

Hortense de Voincourt, assise dans son lit au milieu de ses coussins, entendit le remue-ménage qui se produisit au rez-de-chaussée peu après les coups de feu tirés à la grille. Des cris dans le vestibule, puis des pas le long du couloir et des coups frappés à sa porte. Elle prit une Gitane dans son coffret. Elle était en train de l'allumer quand la porte s'ouvrit. Ziemke apparut, un pistolet à la main, accompagné par un caporal SS armé d'un Schmeisser.

— Mon Dieu, Carl, comme vous avez l'air agité !

— Que se passe-t-il ? Je viens d'apprendre qu'Anne-Marie, Priem et le Standartenführer français viennent de franchir la grille. Reichslinger est mort, ce maudit Français l'a tué. La sentinelle l'a vu par la fenêtre.

— La meilleure nouvelle que j'aie entendue depuis longtemps, lui dit-elle. Reichslinger ne m'a jamais plu.

Il se figea et son visage se rembrunit.

— Hortense ? Que dites-vous là ?

— Que la fête est terminée, Carl. Il est temps que je me conduise comme une de Voincourt, et me rappelle que vous et vos pareils occupez mon pays.

— Hortense ?

Il avait l'air médusé.

— Vous êtes bien gentil, Carl, mais ça ne suffit pas. Voyez-vous, vous êtes aussi l'ennemi.

Sa main sortit de sous les draps.

— Adieu, mon cher.

Elle appuya deux fois sur la détente du Walther. La

deuxième balle le toucha au cœur et le projeta dans l'antichambre. Le caporal SS plongea hors de vue, fit passer le canon du Schmeisser par l'embrasure et vida le chargeur en tir automatique. Pour Hortense de Voincourt, les ténèbres furent instantanées et sans douleur.

Rien ne bougeait dans Saint-Maurice quand ils traversèrent le village. A la vitesse à laquelle Priem conduisait, ils atteignirent Léon et la route de la côte vingt minutes plus tard. La lune sortit de derrière un nuage lorsqu'ils arrivèrent aux bois sur les falaises dominant la carrière de Gros-Nez.

Craig tapa sur l'épaule de Priem.

— Arrêtez-vous ici.

L'Allemand freina et coupa le moteur.

— Et maintenant ? Une balle dans la tête ?

— Rien d'aussi facile, répondit Craig en souriant. Vous venez en Angleterre avec nous. J'aimerais vous présenter à quelqu'un, je suis sûr qu'il saura découvrir en vous une mine de renseignements.

Il descendit de la voiture.

— Grand Pierre ? appela-t-il.

Des hommes sortirent du bois, en veste de peau de mouton et coiffés de bérets. Certains avec des fusils de chasse, d'autres avec des fusils de guerre. Ils s'arrêtèrent à distance et Grand Pierre s'avança.

— Salut ! lança-t-il d'un ton joyeux.

Priem regarda Geneviève dans le rétroviseur. Son sourire semblait crispé.

— Vous avez du sang sur la joue.

— Ce n'est rien. Une coupure.

— Tant mieux.

Craig ouvrit la portière du côté du conducteur, et Priem glissa la main sous le tableau de bord. Il en sortit un Luger. Geneviève, saisie de panique, réagit instinctivement. Elle enfonça le canon du Walther dans la colonne vertébrale de Priem et appuya sur la détente deux fois.

Le corps de Priem se convulsa, elle sentit une odeur de brûlé, puis la cordite lui monta au nez. Très lentement, il se souleva puis se retourna à moitié ; ses yeux exprimaient de la surprise plus que toute autre chose. Du sang apparut aux commissures de ses lèvres et il s'affaissa sur le volant.

Elle ouvrit la portière. Craig lui tendit la main, mais elle le repoussa.

— Non, laissez-moi tranquille !

Il la regarda fixement, le visage sombre, puis il déboutonna sa tunique noire de SS et la jeta dans la Mercedes. Grand Pierre lui lança une veste de peau de mouton et fit signe à l'un de ses hommes. Celui-ci se pencha par-dessus le cadavre de Priem et desserra le frein à main. Il suffit d'une bonne poussée pour envoyer la Mercedes par-dessus la falaise, et la mer l'engloutit.

Geneviève s'aperçut qu'elle tenait toujours le Walther et elle frissonna. Elle le glissa dans sa poche.

— Il ne m'en croyait pas capable, murmura-t-elle. Et pour tout vous dire, je ne m'en croyais pas capable non plus.

— A présent, vous savez ce qu'on ressent, dit Craig. Vous voici membre du club.

Grand Pierre descendit l'escalier de la jetée avec Craig et Geneviève, mais ses hommes restèrent en haut. Le *Lili Marlene* attendait.

— Bordel de merde, il a réussi ! s'écria Schmidt. Il la ramène.

Chacun était à son poste. De la dunette, Martin Hare cria :

— Félicitations. Et maintenant en route.

Les moteurs grondèrent. Craig enjamba le bastingage et se retourna pour aider Geneviève.

— Merci pour tout, dit-elle à Grand Pierre.

— Les pétales de rose froissés, mademoiselle Trevaunce. Je vous avais prévenue.

— Surmonterai-je ce que je viens de traverser ?

— Tout passe. Partez vite.

Elle prit la main que lui offrait Craig. Dès que ses pieds touchèrent le pont, on largua les amarres et le *Lili Marlene* s'enfonça dans la nuit vers le large.

16

HIMMLER passait souvent la nuit dans une petite pièce attenante à son bureau de la Prinz Albrechtstrasse. Il était quatre heures du matin quand le Hauptsturmführer Rossmann s'avança vers la porte en tremblant de tous ses membres, hésita, puis frappa. Quand il entra, le Reichsführer avait déjà allumé une petite lampe et s'était assis sur l'étroit lit de camp.

— Qu'y a-t-il, Rossmann ?

— Mauvaise nouvelle, Reichsführer. Cette affaire du château de Voincourt, dit-il en lui tendant une dépêche.

Himmler chercha ses lunettes, les mit et tendit la main.

— Faites-moi voir.

Il lut la dépêche rapidement, puis la rendit.

— Un nid de traîtres. J'avais raison, vous voyez, Rossmann. Cela cachait quelque chose. Et Priem a disparu ?

— C'est ce qu'il semble, Reichsführer.

— Pour de bon, sans doute. Ce mouvement terroriste français, Rossmann... Des fauves que rien n'arrête.

— Qu'est-ce que cela signifie ? demanda Rossmann. Où voulaient-ils en venir ?

— Je croyais que c'était évident : ils visaient Rommel. De leur point de vue, un gros coup. Mais selon le rapport de ses faits et gestes que vous m'avez montré, Rommel a quitté la soirée assez tôt pour rentrer à Paris. Ils ont frappé trop tard, voilà tout.

— C'est évident, Reichsführer, je m'en rends compte à présent. Toutes les troupes de la région sont en état d'alerte. Nous passons la campagne au peigne fin. D'autres ordres ?

— Oui. Des otages. Disons une centaine, pris dans les villages des environs. Exécutions à midi. Nous devons donner une bonne leçon à ces gens.

— A vos ordres, Reichsführer.

— Vous me réveillerez à six heures, répondit paisiblement Himmler en éteignant la lumière.

Il faisait encore nuit quand Munro descendit du manoir vers Cold Harbour. Il avait ouvert son parapluie, enfoncé son chapeau fermement sur sa tête, et sa main libre tenait le col de sa capote de cavalerie relevé sur sa gorge. De la lumière filtrait à travers les rideaux tirés de l'auberge du Pendu, l'enseigne se balançait au gré du vent en grinçant.

Il ouvrit la porte ; Julie Legrande était assise près du feu, un verre à la main. Il secoua l'eau de son parapluie et le posa dans un coin.

— Vous êtes là, bougonna-t-il. On ne peut pas dormir, hein ? Comme moi.

— Des nouvelles ? demanda-t-elle.

— Jusqu'ici, rien. Jack n'a pas quitté la salle de radio. Qu'est-ce que vous buvez ? dit-il en enlevant sa capote et en tendant ses mains vers le feu.

— Whisky. Avec un peu de citron, du sucre et de l'eau bouillante. Quand j'étais petite, c'était le remède de ma grand-mère contre le rhume. Maintenant c'est un remède pour tout.

— Un peu tôt dans la journée.

— Oui, pour beaucoup de choses, général.

— Voyons, Julie, ne recommencez pas ! Je vous ai déjà répété que j'étais prêt à oublier le rôle que vous avez joué dans cette sale affaire. Alors pas de récriminations, je vous prie. Restons-en là. Ai-je une chance d'obtenir une tasse de thé ?

— Certainement. Vous trouverez une théière sur le

réchaud, dans la cuisine, avec une boîte de thé et une bouteille de lait à côté.

— Si vous le prenez sur ce ton...

Il passa derrière le bar et entra dans la cuisine. Julie attisa le feu puis se rendit à la fenêtre et écarta les rideaux. La nuit était plus claire, une faible lueur annonçait déjà l'aube. Elle referma les rideaux et retourna vers la cheminée ; Munro revint en remuant le sucre de sa tasse de thé. Au même instant, ils entendirent le bruit d'un véhicule qui s'arrêtait dehors. La porte s'ouvrit, une bouffée de vent s'engouffra, suivie par Jack Carter et Joe Edge. Celui-ci referma la porte, non sans mal.

— Eh bien ? dit Munro.

Carter souriait, visiblement émerveillé.

— Il a réussi, général. Craig a vraiment réussi. Il ramène Geneviève.

Julie bondit de sa chaise.

— Vous en êtes certain ?

— Absolument, répondit Carter en déboutonnant son imperméable trempé. Nous avons reçu un message radio de Grand Pierre il y a quinze minutes. Hare a attendu à Gros-Nez avec le *Lili Marlene* pendant que Craig se rendait au château. Ils sont repartis de Gros-Nez peu après minuit. Avec un peu de chance, ils arriveront ici dans une heure et demie.

Julie sauta au cou de Carter.

— J'ai toujours dit que ce garçon était une réincarnation d'Houdini, grommela le général.

Edge portait un imperméable militaire noir par-dessus son uniforme de la Luftwaffe. Il le déboutonna lentement, passa derrière le bar et se servit une généreuse rasade de gin. Son visage était impassible mais ses yeux trahissaient sa colère, incontestablement teintée d'une bonne dose de folie.

— N'est-ce pas merveilleux, général ? dit Carter à Munro.

— Extrêmement spectaculaire, Jack, mais très contre-productif.

Julie éclata de rire.

— Craig a fichu en l'air votre sale petite combine, pas vrai ? Vous auriez préféré de beaucoup qu'il ne revienne pas ? Que personne n'en réchappe ?

— C'est une idée, je suppose, mais légèrement hystérique, répliqua Munro en cnfilant sa capote. J'ai d'autres chats à fouetter. Ramenez-moi au manoir, Jack. Vous voulez profiter de la voiture ? demanda-t-il à Edge.

— Non merci, général. Je remonterai à pied, j'ai besoin d'air.

Ils sortirent. Julie, encore furieuse, se mit à arpenter la salle.

— Ce bonhomme, quel sagouin !

— Vous ne le lui avez pas envoyé dire, lança Edge en prenant derrière le bar une bouteille de gin qu'il mit dans sa poche. Je vais me coucher. La nuit a été longue.

Il sortit. Le vent avait fraîchi. Il se dirigea vers le quai et regarda la mer. Il déboucha la bouteille de gin et se mit à boire au goulot.

— Crève, Osbourne ! dit-il entre ses dents. Que le diable t'emporte avec ta gonzesse ! Et tous les autres avec...

Il remit la bouteille dans sa poche et remonta la rue pavée du village.

La mer se soulevait en moutons blancs, sous la pluie battante, le *Lili Marlene* filait vers la côte de Cornouailles ainsi qu'un lévrier lâché. L'aube colorait le ciel vers l'est, et quand Geneviève regarda par un des petits hublots de la salle de quart, elle n'eut sous les yeux qu'une immensité grise et déserte.

Craig était assis en face d'elle, toujours avec sa veste de mouton. Schmidt arriva de la cambuse avec du thé.

— Angleterre, beauté et liberté, dit-il. Il n'y en a plus pour longtemps.

Il portait un gilet de sauvetage par-dessus son ciré jaune.

— Pourquoi ça ? lui demanda Craig.

— Ordre du vieux. Il pense que le temps va se gâter, répondit Schmidt en posant les quarts sur la table. Vous trouverez les vôtres dans le compartiment, sous le banc.

Il sortit. Geneviève fit pivoter ses jambes et Craig ouvrit le compartiment, duquel il sortit deux gilets de sauvetage de la Kriegsmarine. Il aida Geneviève à en enfiler un, mit l'autre et se rassit en face de la jeune femme pour prendre son thé. Elle lui offrit une Gitane.

— Je suppose que je dois veiller sur ce truc-là, dit-elle en montrant l'étui d'onyx et d'argent. Il ne faudrait pas que l'eau y pénètre et abîme la pellicule.

— Aucun risque. Le type qui l'a conçu est vraiment génial.

Ils gardèrent le silence pendant un long moment.

— Que va-t-il se passer, Craig ? demanda-t-elle.

— Qui sait ? La situation a sensiblement changé. Vous avez fait un gros coup : vous avez photographié les plans du mur de l'Atlantique et, ce qui est plus important, les Allemands ne le savent pas. Ils ne modifieront donc rien.

— Et ?

— Mais cela fait de vous une héroïne, voyons. Et si Martin et moi n'étions pas allés vous chercher... Il faudra bien que Munro l'avale, que cela lui plaise ou non, ajouta-t-il en haussant les épaules. De toute manière, il aura lui aussi son moment de gloire. Eisenhower va le prendre pour un magicien quand il va voir vos jolies photos.

— Et ensuite ?

— Une chose à la fois, dit-il en lui caressant la main. Montons sur le pont prendre un peu l'air.

Quand ils débouchèrent à l'air libre, de l'eau ruisselait sous les toiles tendues du bastingage. Il y avait des hommes derrière les deux canons anti-aériens, le 20 mm de l'avant et le Bofors de l'arrière, deux matelots en ciré jaune et suroît. Geneviève monta l'escalier de la passerelle et entra dans le poste, suivie par Craig. Langsdorff tenait la barre et Hare calculait la fin de l'itinéraire.

— Nous avons bien marché ? demanda Craig.

— Parfait. Encore une heure au plus, sans doute moins.

Le mauvais temps est derrière nous. Ça va encore se gâter avant de s'améliorer, mais nous arriverons tranquilles.

Il regarda par la vitre. Craig prit Geneviève par la taille.

— J'ai une idée fantastique. Dîner au Savoy. Champagne et danse.

Avant qu'elle puisse répondre, Martin Hare s'écria :

— J'ai une idée bien meilleure. Tirons à pile ou face pour savoir qui obtiendra la première danse.

Il fouilla dans sa poche et en sortit une pièce de cinq marks.

Cold Harbour, cinq heures et demie. Il pleuvait fort. Assis à la fenêtre de sa chambre, au manoir, Joe Edge buvait du gin dans une tasse à thé, les yeux fixés sur l'aube grise. Il avait englouti plus de la moitié de la bouteille, et se trouvait dans un état d'ivresse rageuse et excitée. Dans peu de temps maintenant le *Lili Marlene* entrerait dans le port. Le retour des héros, Hare et cette garce stupide de Trevaunce! Puis il pensa à Craig, à la façon dont l'Américain l'avait humilié, et sa rage se mit à bouillir. Il se versa une autre rasade de gin dans la tasse. Il la porta à ses lèvres, mais se figea au milieu de son geste, car il venait soudain de découvrir un moyen parfait de leur faire payer ce qu'ils lui avaient fait. Tous.

— Vraiment beau, murmura-t-il avec un rire d'ivrogne. Je vais leur foutre une sainte trouille, à ces salauds.

Il décrocha le téléphone et appela son chef mécanicien, le sergent Henderson, qui logeait avec le reste des rampants dans les baraquements à l'arrière du hangar. Le téléphone sonna longtemps avant qu'il obtienne une réponse.

— Oui, qu'est-ce que c'est? demanda la voix ensommeillée d'Henderson.

— Moi, idiot! cria Edge. Tu as dix minutes pour me faire tourner le Junkers.

— Qu'est-ce qui se passe? Une urgence?

Henderson était tout à coup complètement réveillé.

— Tu peux le dire. J'arrive.

Il raccrocha, mit ses bottes, prit sa veste de cuir dans la penderie, l'enfila rapidement et descendit l'escalier.

Etant donné l'arrivée imminente du *Lili Marlene,* Munro ne s'était pas couché. Il était dans la bibliothèque en train de travailler sur ses dossiers quand la porte d'entrée claqua. Il se leva et arriva à la fenêtre à temps pour voir Edge s'éloigner dans une des Jeeps. La porte s'ouvrit derrière lui et Carter entra en boitant, un plateau à la main.

— Du thé, général ?

Munro se retourna.

— Edge vient de partir en voiture. Je me demande ce qu'il a derrière la tête.

— Il a dû descendre au Pendu, général. Ils vont arriver d'un moment à l'autre.

— Oui, dit Munro. Nous ferions bien d'y aller nous aussi. Servez le thé, Jack.

Le sergent Henderson avait gardé son pyjama sous sa salopette. Il avait déjà sorti le Junkers du hangar et descendait de la cabine quand Joe Edge arriva dans la Jeep. Edge mit son casque de pilote et ses lunettes, puis ajusta la courroie de menton en s'avançant vers l'appareil. Il titubait légèrement.

— Tout va bien, sergent ?

— Prêt à décoller.

Edge trébucha, et Henderson tendit la main pour le retenir.

— Ça va ?

Au même instant, il sentit le relent du gin, écœurant dans l'air du matin.

— Mais oui, ça va, idiot, lança Edge. Je vais me payer du bon temps. Et donner une leçon à ce bateau... Quand j'en aurai terminé, Hare et Osbourne sauront qui est le vrai héros, ici, ajouta-t-il en ricanant. Et Munro me sera éternellement reconnaissant.

Il se tourna vers l'avion, mais Henderson le retint par le bras.

— Juste une minute, capitaine. Je pense que vous feriez mieux de ne pas décoller dans cet état.

Edge le repoussa violemment et sortit son Walther de son étui.

— Fous le camp !

Il tira plusieurs balles par terre aux pieds du sergent, et Henderson partit en courant, plongea sous le fuselage du Junkers et se mit à couvert derrière. Il entendit claquer la fermeture du cockpit et, un instant plus tard, les deux moteurs BMW en étoile démarrèrent. L'avion se mit à rouler. Henderson courut vers le hangar, entra dans le bureau et décrocha le téléphone.

Au manoir, Munro et Carter venaient de finir leur thé quand le rugissement passa au-dessus de leur tête.

— Qu'est-ce que c'est ?

Le général se précipita vers la porte-fenêtre, l'ouvrit et sortit sur la terrasse à temps pour voir le Ju-88 passer en rase-mottes au-dessus du port puis prendre de l'altitude dans le matin gris.

— Que se passe-t-il, Jack ? demanda-t-il.

Le téléphone de la bibliothèque se mit à sonner. Carter décrocha. Munro regarda l'avion disparaître, sans se soucier du murmure de la conversation derrière lui. Quand il se retourna, Carter raccrochait, le visage décomposé.

— Eh bien ?

— Le sergent Henderson, général. Joe Edge l'a tiré du lit il y a quelques minutes pour lui demander de sortir le Junkers. Il a prétendu qu'il s'agissait d'une urgence.

— Une urgence ? Quelle urgence ?

— Il a dit qu'il allait donner une leçon à l'E-boat. Et que quand il en aurait terminé, Hare et Osbourne sauraient qui était vraiment un héros ici. Il a dit aussi que *vous* lui seriez éternellement reconnaissant.

Munro parut tomber des nues.

— Il est vraiment fou.

— Et ivre, général. Tellement saoul qu'il a tiré plusieurs balles aux pieds d'Henderson quand celui-ci a voulu le retenir.

— Mon Dieu, Jack, que pouvons-nous faire ? dit Munro, le visage livide.

— Absolument rien, général. Le *Lili* n'utilise jamais sa radio en mission. C'est la plus stricte des règles. Il fallait éviter à tout prix que la Royal Navy et les garde-côtes écoutent et se demandent ce qui se passe. Impossible de prévenir Hare. Nous ne pouvons qu'aller sur le promontoire pour voir arriver le bateau.

— Venez, Jack.

Il parut avoir du mal à enfiler la manche de son Burberry.

Quand ils arrivèrent à la hauteur du Pendu dans la deuxième Jeep, Julie sortit.

— Que se passe-t-il ? Pourquoi Joe est-il parti ?

— Montez, lui ordonna Munro.

Elle se hissa à l'arrière et Carter démarra.

— Edge a complètement perdu les pédales, dit-il.

— Nous n'en sommes pas certains, Jack, corrigea Munro. Il a un verre de trop dans le nez et il va jouer à leur faire peur. Tout ira bien, vous verrez.

— Mais qu'y a-t-il ? insista Julie.

Carter le lui expliqua tout en s'engageant sur la route du promontoire.

— Il a toujours été un peu cinglé, dit Julie quand il se tut. Maintenant, il ne sait plus ce qu'il fait.

Ils arrivèrent sur la crête de la colline et cahotèrent dans l'herbe jusqu'au bord de la falaise. Carter s'arrêta et fouilla sous le tableau de bord.

— Il y a une paire de jumelles ici, je les ai mises moi-même. Oui, les voici.

Ils descendirent de la Jeep et avancèrent. C'était un matin étrange, des nuages bas, très noirs, formaient une ligne droite jusqu'à l'horizon. Il y avait du brouillard au niveau de la mer, mais le vent ne cessait de l'effilocher entre de larges accrocs. La houle était mauvaise, et les vagues s'écrasaient bruyamment au pied de la falaise.

— Les voilà ! cria soudain Julie.

Le *Lili Marlene* sortit de la grisaille à environ un mille, le cap sur Cold Harbour, à pleine vitesse. Le drapeau de la Kriegsmarine formait une tache de couleur vive. Puis le Junkers jaillit littéralement du nuage noir comme un oiseau de proie et fondit sur l'E-boat au ras de l'eau. Un instant plus tard un coup de canon retentit.

Edge avait tiré sur le *Lili Marlene* et virait maintenant sur l'aile, par tribord. Craig et Geneviève étaient restés sur la passerelle avec Hare pour l'entrée dans le port.

— C'est Edge ! A quoi joue-t-il ?

Hare alluma la radio dont il ne se servait normalement jamais, ouvrit le potentiomètre du haut-parleur et prit le micro à la main.

— Edge ? Parlez, nom de Dieu ! Parlez ! Que se passe-t-il ?

Le Junkers venait de virer de nouveau et fonçait vers eux. Un obus explosa dans l'eau à quelques mètres à bâbord.

— Pan, tu es mort !

La voix de Joe Edge était très claire dans le haut-parleur. Il éclata d'un rire hystérique, et reprit de l'altitude.

— Tu m'entends, Hare ? Tu nous as causé vraiment beaucoup de problèmes. Le pauvre général s'est fait un sang d'encre. Il aurait bien mieux valu que vous ne reveniez jamais, toi, Osbourne et cette petite garce idiote de Trevaunce.

Il vira de nouveau vers tribord. Hare ouvrit un tiroir, en sortit un drapeau plié, et poussa Langsdorff sur le côté.

— Je crois que nous allons avoir de gros ennuis. Demandez à un des hommes de baisser le pavillon et de hisser celui-ci à la place.

Il augmenta la vitesse et la proue se souleva. Il donna aussitôt un coup de barre à tribord. Langsdorff sortit et appela Wagner, qui monta sur la passerelle. L'Obersteuermann lui remit le drapeau et répéta ses ordres, puis retourna dans le poste de pilotage.

— Encore ici ? lança la voix de Joe Edge dans le haut-parleur. Un autre essai, d'accord ? Pour voir si je peux toucher plus près.

Il vira sur l'aile et fonça vers l'arrière du bateau, à une vingtaine de mètres à peine au-dessus des flots. Wagner était en train d'abaisser les couleurs de la Kriegsmarine au-dessus du poste de pilotage. Un instant plus tard, le drapeau américain claquait dans le vent. La rage de Joe Edge redoubla.

— Sales Yankees ! cria-t-il.

Il était très près, et il ouvrit le feu avec sa mitrailleuse. Mais il visa mal et ratissa le pont sur le côté tribord. Il toucha Hardt et Schneider, qui furent culbutés à la mer, par-dessus le bastingage.

— Il est fou ! hurla Craig.

Déjà Wagner et Bauer pointaient le Bofors de l'arrière, des obus traçants suivirent le Junkers qui décrochait, et Wittig se mit à mitrailler avec l'anti-aérien de 20 mm, à l'avant.

Des obus percèrent des trous dans l'aile droite, et le Junkers tressauta. Edge poussa un juron.

— D'accord, bande de salauds ! cria-t-il. Vous l'aurez voulu.

Il descendit de nouveau, dangereusement bas, et attaqua encore par l'arrière. Hare poussait le *Lili Marlene* à la limite de sa puissance et les moteurs Daimler-Benz répondaient merveilleusement, à plus de quarante nœuds. Il amorça un zigzag. Edge avait toujours été un bon pilote, mais ce matin-là la folie semblait lui donner des éclairs de génie. Il volait à plus de sept cents kilomètres-heure, à moins de dix mètres au-dessus des crêtes des vagues.

— A plat ventre ! cria Craig à Geneviève en la tirant par le bras, et il la protégea de son corps.

Edge attaqua à la mitrailleuse. Il balaya l'arrière-pont, faucha Wagner et Bauer qui servaient le Bofors, fit voler en éclats les vitres de la timonerie, cueillit Langsdorff dans le dos et le fit basculer par la porte, la tête la première.

Soudain le *Lili Marlene* ralentit sur l'eau. Craig se releva, puis Geneviève. Elle vit Hare écroulé en avant, du sang sur son ciré. La moitié des commandes avaient été détruites et, sur l'avant-pont, Wittig pendait à la culasse de son canon, retenu par ses épaulières.

— Vous êtes blessé, Martin.

Elle posa la main sur son épaule, mais il la repoussa. Le Junkers revint par bâbord et ratissa tout le bateau avec ses canons. Le *Lili Marlene* avait pris feu, et, à travers la fumée, elle vit Schmidt se hisser sur la tourelle et décrocher Wittig pour pouvoir manœuvrer le 20 mm.

— Le bateau est perdu, dit Hare. Sauvez Geneviève.

Craig la poussa devant lui. L'eau commençait déjà à envahir le pont. Hare les suivit. Il dégagea avec Craig un des canots pneumatiques rangés à l'arrière, puis le fit passer par-dessus bord. Craig tenait l'amarre.

— Sautez ! cria-t-il à Geneviève.

Elle enjamba le bastingage, puis perdit l'équilibre et tomba la tête la première dans le canot. Au même instant, le Junkers arriva de l'arrière, toujours au ras de l'eau.

— Je vais descendre cette ordure, cria Hare.

Il s'élança vers le canon Bofors. Craig hésita, puis lâcha soudain l'amarre. L'instant suivant Geneviève dérivait déjà à dix mètres de l'E-boat.

— Craig ! cria-t-elle, mais il était trop tard.

Il était aux côté de Hare, près du Bofors. Ils avaient de l'eau jusqu'aux genoux.

— Visez le ventre, cria Craig. Souvenez-vous de ses réservoirs d'oxyde nitreux.

Le Junkers arriva et Edge se mit à tirer. Le Bofors riposta, puis Geneviève vit Martin Hare arraché de sa place et projeté en arrière. Craig reprit le canon et le fit pivoter pour suivre le Junkers qui passait au-dessus et prenait de l'altitude.

L'explosion, quand elle se produisit, fut la chose la plus terrible qu'elle eût jamais vue. Le Junkers se désintégra purement et simplement en une boule de feu lorsque les réservoirs d'oxyde nitreux explosèrent comme une bombe. Des débris de fuselage se mirent à tomber dans la mer tout autour.

Une grosse vague emporta le canot. Elle était déjà à une cinquantaine de mètres et s'éloignait rapidement. Elle vit la proue du *Lili Marlene* se relever hors de l'eau. Aucun signe de Craig Osbourne ou du petit Schmidt, personne dans l'eau. La proue se releva davantage, le drapeau américain flotta encore un instant, puis le *Lili Marlene* s'enfonça par la poupe et glissa sous les flots.

En haut de la falaise, Dougal Munro abaissa lentement les jumelles, le visage livide. Julie Legrande pleurait. Carter la prit par l'épaule pour la consoler.

— Que faisons-nous, général ? Je crois avoir vu un canot.

— Nous rentrons au village. Téléphonez aux gardes-côtes. Ils enverront une vedette de Falmouth, ce ne devrait pas être long. Il y a toujours une chance.

Mais il n'avait pas l'air convaincu.

Le canot tanguait violemment. Geneviève avait vomi si souvent qu'il ne lui restait plus rien dans l'estomac. Le ciel semblait plus noir que jamais et il pleuvait à verse. Peu importait, il y avait trente centimètres d'eau dans le canot et elle était trempée jusqu'aux os de toute façon. Elle restait allongée, la tête sur le caoutchouc noir, aussi malheureuse qu'un être humain peut se sentir.

Environ trois heures s'étaient écoulées depuis que le *Lili Marlene* avait sombré quand elle entendit le bruit d'un moteur qui se rapprochait. Elle se hissa sur le coude et vit la vedette de sauvetage de Falmouth qui se dirigeait vers elle. Cinq minutes plus tard, elle était dans la cabine, enveloppée dans des couvertures, et un des matelots de l'équipage lui offrait un bol de café.

Un homme en ciré entra. Entre deux âges, avec des cheveux gris et un visage doux.

— Je suis le patron de la vedette, mademoiselle. Vous vous sentez mieux ?

— Oui.

— Nous n'avons retrouvé personne d'autre.

— Je crois qu'il n'y a pas d'espoir, répondit-elle d'une voix sans timbre.

— Nous continuerons de sillonner le secteur pendant encore une heure, puis nous vous ramènerons à Cold Harbour. Ce sont mes ordres... Que s'est-il passé, au juste, mademoiselle ? demanda-t-il après un instant d'hésitation. Qu'est-ce que c'est que cette histoire ?

— Je n'en suis pas certaine, mais je pense qu'au départ il s'agissait d'un jeu. Il a mal tourné. Une sorte de monstrueuse stupidité, exactement comme la guerre.

Il plissa le front sans comprendre, haussa les épaules et sortit. Geneviève posa les mains autour de son bol, espérant que la chaleur la consolerait, et regarda dans le vide.

Dans la chambre noire, Munro à ses côtés, Carter déroulait lentement la pellicule.

— Tout va bien, Jack ? demanda Munro. Elle est restée longtemps dans l'eau.

— Le négatif me paraît parfait, général. Il n'y a pas de raison. Même les cigarettes étaient sèches dans l'étui.

Il regarda la pellicule par transparence.

— Et elle affirme qu'il s'agit du contenu de la serviette de Rommel ?

— Elle en est certaine. Il y en avait davantage, mais elle n'avait que vingt clichés.

— C'est un miracle, Jack. Un des plus beaux coups de la guerre. Quand Eisenhower et son état-major du SHAEF vont voir ça, ils sauteront au plafond de joie... Grâce à elle, Jack, dit-il en secouant la tête. Un petit bout de bonne femme, sans qualification professionnelle. Je me trompais sur son compte.

— Oui, mais quel est le prix de ce succès ?

— Jack, la Luftwaffe a bombardé Londres la nuit

dernière. Des gens sont morts. Vous voulez que je continue mon raisonnement ?

— Non, général. Je sais.

Munro se retourna.

— Il faut que je téléphone à Londres. Rendez-vous dans la bibliothèque d'ici trente minutes.

— Et Geneviève, général ?

— Qu'elle vous accompagne, bien sûr.

Geneviève resta allongée dans le bain chaud que lui avait préparé Julie jusqu'à ce que l'eau commence à refroidir. Elle sortit et se sécha avec soin. Elle avait des bleus sur tout le corps, mais ne sentait pas la douleur. Julie avait posé pour elle sur le lit des sous-vêtements, un gros chandail, un pantalon de velours côtelé et une veste. Elle finissait de s'habiller quand Julie entra.

— Comment ça va ?

— Très bien, aucune inquiétude à se faire.

Elle hésita, puis demanda d'une voix calme :

— Des nouvelles ?

Julie secoua la tête.

— Je crois qu'il n'y en aura pas, dit Geneviève.

— Je viens de voir Jack. Il m'a dit que les photos sont parfaites et m'a demandé de vous remettre ceci.

Elle lui tendit l'étui en argent et onyx. Geneviève sourit et le prit.

— Un souvenir intéressant. Puis-je le garder ?

— Je ne sais pas. Jack m'a dit que Munro aimerait vous voir. Dans la bibliothèque.

— Bien, dit Geneviève. Il se trouve que j'aimerais le voir moi aussi.

Elle se dirigea vers la porte et s'arrêta pour prendre la veste de chasse d'Anne-Marie, en tas sur une chaise avec les autres vêtements qu'elle avait quittés. Elle tâta les poches et sortit le Walther.

— Un autre souvenir intéressant, dit-elle en le glissant dans sa poche.

Elle ouvrit la porte et sortit. Julie resta clouée sur

place un instant, le visage sombre, puis la suivit vers l'escalier.

Munro, assis dans le grand fauteuil devant la cheminée, prenait un cognac dans un petit verre de cristal. Carter, debout devant la desserte, était en train de se servir un scotch quand Geneviève entra.

— Ah, Geneviève, entrez donc, dit le général, que je vous regarde. En assez bonne forme, je vois. Bien. Vous avez appris la nouvelle magnifique, pour les photos ? Un coup de maître. Vous avez fait preuve d'un véritable talent pour ce genre de travail. Ma chère, j'ai une place pour vous au SOE, incontestablement. Vous vous débrouillerez très bien.

— Plutôt crever.

— Mais si, mais si. Voyons, capitaine Trevaunce, vous êtes un officier de Sa Majesté, vous obéirez aux ordres et ferez exactement ce qu'on vous dira. Le Lysander va arriver d'une minute à l'autre. Vous rentrerez à Londres avec nous.

— Tout simplement ?

— Bien entendu vous recevrez une décoration, vous l'avez bien méritée. Les Français vous décerneront probablement la Légion d'honneur, et je pense que je pourrai vous décrocher une Military Cross. Très rare pour une femme, mais il y a des précédents.

— Je suis au courant de ce qui s'est passé, pour ma sœur. Baum l'a dit à Craig et Craig me l'a appris. Même Priem le savait.

— Je suis navré, dit Munro. Un accident de guerre.

— Vous pouvez rester paisiblement assis à boire votre cognac après m'avoir trahie, hein ? Après m'avoir envoyée de sang-froid à la torture et à la mort ? Et vous savez ce qui est le plus drôle dans tout ça, général ?

— Non, mais je suis sûr que vous allez me l'apprendre.

— Vous n'aviez pas besoin de Baum pour me livrer. Anne-Marie travaillait pour l'autre camp, et je n'avais donc aucune chance en face de Max Priem. Je l'ai tué, à propos. Deux balles dans le dos, avec ceci.

Elle sortit le Walther de sa poche.

— Je suis désolé, ma chère. Je présume que vous pensiez en être incapable.

— C'est exact.

— Mais vous l'avez fait. Vous voyez bien que vous avez une aptitude pour ce genre de travail. Vous êtes certaine, pour Anne-Marie ?

— Oh, oui. Et il y a autre chose.

Elle plissa le front. La fatigue lui pesait et elle avait du mal à se concentrer.

— Cette Mme Fitzgerald, de Rommery, qui vous sert d'agent double, saviez-vous que son mari s'était battu avec Michael Collins pendant la révolte d'Irlande ?

Munro se figea.

— Non, nous n'étions pas au courant. Pourquoi ?

— Elle vous a dupé. Elle continue de travailler pour les Renseignements allemands en utilisant ses contacts avec l'IRA à Londres.

— Ah bon ?

Les yeux de Munro brillèrent et il se tourna vers Carter.

— Vous entrerez en relation avec la Brigade spéciale de Scotland Yard dès notre arrivée. La section d'Irlande. Avec un peu de chance, nous bouclerons toute la bande.

Il se tourna vers Geneviève.

— Eisenhower va être ravi. Des copies des plans de Rommel pour le mur de l'Atlantique, et le plus beau de l'histoire, c'est que Rommel ne s'en doute même pas.

— Merveilleux, dit-elle. Vous ne prenez pas un cigare ?

— D'accord, je suis un salaud, répondit-il. Mais il faut des salauds dans mon genre pour gagner les guerres.

— En utilisant les gens comme vous m'avez utilisée ?

— Si c'est nécessaire.

Elle se dirigea vers la table, se retourna et s'appuya au bord, le Walther à la main.

— Vous savez, je comptais vous faire un discours. Sur les principes, sur l'honneur, sur le fait que si vous ne respectez aucune règle, même dans un jeu aussi désespérément stupide que celui-ci, vous êtes aussi ignoble que l'ennemi à abattre.

— Qu'est-ce qui vous a fait changer d'idée ?

— Oh, j'ai pensé à tous ces cadavres, entre Cold Harbour et le château de Voincourt. René Dissard, Max Priem, Martin Hare et l'équipage du *Lili Marlene,* Craig Osbourne. Tous ces braves au destin interrompu, comme dit le poète. Et pourquoi ?

— Ma chère Geneviève, mon temps est limité. Qu'essayez-vous au juste de me prouver ?

— Que si vous êtes aussi ignoble que la Gestapo, je devrais peut-être vous traiter comme la Gestapo.

Le Walther se releva dans sa main, braqué vers Munro. Munro ne cilla pas. Julie, dissimulée dans l'ombre au fond de la pièce, cria :

— Non, Geneviève, il n'en vaut pas la peine !

Geneviève ne bougeait pas, très pâle, le Walther immobile dans sa main crispée.

— Eh bien, allez jusqu'au bout ! lança Munro, impatient. Décidez-vous, ma petite.

Elle soupira et posa l'arme sur la table à côté d'elle. Jack Carter s'avança et lui mit un verre de whisky dans la main. Il ramassa le Walther et le glissa dans sa poche.

— Bonne idée, dit Munro. A votre place, je le boirais. Vous allez en avoir besoin.

— Encore une mauvaise nouvelle, et il n'est pas encore midi ? Général, vous vous surpassez aujourd'hui.

— Votre sœur est décédée cette nuit.

Elle ferma les yeux, puis ce fut le noir total et elle entendit la voix angoissée de Carter.

— Vous allez bien ?

Elle rouvrit les yeux.

— Comment ?

— J'ai ordonné une autopsie. Le cœur.

— Un autre effet secondaire de votre drogue ?

— Très probablement.

— Où est-elle ? Je veux la voir.

— Je ne crois pas que ce sera possible.

— La loi sur les secrets d'Etat ? C'est ce que vous allez me jeter à la figure ?

— Ce ne sera pas nécessaire, dit-il. Songez à votre père. Si vous commencez à remuer la merde, tout remontera au grand jour, et notamment plusieurs petites choses déplaisantes, comme le fait que sa fille préférée était un agent nazi. Cela risque de l'achever, ne croyez-vous pas ?

— Je vous ai ramené ces photos, plaida Geneviève. Vous pouvez tout de même m'accorder une faveur.

— Soit, soupira Munro. Elle sera enterrée dans la fosse commune, sans nom, bien entendu. Après-demain à dix heures du matin, au cimetière de Highgate.

— Où est-elle en ce moment ?

— Une entreprise de pompes funèbres de Camberwell s'occupe de ce genre de choses pour nous. Jack vous y conduira.

— Et Herr Baum ? demanda Geneviève.

— Il ne faisait que son travail, comme le reste d'entre nous.

Le téléphone sonna, Carter répondit.

— Le Lysander vient d'atterrir, général.

— Bien, dit Munro en se levant. Ne perdons pas de temps.

— Mais il reste peut-être encore une chance, protesta Geneviève. Craig, les autres.

— Du passé, tout ça, lança Munro. Venez.

17

Le lendemain dans l'après-midi, Jack Carter la déposa aux pompes funèbres de Camberwell. Il attendit dehors pendant sa visite. La petite salle d'attente, assez agréable avec ses lambris de chêne, dégageait une odeur de cire d'abeilles et de cierges. Une brassée de lis blancs se trouvait dans un vase de bronze près de la porte. L'employé était très vieux, sans doute continuait-il de travailler uniquement à cause de la guerre. Il avait des cheveux d'un blanc de neige et ses mains tremblaient légèrement.

— Ah oui, j'ai eu un coup de téléphone à votre sujet, mademoiselle. La personne est au numéro trois. Une seule difficulté : il y a déjà un monsieur, voyez-vous.

Elle passa devant lui et s'engagea dans le corridor. Dans la première chapelle, il y avait un cercueil fermé. La deuxième était vide, mais l'on avait tiré un rideau de feutrine verte à l'entrée de la troisième. Une voix murmurait les prières des morts en hébreu. Elle les avait souvent entendues aux urgences de son hôpital, pendant le Blitz.

Elle écarta le rideau, et Baum se retourna brusquement vers elle, son livre de prières à la main, une calotte de dentelle blanche sur la tête. Des larmes sillonnaient ses joues.

— Je suis désolé, tellement désolé. Dieu m'en est témoin, jamais je n'ai eu l'intention...

Derrière lui, Geneviève vit Anne-Marie, les mains

croisées sur la poitrine, le visage — son propre visage — encadré par le linceul, paisible maintenant à la lueur des cierges. Elle prit la main de Baum et la serra sans prononcer un mot, car il n'y avait rien à dire.

C'était un matin gris, il restait de la brume dans l'air, et le cimetière de Highgate n'était pas l'endroit le plus agréable du monde à cette heure de la journée. On l'avait déposée à la grille, de nouveau Carter, dans une conduite intérieure Humber.

— Inutile de m'attendre, lui avait-elle suggéré. Je me débrouillerai.

Curieusement, il ne discuta pas mais s'éloigna aussitôt. Elle entra dans le cimetière, les mains enfoncées dans les poches de sa veste. Elle n'eut pas besoin de chercher le numéro de la concession, elle aperçut le groupe de loin. Le vieux monsieur des pompes funèbres en pardessus noir, les cheveux encore plus blancs dans le matin gris, le chapeau melon à la main, et deux fossoyeurs appuyés à leurs pelles pendant qu'un curé en soutane noire expédiait le service des trépassés.

Elle attendit qu'il ait terminé et soit reparti avec l'homme des pompes funèbres. Elle s'avança seulement quand les fossoyeurs se mirent à lancer des pelletées de terre. Ils levèrent les yeux ; des hommes âgés, ayant passé depuis longtemps l'âge d'être mobilisés. L'un d'eux s'interrompit.

— Que puis-je faire pour vous, mademoiselle ? Quelqu'un que vous connaissiez ?

Elle baissa les yeux vers le cercueil tout simple, en partie couvert de terre.

— Je croyais la connaître autrefois. Maintenant, je n'en suis plus si sûre.

Il se mit à pleuvoir et elle leva les yeux.

— Je me demande si Dieu a vraiment voulu des matins comme ça...

Les deux hommes se regardèrent, troublés.

— Vous allez bien, mademoiselle ?

— Parfaitement bien, merci, répondit Geneviève.

Elle se retourna. A quelques mètres en retrait, Craig Osbourne la regardait.

Il était en uniforme, calot et imperméable, et quand il l'enleva, elle vit qu'il portait en dessous une tenue de combat vert foncé, le bas du pantalon enfoncé dans ses bottes de parachutiste. Les rubans de ses décorations et les deux ailes de sa manche droite constituaient les deux seules taches de couleur dans le matin gris.

— Je l'aime mieux que le précédent, murmura-t-elle. L'uniforme, je veux dire.

Il posa l'imperméable sur les épaules de la jeune femme sans un mot. Ils descendirent l'allée entre les tombes. Le brouillard persistait malgré la pluie, et le monde se rétrécit jusqu'à ne plus contenir qu'eux deux. La pluie redoubla en une belle averse, ils durent chercher un abri : un petit kiosque avec des bancs non loin de la fontaine. Elle s'aperçut qu'elle ne pouvait pas chasser de son esprit l'image d'un autre cimetière sous la pluie, avec Max Priem près d'elle.

Elle lui rendit son imperméable et s'assit. Il prit dans ses poches un paquet de cigarettes et lui en offrit une.

— Je suis navré, dit-il. Pour Anne-Marie. Munro ne me l'a appris qu'hier soir.

— Ils ne m'ont pas dit que vous étiez vivant. Même Jack ne m'en a pas parlé.

— Il était plus de minuit quand je suis arrivé à Londres. Ils m'ont appris que vous viendriez ici ce matin. J'ai demandé à Jack de ne rien vous dire. Je voulais vous parler moi-même.

— Que vous est-il arrivé ? demanda-t-elle.

— Quand le *Lili* a coulé, j'ai dérivé, ainsi que Schmidt. Nous nous sommes tenus par la main pendant longtemps, très longtemps, puis les courants nous ont déposés sur une plage, près de Lizard Point.

— Et Martin ?

— Parti, Geneviève. Tous partis.

Elle baissa la tête, fouilla dans la poche de sa veste et prit une Gitane dans l'étui d'onyx et d'argent.

— Que va-t-il se passer pour vous ? Munro n'a pas dû se montrer tendre, dit-elle.

— Au début, il a piqué une colère du diable. Il voulait m'envoyer en Chine. Un projet de l'OSS pour entraîner des commandos chinois aux tactiques de sabotage, au saut en parachute, ce genre de choses.

— Et ensuite ?

— Le commandant suprême a jeté un coup d'œil aux agrandissements de vos photos.

— Tout a changé ?

— Et comment ! C'est pour bientôt, Geneviève — le grand jour. Ils ont décidé de parachuter des unités du SAS et de l'OSS derrière les lignes allemandes pour renforcer le maquis et créer autant de désordre que possible.

— En d'autres termes, Munro s'est aperçu qu'il avait encore besoin de vous ? demanda-t-elle. Mais pourquoi acceptez-vous ? Pour une autre étoile sur le ruban de votre médaille militaire ?

Il ne répondit pas à sa question, mais lui demanda :

— Jack me dit que le vieux salopard veut vous engager au SOE ?

— On dirait.

— Envoyez-le au diable !

Il lui posa les deux mains sur les épaules.

— Vous avez toujours été seulement vous-même, jamais Anne-Marie. Ne l'oubliez pas.

Priem lui avait dit presque la même chose. Stupéfiante, la ressemblance entre ces deux hommes !

— Je m'en souviendrai.

Il resta devant elle, sans la quitter des yeux.

— Alors, c'est tout ?

— Je suppose, murmura-t-elle.

Il s'éloigna brusquement. La grisaille l'engloutit et tout redevint réel et sombre. On était en guerre. Il fallait vivre au jour le jour et prendre ce qui s'offrait. C'était aussi simple que ça.

Elle s'élança derrière lui et cria son nom.

— Craig !

Il se retourna, les mains dans les poches de son imperméable.

— Oui ?

— N'aviez-vous pas parlé d'un dîner au Savoy ?

normandie roto impression s.a.

61250 Lonrai

Reproduit et achevé d'imprimer en avril 1993
N° ES 93076 / N° d'impression : I3-0713
Dépôt légal : mai 1993
Imprimé en France

ISBN 2-73-82-0604-2
33-12-5604-01/5